Martina Gercke

Liebe stand nicht im Vertrag

Liebesroman

Portobello Girls Band 2 „Liebe stand nicht im Vertrag"

martinagercke@web.de

www.martinagercke.com

Umschlaggestaltung: Catrin Sommer, www.rausch-gold.com

Korrektorat Sybille Weingrill, **www.swkorrekturen.eu**

Martina Gercke wird vertreten durch AVA international GmbH · Autorenagentur, München

Inhaltsverzeichnis

November

1. Kapitel

„Wie sehe ich aus?“ Taylor Young zupfte nervös an ihrer Uniformjacke. Heute war ihr erster Arbeitstag als Kindermädchen bei einer neuen Familie.

Seit ihrem Abschluss am Norland College arbeitete Taylor als staatlich geprüfte Nanny. Das College war in ganz England für ihre hohen Standards und die umfangreiche Ausbildung bekannt. Nur die Besten ihres Jahrgangs wurden von der Agentur des Norlands übernommen. Sogar die Königsfamilie bezog ihre Nannys vom Norland College und der kleine Prinz George tapste zu Fototerminen häufig an der Hand einer Norland-Nanny.

Niemand, der Taylor auf der Straße traf, würde vermuten, dass sie eine der besten Absolventinnen war, die das College jemals verabschiedet hatte. Mit ihren blonden Haaren, den blauen Augen, den gemeißelten Wangenknochen und ihren langen Beinen sah sie eher aus wie ein Model als ein Kindermädchen. Durch ihre eher unkonventionellen Methoden und ihre liebenswerte direkte Art eroberte Taylor die Herzen der Kinder jedoch im Nu. Trotzdem hatte sie Prinzipien und Regeln, die sie befolgte.

In den vergangenen acht Monaten hatte sie eine Familie im Norden Londons betreut. Leider war die Familie aus beruflichen Gründen gezwungen gewesen, nach Amerika zu ziehen.

Der tränenreiche Abschied von den beiden Kindern hatte Taylor schwer zu schaffen gemacht, und sie hatte Tage gebraucht, um darüber hinwegzukommen. Jedes Kind, das sie betreut hatte, würde immer einen Platz in ihrem Herzen behalten. Sie blieb mit fast allen Familien in Kontakt und erfreute sich daran, wenn ihre Schützlinge Fortschritte machten und ihren Platz im Leben fanden.

Taylor war Nanny durch und durch. Sie liebte ihren Beruf, egal, welches Opfer sie dafür bringen musste.

Die neue Stelle war ebenso überraschend wie ungewöhnlich zustande gekommen, weshalb Taylor nervöser als üblich war. Normalerweise wurde sie von den Familien zu einem Vorstellungsgespräch eingeladen, bevor man sie einstellte. Man nahm sie unter die Lupe, stellte ihr die Kinder vor und befragte sie nach ihren Erziehungsmethoden und welche Ansichten sie vertrat. In diesem Fall war sie lediglich aufgrund ihrer Zeugnisse und Empfehlungen verpflichtet worden, ohne dass sie ihren neuen Arbeitgeber zuvor zu Gesicht bekommen hatte. Die Tante der zu betreuenden Kinder, eine Mrs Whitworth, hatte mit der Agentur telefoniert und Taylors Einstellung bestätigt. Man hatte sich auf eine Probezeit von sechs Wochen geeinigt. Der Vertrag war gestern mit der Post gekommen und Taylor hatte ihn mit gemischten Gefühlen unterschrieben.

Umso wichtiger war es, heute einen guten ersten Eindruck zu hinterlassen. Taylor trug die beige Uniform der Norland-Akademie.

Ihre blonden Haare hatte sie unter dem dunkelbraunen Hut zu einem strengen Knoten am Hinterkopf zusammengebunden. Das schmucklose Kleid war bis oben hin zugeknöpft und der weiße Kragen frisch gestärkt. Auf der linken Brust leuchtete das goldene Abzeichen des Norland College und auf der rechten hing Taylors Namensschild.

„Wie eine moderne Mary Poppins." Emily grinste und wischte einen imaginären Fussel auf Taylors Kragen weg.

„Gut." Taylor nickte zufrieden und streifte sich die blütenweißen Handschuhe über. „Das ist genau der Eindruck, den ich erwecken möchte. Drück mir die Daumen, dass die Kinder mich mögen."

„Ach, da mache ich mir keine Sorgen", sagte Emily und gab ihrer Freundin einen Kuss auf die Wange. Emily Walters war eine der drei Mitbewohnerinnen der Portobello-Girls, wie sie sich selbst nannten.

Emily arbeitete als Stewardess für eine internationale Airline und war ständig in der Weltgeschichte unterwegs. Manchmal hatte Taylor den Eindruck, dass Emily sich besser in New York auskannte als in London. „Du hast bisher die Herzen jeder Familie im Sturm erobert."

„Und ich hoffe, das bleibt auch so." Taylor drehte sich mit prüfendem Blick vor dem Spiegel. Sie nickte zufrieden.

„Na, alles vorschriftsgemäß?!" Olive kam verschlafen in den Flur getapst. Sie trug lediglich ein weißes T-Shirt und darunter einen rosa Slip. Ihre kurzen flachsblonden Haare waren verstrubbelt und quer über ihrer rechten Wange verlief eine Schlaffalte. Trotzdem sah Olive auf natürliche Art und Weise bezaubernd aus.

„Wieso bist du denn schon wach? Ich meinte, dich heute Morgen gehört zu haben, als du von der Nachtschicht gekommen bist", sagte Taylor.

Olivia Belford, wie Olive im wirklichen Leben hieß, arbeitete bei einem lokalen Radiosender als Moderatorin. Dank ihres Intellekts und ihrer Wortgewandtheit hatte Olive einen geradezu kometenhaften Aufstieg im Sender hingelegt und hatte schon nach wenigen Monaten ihre eigene Radiosendung bekommen. Das Nachtjournal war eine Livesendung, bei der Zuhörer im Sender anrufen und Fragen stellen konnten. Aufgrund ihrer Scharfzüngigkeit und der Offenheit, mit der sie Anrufe beantwortete, hatte die Sendung innerhalb kürzester Zeit einen Kultstatus unter den Zuhörern erreicht, und Olive war zu einer kleinen Berühmtheit geworden. Allerdings nur ihre Stimme. Niemand kannte Olives Gesicht, und sie achtete streng darauf, dass es auch in Zukunft so blieb.

Olive nickte. „Ich lasse dich doch nicht gehen, ohne dir viel Erfolg zu wünschen." Sie schlang die Arme um Taylors Taille.

„Ach, ihr seid so lieb zu mir." Taylor breitete die Arme aus. „Kommt, lasst euch drücken."

In diesem Moment ging die Tür am Ende des Flurs auf, und Holly, die Vierte im Bunde, kam herausgestürmt.

Holly Summers war das Küken und gleichzeitig der Neuling in der Wohngemeinschaft.

Sie hatte vor einigen Wochen den Platz von Cassandra Devinmoore, der vorherigen Mitbewohnerin eingenommen. Cassie war Journalistin und Hollys Kollegin bei der *Startouch* gewesen, bis sie vor knapp einem halben Jahr den Schauspieler Sam MacLeod bei einem Interview in Schottland kennengelernt hatte. Die beiden hatten sich Hals über Kopf ineinander verliebt, und nach einigen anfänglichen Schwierigkeiten waren sie ein Paar geworden. Vor ein paar Wochen hatte Sam ein Filmangebot in Hollywood bekommen und Cassie war ihm nach Los Angeles gefolgt. Holly war mehr als glücklich gewesen, als ihr Cassie ihr Zimmer in der harmonischen Wohngemeinschaft angeboten hatte. Nicht nur, dass die Wohnung ideal geschnitten war und genügend Platz für vier Personen bot. Zudem war die Lage im beliebten Portobello-Viertel von Notting Hill einfach traumhaft. Von hier aus konnte man bequem zu Fuß einen der vielen Märkte erreichen oder sich in eines der gemütlichen Cafés setzen, die es hier zuhauf gab, um dem Treiben auf den Straßen zuzuschauen.

Seit sie den Film „Notting Hill" mit Julia Roberts und Hugh Grant gesehen hatte, hatte sie genau dort leben wollen. Umso glücklicher war sie gewesen, als Cassie ihr das Zimmer angeboten hatte. Nach kleinen Reibereien in der ersten Zeit, vor allem mit Emily, fühlte sich Holly rundum wohl in der Frauen-WG.

„Hallo, was ist los?" Holly kratzte sich verwundert am Hinterkopf. Sie hatte ihre honigblonden Haare zu einem unordentlichen Knoten zusammengebunden. Ihre schlanken Beine steckten in Jeans- Schlaghosen, dazu trug sie eine weite weiße Bluse und darüber eine Fellweste. Sie sah aus wie aus einem Modekatalog der Siebziger entsprungen.

„Taylor hat heute ihren ersten Tag", kommentierte Emily und musterte Hollys Outfit mit hochgezogener Augenbraue.

Holly schlug sich mit der flachen Hand gegen die Stirn. „Stimmt ja! Hatte ich völlig vergessen. Entschuldige bitte."

„Sag mal, wenn ich es antippe, fängt es dann an zu blöken?!", bemerkte Olive sarkastisch und deutete auf Hollys Weste.

„Schick, nicht wahr?!" Holly drehte sich einmal um die eigene Achse.

„Mhm, ich weiß nicht. Ich hoffe nur, dass das kein echtes Fell ist", sagte Olive mit strengem Blick.

„Seit wann bist du denn so eine Ökotante?", fragte Holly.

„Ich bin keine Ökotante, sondern denke einfach ein bisschen umweltbewusst. Es wäre doch wirklich ein Jammer, wenn so ein unschuldiges weißes Schäfchen wegen dir sterben musste. Findest du nicht?" Olives Mundwinkel zuckten verdächtig.

„Ich unterbreche euer kleines Wortgefecht ja nur ungern, aber ich muss los." Taylor schnappte sich ihre Handtasche, ein Monstrum aus dunkelbraunem Leder, das Teil ihrer Nanny-Ausstattung war.

„Viel Glück!", wünschte Emily und drückte Taylor ein letztes Mal.

„Ich glaube, ich werde mich nie an diesen Anblick gewöhnen." Holly kicherte. „Du siehst irgendwie aus, als ob du dich für einen Halloweenball verkleidet hast."

„Danke, Holly! Dass meine Nanny-Uniform deinen modischen Ansprüchen nicht gerecht wird, war zu erwarten", konterte Taylor spitz. Holly war ein klassisches Portobello-It-Girl und immer nach der neusten Mode gekleidet.

Sie hatte eine wilde Affäre mit dem Chef des Moderessorts angefangen und somit freien Zugang zu den „heiligen Hallen" der Moderedaktion. Kein Schuh war ihr zu hoch und kein Rock zu kurz, Hauptsache, sie bewegte sich im Trend oder, noch besser, war ihm einen Schritt voraus.

„Nein, versteh mich nicht falsch! Du siehst klasse damit aus! Man könnte dich glatt für die jüngere Ausgabe von Mary Poppins halten, und das ist als Kompliment gemeint", sagte Holly hastig.

„Schon gut", seufzte Taylor. „Ich weiß nicht, wie oft ich den Designer dieser Uniform schon verflucht habe, aber so ist es nun mal. Hätte auch noch schlimmer kommen können. Stellt euch vor, sie hätten uns in popelgrüne Kleider gesteckt …" Taylor verzog lachend das Gesicht. „So, ich düse ab. Bis heute Abend."

„Bis später", verabschiedeten sich ihre Freundinnen.

Als sie nach draußen kam, wehte ihr eine laue Brise entgegen. Es war ein ungewöhnlich warmer Tag für diese Jahreszeit. Normalerweise war es im November meist regnerisch kalt und die Sonne zeigte sich nur selten. Heute jedoch schien sie mit voller Kraft auf London herab.

Summend machte sich Taylor auf den Weg zur U-Bahn. Auf den Straßen herrschte bereits reges Treiben. Geschäftsleute in Anzügen hasteten über die Gehsteige, um rechtzeitig zur Arbeit zu kommen. Mütter mit Kinderwägen drehten ihre erste Runde um den Block oder brachten die Kleinkinder in den Kindergarten. Jugendliche in Schuluniformen trödelten in Gruppen die Straße entlang und bewunderten die Auslagen in den Schaufenstern. Die ersten fliegenden Händler schoben ihre Karren an den Straßenrand, um kurze Zeit später die Touristen mit lauten Rufen anzulocken.

Einige Meter bevor sie die Untergrundstation erreicht hatte, schlug Taylor einen Haken und stürmte in das kleine Café mit dem Namen *Heavens Place*.

„Hey, Chris!", begrüßte sie den Mann an der Kaffeemaschine. Das urige Café war in den letzten zwei Jahren zu einem zweiten Zuhause geworden. Tagsüber gab es den besten Kaffee in London, und abends traf man sich im *Heavens Place,* um gemütlich sein Feierabendbier zu trinken.

„Mary Poppins. Schon so früh?!" Chris pfiff anerkennend. „In geheimer Mission unterwegs?"

„Ha. Ha. Ist es so offensichtlich?" Sie zwinkerte ihm zu.

Chris Benson war ein attraktiver Mittdreißiger, der das Café ungefähr zur gleichen Zeit übernommen hatte, als sie nach Portobello gezogen war. Das Café war zu diesem Zeitpunkt ein abgeranzter alter Schuppen gewesen, bis Chris sich seiner angenommen und es in ein Schmuckstück verwandelt hatte. Taylor liebte die plüschige Einrichtung des Cafés mit seinen roten Sesseln und den vollgestopften Bücherregalen, die die Wände zierten. Unter den Einheimischen galt das Café als Geheimtipp und nur wenige Touristen verirrten sich hierher. Trotzdem lief der Laden und Chris konnte mittlerweile gut von den Einkünften leben.

„Haselnusskaffee, wie immer?"

Taylor setzte sich auf den Barhocker gleich neben dem Tresen. „Unbedingt! Ich wüsste nicht, was ich ohne deinen Haselnusskaffee tun würde."

„Einen anderen Kaffee trinken." Chris grinste und fuchtelte virtuos mit den Händen an den verschiedenen Hebeln der chromfarbenen Maschine. Er warf ihr einen kurzen Blick zu. „Du wirkst irgendwie nervös …"

„Dir entgeht aber auch nichts", seufzte Taylor.

„Nicht, wenn es sich um meine Lieblingskundin handelt." Er schenkte ihr ein Lächeln.

„Danke. Tatsächlich fange ich heute eine neue Stelle an."

Er nickte und stellte den stählernen Topf unter die Düse. Das laute Zischen, als er die Milch aufschäumte, ließ sie zusammenzucken. „Eine neue Familie ist immer eine Herausforderung."

„Ja, vor allem, wenn man sie noch nie zuvor gesehen hat."

„Du fängst bei einer Familie an, ohne dich vorher persönlich vorgestellt zu haben?" Seine gezupfte Augenbraue schnellte nach oben. „Ist das normal?"

„Nein, das ist genau der Punkt. Deshalb bin ich ja so nervös."

Es klingelte und ein Mann betrat das *Heavens Place*.

Er war hochgewachsen, von schlanker sportlicher Statur und hatte ein markantes Gesicht. Taylor hatte den Mann noch nie zuvor hier gesehen.

Seine kurzen Haare und der Dreitagebart verliehen ihm ein jugendliches Aussehen, obwohl er auf den zweiten Blick nicht so jung war, wie er wirkte. Taylor schätzte ihn auf Mitte dreißig. Er trug einen maßgeschneiderten dunkelgrauen Anzug und teure Lederschuhe. Sein Blick glitt durch den Raum. Unruhig, fast unsicher. Aus dem Augenwinkel beobachtete sie, wie der Mann auf einem der roten Sessel in der Nähe der Fenster Platz nahm. Chris' Augen waren dem Mann ebenfalls gefolgt.

„Schnuckeliger Typ", murmelte er mit gesenkter Stimme zu Taylor, der ihren Blick aufgefangen hatte. Chris war ein schwuler Single und immer auf der Suche nach einem Abenteuer. Einer der Gründe, warum sie sich von Anfang an so gut verstanden hatten.

Sie nickte stumm. Eigentlich waren Anzugträger nicht ihr Fall. Sie mochte Männer, die eine lässige Art und eine gewisse Anziehungskraft an sich hatten. Jason, ihr momentaner Freund, war ein Lebenskünstler, der sich mit Gelegenheitsjobs als Model über Wasser hielt. Er war nicht gerade das, was man als eine intellektuelle Leuchte bezeichnen würde, aber er brachte sie zum Lachen und im Bett hatte er sich als zärtlicher Liebhaber herausgestellt. Außerdem war er einfach nett anzusehen. Mehr Anspruch hatte sie im Moment nicht an ihren Partner.

Von diesem Mann ging jedoch eine Traurigkeit aus, die sie auf eigenartige Weise anziehend fand.

„Hier, dein Haselnusskaffee." Chris reichte ihr den Pappbecher.

„Du bist ein Schatz!" Sie drückte Chris einen Kuss auf die Wange. „Bis morgen."

„Viel Glück, Mary Poppins!" Chris hob die Hände mit den gedrückten Daumen in die Luft.

„Danke. Kann ich gut gebrauchen.“ Sie nahm den Becher und stand auf.

Unauffällig warf sie einen Blick zur Seite, wo der Mann saß. Bedauernd stellte sie fest, dass sein Gesicht hinter einer Tageszeitung verborgen lag, die er in der Zwischenzeit aus seiner Aktentasche geholt hatte.

Taylor schlüpfte durch die Eingangstür ins Freie.

Wie immer um diese Uhrzeit war die „Tube“, wie die Londoner ihre U-Bahn nannten, voll mit Pendlern, die aus den Außenbezirken Londons zur Arbeit fuhren. Mit dem Pappbecher in der Hand quetschte sich Taylor zwischen zwei älteren Männern auf die Bank und trank ihren Kaffee. Nach einer knappen Viertelstunde hatte sie die Station High Street Kensington erreicht. Von dort aus war es nur noch ein kurzer Fußweg bis zum Haus ihres Arbeitgebers.

Die Mietpreise in Kensington waren in den letzten Jahren auf geradezu lächerliche Höhe angestiegen, und es gab nur noch wenige Londoner, die sich dort eine Wohnung leisten konnten. Wer hier lebte, gehörte zu der Oberschicht Londons oder hatte das Haus geerbt. Taylor bewunderte die hohen Fassaden der Stadthäuser mit ihren gusseisernen Zäunen, die das Straßenbild prägten. Alles wirkte gepflegt und sauber. Bäume säumten die Straße und lockerten das Stadtbild auf.

Trotzdem vermisste sie das bunte Treiben, wie es in Portobello herrschte, wo Tag und Nacht Menschen auf der Straße anzutreffen waren. Im Gegensatz zu Portobello, wo kein Haus dem anderen glich, waren die Häuser in Kensington identisch gebaut und standen, wie die Perlen einer Kette, dicht aneinandergereiht.

Interessiert musterte Taylor das Haus ihres neuen Arbeitgebers.

Es war ein typischer weißer Backsteinbau, in dessen winzigem Vorgarten Rosenbüsche wuchsen mit einer eleganten Treppe, die zur Eingangstür führte. Gusseiserne Geländer zierten die kleinen Balkone des oberen Stockwerks.

Aus dem Augenwinkel nahm Taylor eine Bewegung hinter einem der Fenster wahr. Unauffällig schielte sie unter ihrem Hut nach oben. Zwei Kindergesichter spiegelten sich im Fenster wider, ein Junge und ein Mädchen, die sie neugierig musterten. Ein Lächeln huschte über Taylors Lippen. Offensichtlich waren ihre neuen Schützlinge genauso gespannt auf die erste Begegnung wie sie selbst. Als sie den Blick hob, traten die Kinder ertappt einen Schritt zurück. Taylor runzelte die Stirn, dann ging sie die vier Stufen nach oben, bis sie vor der imposanten Eingangstür stand.

Das Namensschild war golden und mit geschwungenen Buchstaben war der Name *Whitworth-Johnson* eingraviert worden, der Name ihres neuen Arbeitgebers.

Taylor straffte den Rücken, dann holte sie tief Luft und drückte auf den Klingelknopf. Sie lauschte. Schritte näherten sich und die Tür wurde mit einem Ruck geöffnet. Eine zierliche Frau mit dem Gesicht eines Menschen, der nicht häufig lachte, stand vor ihr.

„Ja, bitte?“

Die Frau trug ein dunkelblaues Kostüm und dazu hautfarbene Seidenstrümpfe.

Ihre braunen Haare hingen schlaff auf ihre Schultern herab, wodurch ihr schmales Gesicht noch stärker betont wurde. Die veilchenfarbenen Augen der Frau musterten sie aufmerksam hinter einer dunklen Hornbrille, die viel zu hart wirkte im Kontrast zu der hellen Gesichtsfarbe. In der Rolle der Miss Moneypenny wäre die Frau eine Traumbesetzung gewesen. Unauffällig, blass und ein wenig unsicher.

„Guten Morgen“, sagte Taylor artig. „Mein Name ist Taylor Susan Young. Ich bin die neue Nanny.“ Sie streckte lächelnd ihre Hand zur Begrüßung aus. Die dünnen Augenbrauen der Frau schnellten nach oben, ohne dass sie Anstalten machte, Taylors Begrüßung zu erwidern. Irritiert zog Taylor die Hand zurück.

„Sie sind pünktlich. Eine Eigenschaft, die ich sehr schätze“, fuhr die Frau mit näselnder Stimme fort.

„Ich bin Mildred Whitworth, die Schwester der Verstorbenen. Mein Schwager Professor Johnson ist bedauerlicherweise nicht hier, um Sie persönlich zu begrüßen."

Taylor schüttelte verwundert den Kopf. „Ähm, ich verstehe nicht so ganz …" Sie sah irritiert auf das Namensschild, ob vielleicht eine Verwechslung vorliegen konnte. Nein, das hier war eindeutig das Haus ihres neuen Arbeitgebers.

„Ich werde Ihnen alles erklären", unterbrach sie Mrs Whitworth. „Bitte, treten Sie doch erst einmal ein."

Taylor nickte. Eigentlich hatte sie erwartet, dass die Mutter der Kinder anwesend sein würde, und nun stand diese Frau vor ihr und redete von einer Verstorbenen?! Wenn sie nach Hause kam, würde sie ein Wörtchen mit der Agentur reden müssen; sie derart im Ungewissen zu lassen, war einfach nicht akzeptabel. Kinder, deren Eltern kürzlich gestorben waren, bedurften einer völlig anderen Vorgehensweise als Kinder aus normalen Verhältnissen. Sie hätte sich vorbereiten können, so war sie gezwungen, zu improvisieren.

Taylor folgte Mrs Whitworth durch den kurzen Flur in den Eingangsbereich. Trotz des Sonnenscheins, der draußen herrschte, war es im Inneren des Hauses dunkel. Verwundert registrierte Taylor, dass jemand die samtigen Vorhänge der großen Fenster zugezogen hatte. Die Holzdielen knarrten leise unter ihren Füßen, als sie die kleine Eingangshalle durchquerten. Interessiert musterte sie die Räumlichkeiten, eine Eigenart, die sie sich im Laufe der letzten Jahre angewöhnt hatte. Die Einrichtung eines Apartments oder Hauses verriet viel über seine Eigentümer. Helle lichtdurchflutete Räume zeugten häufig von einer offenen Persönlichkeit, hingegen dunkle Räume eher auf einen verschlossenen unsicheren Menschen.

Taylor bewunderte den Kristallleuchter, der von der Decke der Eingangshalle herabhing und den Raum in sein weiches Licht tauchte.

Eine elegante Treppe, wie sie in alten Herrschaftshäusern meist zu finden war, führte zu den oberen Stockwerken. Ihre Augen wanderten die Stufen nach oben. Im Halbdunkel ganz am Ende der Treppe entdeckte sie zwei kleine Gestalten. Ein Junge und ein Mädchen standen dicht nebeneinander gedrückt und beobachteten aus einem sicheren Abstand das Geschehen.

Laut der Angaben, die ihr die Agentur mitgeteilt hatte, war das Mädchen vier und der Junge sechs Jahre alt.

„Miss Taylor!“ Die Stimme von Mrs Whitworth holte sie zurück. „Folgen Sie mir bitte.“ Anscheinend hatte Mrs Whitworth nicht vor, die Kinder zu ihrem ersten Gespräch hinzuzubitten.

„Ja, natürlich.“ Taylor winkte den Kindern zu, bevor sie Mrs Whitworth ins Wohnzimmer folgte. Ein Lächeln huschte über das Gesicht des Mädchens. Der Junge stand mit zusammengepressten Lippen starr neben seiner Schwester, ohne den Blick von Taylor abzuwenden. Normalerweise waren die Kinder eher neugierig und aufgeschlossen ihr gegenüber. Weder das Mädchen noch der Junge machten Anstalten, die Treppe hinunterzukommen, und so folgte sie Mrs Whitworth in das Wohnzimmer.

Als sie das Zimmer betrat, wurde sie von einem leichten Rauchgeruch empfangen, der zweifellos von dem Kamin stammte, der den Mittelpunkt des Zimmers bildete. Davor hatte man ein Chesterfield-Sofa in einem klassischen Braunton aufgestellt zusammen mit zwei Sesseln und einem hölzernen Beistelltisch. Die Wände waren in schlichtem Weiß gestrichen und Stuckornamente zierten die hohen Decken. Im Kamin lagen die Holzscheite sorgfältig übereinandergestapelt, und auf dem Kaminsims entdeckte Taylor mehrere Fotos und eine goldene Standuhr, deren leises Ticken den Raum erfüllte.

Vergeblich suchte sie nach Spielzeug oder anderen Dingen, die darauf hindeuteten, dass hier Kinder lebten. Alles wirkte aufgeräumt und geradezu klinisch sauber, wie in einem Ausstellungsraum eines Möbelhauses.

„Bitte nehmen Sie Platz", forderte sie Mrs Whitworth hölzern auf und griff nach einer kleinen Messingglocke, die neben dem Sofa auf dem Beistelltisch stand. Leises Klingeln ertönte und keine Minute später tauchte das Gesicht einer rundlichen Frau im Türrahmen auf.

„Mrs Whitworth, Ma'am."

„Rosie, bitte bringen Sie uns den Tee ..." Und dann zu Taylor gewandt. „Sie trinken doch Tee?"

„Für gewöhnlich trinke ich Kaffee", antwortete Taylor lächelnd, was ihr einen missbilligenden Blick von Mrs Whitworth und ein verstohlenes Lächeln der Haushälterin einbrachte. Wenn das weitere Treffen so verlief wie bisher, rechnete sie sich nicht allzu viele Chancen aus, dass ihre Anstellung in dem Haushalt von Dauer sein würde.

„Einen Tee und einen Kaffee." Mrs Whitworth sprach das letzte Wort aus, als würde es sich dabei um eine gefährliche Droge handeln.

„Jawohl, Madam." Die Frau machte einen angedeuteten Knicks und verschwand sichtlich erleichtert.

Es herrschte ein unbehagliches Schweigen zwischen ihnen. Mrs Whitworths Augen musterten sie streng.

„Ich hatte Sie mir irgendwie anders vorgestellt." Mrs Whitworth machte eine bedeutungsvolle Pause. „Irgendwie ... älter."

Taylor schmunzelte. Diesen Satz hatte sie schon oft gehört. Wenn die Kunden ihre Zeugnisse lasen, hatten sie häufig die Vorstellung einer älteren gesetzten Frau und waren erstaunt, wenn Taylor die Bildfläche betrat. So manche Ehefrau hatte sie argwöhnisch beobachtet aus Angst, Taylor könnte ein Auge auf den Ehemann werfen. Aber davon war Taylor weit entfernt. Sie hielt sich treu an den Grundsatz des Norland College, sich niemals und unter keinen Umständen auf ein Verhältnis mit ihrem Auftraggeber einzulassen.

„Ja, ich weiß. So geht es den meisten meiner Kunden. Aber ich kann Ihnen versichern, dass ich durchaus in der Lage bin, zwei Kinder zu erziehen und zu beaufsichtigen."

Sie legte ihre Hände in den Schoß, damit die Frau nicht bemerkte, wie sie zitterte.

Mrs Whitworth nickte. „Im College sagte man uns, dass Sie die beste Kandidatin für diesen Job sind, und Ihre Zeugnisse sind geradezu überragend."

Die Hausangestellte kam zurück und stellte ein Tablett auf den Tisch. Zuerst reichte sie Taylor einen Becher mit Kaffee.

„Vielen Dank." Taylor schenkte der Frau ein Lächeln. Für einen winzigen Augenblick fiel die Maske der Gleichgültigkeit von der Hausangestellten ab und sie erwiderte ihr Lächeln. Taylor schätzte die Frau auf Anfang vierzig. Ihr dichtes braunes Haar war bereits mit grauen Strähnen durchzogen und unter ihren hellblauen Augen hatten sich tiefe Krähenfüße eingegraben. Sie hatte ein gütiges Gesicht.

„Benötigen Sie Milch oder Zucker?", fragte Mrs Whitworth.

„Gerne etwas Milch", antwortete Taylor höflich.

„Haben Sie noch einen Wunsch, Ma'am?", fragte Rosie, nachdem sie den Tee serviert hatte.

Mrs Whitworth schüttelte kaum merklich den Kopf. „Danke, Rosie, das ist vorerst alles."

Rosie entfernte sich lautlos.

Taylor beobachtete aus dem Augenwinkel, wie Mrs Whitworth mit spitzen Fingern die Tasse zum Mund hob und vorsichtig einen Schluck nahm.

„Es geht doch nichts über eine gute Tasse Tee." Mrs Whitworth schürzte die Lippen.

Taylor nickte und nahm ebenfalls einen Schluck. Der Kaffee war herrlich stark und schmeckte ausgezeichnet.

Die veilchenfarbenen Augen von Mrs Whitworth ruhten prüfend auf ihr. Das Ticken der Standuhr im Hintergrund kam Taylor vor wie Donnerschläge, die ihren Untergang als Nanny zählten.

„Wie kommt es, dass eine junge Frau wie Sie es sich zur Aufgabe gemacht hat, sich um die Kinder fremder Menschen zu kümmern, anstatt selbst eine Familie zu gründen?"

Taylor zuckte kaum merklich zusammen. Tatsächlich hatte Mrs Whitworth mit nur einer einzigen Frage ihren wunden Punkt getroffen. Ein Geheimnis, das sie seit ihrer Jugend für sich bewahrte und von dem noch nicht einmal ihre Freundinnen wussten.

Schlagartig waren die Bilder von damals wieder in ihrem Kopf. Wie sie im Sprechzimmer gesessen und die Frauenärztin sie mit ernster Miene nach der Untersuchung gemustert hatte. Die Worte der Frau hallten bis heute in ihren Ohren:

„Es tut mir leid, aber Sie leiden an einer seltenen Störung, die bewirkt, dass Ihre Eizellen nicht vollständig heranreifen."

„Und was bedeutet das?", hatte sie mit brüchiger Stimme gefragt. In ihrem Kopf hatte sich alles gedreht und sie hatte ihre Finger in die Stuhllehne gekrallt.

Die Ärztin hatte mit den Achseln gezuckt, so als wäre es eine Kleinigkeit. „Dass Sie keine Kinder bekommen können."

Taylor hatte das Gefühl gehabt, jemand hätte sie geohrfeigt. Eine Welt war zusammengebrochen - ihre Welt.

Seit sie denken konnte, hatte sie sich nichts mehr als eine eigene Familie gewünscht. Sie selbst war behütet zusammen mit ihrer jüngeren Schwester Carolin aufgewachsen. Der Zusammenhalt in der Familie war riesig und sie genoss die Besuche zu Hause bis heute.

Wenn Taylor sich ihre Zukunft vorgestellt hatte, dann hatte sie sich immer als Mutter zweier Kinder in einem kleinen Cottage am Stadtrand mit einem schönen Garten und dem richtigen Mann an ihrer Seite gesehen. Dieser Traum war mit einem Schlag zerplatzt.

Wie benommen war sie aufgestanden und hatte die Praxis ohne sich zu verabschieden verlassen. Erst als die Tür hinter ihr ins Schloss gefallen war, waren die Tränen gekommen. Ein Meer von salzigen Tropfen. Nachdem sie sich wieder gefangen hatte, hatte sie sich noch am folgenden Tag die Meinung eines zweiten Arztes eingeholt. Das ernüchternde Ergebnis war die Bestätigung der ersten Diagnose gewesen.

Es hatte Tage gedauert, bis sie den ersten Schock überwunden und sie einen Entschluss gefasst hatte, der ihr Leben grundlegend verändert hatte. Sie würde nicht länger nach ihrem Traummann suchen wie bisher, sondern sich kopfüber ins Leben stürzen.

Die ersten Wochen hatte sie wilde Partys gefeiert und ihren Kummer mit Alkohol betäubt. Aber irgendwann war sie aufgewacht und hatte gewusst, dass es nur einen Weg für sie gab, ihre Sehnsucht nach Kindern zu stillen. Bereits in der folgenden Woche hatte sie sich beim Norland College als Nanny-Anwärterin eingeschrieben. Wenn sie selbst keine Kinder bekommen könnte, dann konnte sie zumindest fremden Kindern helfen und die Zeit mit ihnen verbringen.

Bisher war ihre Strategie von damals aufgegangen. Der Schmerz über den Verlust ihrer Träume hatte nachgelassen, nur in seltenen Stunden trauerte sie den Kindern nach, die sie niemals haben würde. Aber sie hatte gelernt, die Umstände zu akzeptieren und mit ihnen zu leben.

„Miss Young?“ Die Stimme von Mrs Whitworth holte sie zurück.

„Entschuldigen Sie bitte.“ Taylor schüttelte sich kaum merklich, als könnte sie den Gedanken abschütteln wie eine lästige Fliege. „Es gibt keinen speziellen Grund. Ich liebe Kinder, und es erfüllt mich, mein Wissen an sie weiterzugeben.“ Es war zwar nicht die ganze Wahrheit, aber sie fand es ausreichend. „Kinder sind die dankbarsten Geschöpfe auf der Welt und das ist meine Belohnung.“

Mrs Whitworths Augen zogen sich zusammen. „Dann haben Sie mir ja schon mal einen entscheidenden Schritt voraus.

Ich habe nie verstanden, warum meine Laura überhaupt Kinder bekommen hat. Meine Schwester war nicht der Typ Mutter.“ Mrs Whitworth stieß einen tiefen Seufzer aus. „Sie war eine sehr erfolgreiche Architektin und überall beliebt.“

Die Mutter der Kinder hieß also Laura. „Sie deuteten vorhin an, dass Ihre Schwester … ähm, die Mutter der Kinder verstorben ist?!“, tastete sich Taylor vorsichtig vor.

Mrs Whitworth nickte langsam, ihre Augen schimmerten feucht. Es war das erste Mal
seit Beginn des Gesprächs, dass Taylor so etwas wie eine Gefühlsregung bei ihr entdeckte.

„Laura ist vor knapp einem Jahr bei einem Autounfall ums Leben gekommen. Ausgerechnet meine perfekte kleine Schwester." Mrs Whitworth schüttelte den Kopf. „Sie hatte alles, was sich eine Frau nur wünschen konnte." Bitterkeit sprach aus ihrer Stimme.

Ein Jahr! Sie konnte nur erahnen, wie schrecklich es für die Kinder gewesen sein musste. Verlustängste waren meist nur eine der Spätfolgen, wenn Kinder ihre Eltern verloren. Sie konnte nur hoffen, dass der Vater der Kinder einfühlsamer mit dem Tod seiner Frau umging als Mrs Whitworth.

„Laura war sofort tot. Matthew war damals für einen Vortrag unterwegs." Der Vorwurf in ihrer Stimme war deutlich zu hören. Taylor nahm an, dass es sich bei Matthew um den Vater der Kinder handelte. „Ich bin noch am gleichen Tag angereist und habe mich um die Kinder gekümmert. Stella und Will waren sehr verstört. Ich wusste zunächst überhaupt nicht, wie ich damit umgehen sollte. Schließlich habe ich selbst keine eigenen Kinder."

Taylor glaubte ihr aufs Wort. Sie hatte sich zwar abgewöhnt, ihre Mitmenschen zu schnell in eine Schublade zu packen, aber Mrs Whitworth gehört sicher nicht zum Typ Mensch, der Wärme und Trost schenkte. Taylor schätzte sie als einen Menschen ohne viele Freunde ein und wahrscheinlich ohne Partner.

„Wissen Sie, Matthew ist ein guter Mann, der meine Schwester über alles geliebt hat. Ihr plötzlicher Tod hat ihn sehr getroffen." Mrs Whitworths Mund war kaum mehr als ein Strich. „Er ist beruflich ziemlich eingespannt und hat deshalb kaum Zeit, sich um die Kinder zu kümmern, jetzt, wo er alleine für den Unterhalt der Familie aufkommen muss. Als Dozent an der Universität ist die Bezahlung nicht gerade üppig. "

Taylor nickte nachdenklich, während sie die Information verarbeitete. Wie es sich anhörte, war die Mutter der Kinder wohlhabend gewesen und hatte den Großteil des Geldes beigesteuert.

„Ich habe mein Bestes versucht, den Kindern die Mutter zu ersetzen, das können Sie mir glauben. Aber ich bin einfach nicht für das Leben als Mutter gemacht. Ich bin gut mit Pferden, verstehen Sie. Ich reite seit jüngster Kindheit. Pferde tun, was man ihnen sagt, bei Kindern ist das anders." Sie seufzte leise. „All diese Fragen und diese neugierigen Blicke." Mrs Whitworth sah aus, als würde sie jeden Moment in Tränen ausbrechen.

„Wir hatten seit Lauras Tod zwei Kindermädchen, aber es gab Probleme mit den Kindern und deshalb mussten wir uns von ihnen vorzeitig trennen."

„Dann will ich mein Bestes versuchen, dass sich das ändert", sagte Taylor und tätschelte Mrs Whitworth die Hand. „Ich verspreche Ihnen, ich werde mich um die Kinder kümmern, als wären es meine eigenen."

Mrs Whitworth nickte dankbar. „Ja, es hat lange gedauert, bis ich Matthew dazu überreden konnte, eine weitere Kinderfrau einzustellen. Er mag es nicht, wenn Fremde im Haus sind, und wenn es um seine Kinder geht, denkt er nicht mehr rational."

Sie schwiegen einen Moment.

Taylor durchbrach die Stille zwischen ihnen. „Dürfte ich die Kinder jetzt sehen?"

„Aber natürlich!" Mrs Whitworth nickte. „Ich hielt es unter den Umständen für besser, vorher mit Ihnen zu sprechen, ohne dass die Kinder dabei sind."

„Absolut", pflichtete Taylor ihr bei. „Das war sehr rücksichtsvoll von Ihnen." Sie dachte an die blassen Gesichter, die sie bei ihrer Ankunft von der Treppe aus beobachtet hatten. Wahrscheinlich starben sie vor Neugier und Taylor wollte sie gerne davon erlösen.

„Will, Stella!“ Mrs Whitworth klatschte in die Hände. Keine Sekunde später wurde die Tür aufgerissen und die Kinder kamen ins Wohnzimmer gestürmt. Bestimmt hatten sie die ganze Zeit hinter der verschlossenen Tür gestanden, die Ohren gegen das Holz gedrückt und gelauscht.

Der Junge hatte das Mädchen an die Hand genommen. Zögerlich kamen die beiden näher. Taylor nutzte die Zeit, um sich ein erstes Bild von ihren neuen Schützlingen zu machen. Das Mädchen hatte lange dunkelblonde Kinderhaare, die ihr in weichen Wellen auf ihre schmalen Schultern fielen. Sie hat das Gesicht einer Madonna, mit großen blauen Augen und und schwungvollen Lippen. Die Kleine musterte sie neugierig. Ihr Bruder war einen Kopf größer als sie, hatte braune störrische Haare und trotz des kindlichen Gesichtes waren bereits die markanten Züge zu erkennen, die er als erwachsener Mann haben würde. Im Gegensatz zu seiner Schwester hatte er schokobraune Augen. Sein Gesichtsausdruck wirkte verschlossen, fast hochnäsig. Der Junge stellte sich schützend vor seine Schwester, als sie die Sitzecke erreicht hatten.

„Hallo, ihr beiden“, begrüßte sie Taylor freundlich lächelnd. „Ihr seid also Stella und Will.“ Sie stand auf und ging einen Schritt auf die Kinder zu. Der Junge wich instinktiv zurück. Das Mädchen presste seinen schmächtigen Körper dicht an den Bruder. „Ich bin Taylor, euer neues Kindermädchen.“

„Ich bin aber kein kleines Kind mehr“, presste der Junge ablehnend hervor.

„Will!“ Mrs Whitworth hob ermahnend die Stimme. Ein dunkler Schatten huschte über das Gesicht des Jungen. Es war offensichtlich, dass er und seine Tante nicht die besten Freunde waren. Das Mädchen für sich zu gewinnen, dürfte kein Problem sein. Der Junge war der Knackpunkt. Wie es aussah, war er ganz und gar nicht scharf darauf, ein neues Kindermädchen kennenzulernen.

„Wie alt bist du denn?“, fragte Taylor.

„Ich bin fast sieben.“ Die Miene des Jungen blieb verschlossen. Seine Schwester stand schweigend neben ihm.

„Und du?“ Sie richtete den Blick auf das Mädchen.

„Ich bin schon vier!“ Stella hielt vier Finger demonstrativ in die Luft. Taylor schmunzelte.

„Dann hat Will recht, ihr seid definitiv keine Kleinkinder mehr.“ Sie nickte, um ihre Aussage zu bekräftigen. „Wie wäre es, wenn wir uns auf den Begriff Nanny einigen würden?“

„So wie Mary Poppins?“, piepste Stella erfreut.

„Du kennst Mary Poppins?“ Taylor ging in die Hocke, um auf Augenhöhe mit den Kindern zu sein.

Stella nickte und ihre Locken wippten fröhlich mit. „Die ist lustig.“

„Stimmt. Ich bin auch lustig - zumindest behaupten das meine Freundinnen und die anderen Kinder.“ Sie grinste schief.

„Welche anderen Kinder?“, fragte Will.

„Na, die Kinder, die ich vor euch betreut habe. Jack, Mia, Ben und Lawrence zum Beispiel.“

„Aber du hast ja gar keinen Regenschirm wie Mary Poppins, um zu fliegen!“ Stella reckte sich, um hinter Taylors Rücken zu schauen, ob sie dort vielleicht den Regenschirm versteckt hatte.

Taylor schmunzelte. „Ich brauche keinen Regenschirm.“

„Aber Mary Poppins kann fliegen“, sagte Stella etwas enttäuscht.

„Das ist doch Quatsch. Niemand kann fliegen“, unterbrach Will seine Schwester. Seine Augen funkelten Taylor herausfordernd an. Sofort zog sich Stella wieder in die sichere Position hinter dem Rücken ihres Bruders zurück.

„Du hast natürlich recht, ich selbst kann nicht fliegen und ich habe auch keinen magischen Regenschirm wie Mary Poppins. Aber ich kann andere Sachen, die euch vielleicht gefallen.“ Sie lächelte.

„Will hat ein Flugzeug aus Lego gebaut“, piepste Stella, was ihr sofort einen Seitenblick ihres Bruders einbrachte.

„Du interessierst dich also für die Flugzeuge?“, fragte Taylor.

Will nickte mit zusammengepressten Lippen. Es war ihm deutlich anzusehen, dass es ihm unangenehm war, dass sie seine Leidenschaft so schnell herausgefunden hatte.

„Eine Freundin von mir arbeitet im Flugzeug als Flugbegleiterin. Ich bin mir sicher, ich könnte sie fragen, ob sie uns mal mit zum Flughafen nimmt.“

Wills Augen weiteten sich für einen winzigen Augenblick.

„Ich bin schon mal teflogen“, lispelte Stella und grinste Taylor breit an.

„Wirklich? Wohin denn?“

„In den Urlaub mit unseren Eltern“, antwortete Will auf ihre Frage. Taylor nahm an, dass er Angst hatte, dass Stella noch mehr Geheimnisse verraten könnte.

„Meine Mami ist im Himmel.“ Stellas Augen füllten sich mit Tränen.

Taylor ging in die Hocke und streichelte Stella über den Arm. „Das muss schlimm für euch gewesen sein.“

Wills Augen beobachteten sie wachsam.

„Ist meine Mummy jetzt ein Engel?“ Stella zupfte an ihrem Arm.

Taylor streckte die Hand aus und strich ihr über das Haar. „Natürlich. Ich bin mir sicher, dass sie vom Himmel auf euch aufpasst, und jedes Mal, wenn sie lächelt, scheint die Sonne.“

Die Miene des Mädchens erhellte sich bei dem Gedanken.

Für einen winzigen Augenblick huschte ein Lächeln über Wills Gesicht, bevor er seine Gefühle wieder hinter einer Maske der Gleichgültigkeit verschwinden ließ.

„Habt ihr noch Fragen an eure neue Nanny?“, näselte Mrs Whitworth.

Stella und Will schüttelten den Kopf.

„Gut, dann würde ich sagen, dass ihr wieder auf eure Zimmer geht. Ich komme dann später mit Nanny Taylor zu euch.“

„Bis gleich, ihr Süßen." Taylor winkte ihnen zu, bevor die zwei aus dem Zimmer verschwanden.

„Und nun zu Ihnen, Miss Young." Mrs Whitworth lächelte huldvoll und legte ein eng beschriebenes Blatt auf den Tisch, das sie zuvor aus dem Regal geholt hatte.

„Die Kinder verlassen das Haus pünktlich morgens um 08:45, da die Vorschule und der Kindergarten um 09:00 Uhr beginnen. Der Kindergarten liegt gleich hier um die Ecke. Zur Vorschule sind es fünf Minuten weiter zu Fuß." Taylor nickte. „Um 12:00 Uhr werden die Kinder für gewöhnlich wieder abgeholt. In dieser Zeit bereitet Rosie das Mittagessen für die Kinder vor. Um 13:30 Uhr beginnen die Kinder mit den Hausaufgaben bis circa 15:00 Uhr. Will hat zweimal die Woche Klavierunterricht und Stella geht einmal die Woche zum Ballett. Die Adresse der jeweiligen Einrichtung habe ich Ihnen hier notiert. Zusätzlich hat Will noch dreimal die Woche Tennisunterricht."

„Entschuldigung, wenn ich Sie kurz unterbreche, aber das ist ja der Plan eines Managers, den die Kinder da zu erledigen haben."

Mrs Whitworth legte angesichts der Kritik die Stirn in Falten.

„Verstehen Sie mich nicht falsch, aber wir reden hier von einer Vierjährigen und einem Sechsjährigen."

„Ich bin durchaus über das Alter meiner Nichte und meines Neffen informiert", entgegnete Mrs Whitworth spitz.

„So war es nicht gemeint", sagte Taylor versöhnlich. „Alles, was ich damit sagen wollte, war, dass mir der Tagesplan der beiden doch sehr ausgefüllt zu sein scheint."

„Was durchaus beabsichtigt ist. Man kann die Kinder gar nicht früh genug auf das Berufsleben und seine Anforderungen vorbereiten."

„Seien Sie mir nicht böse, Mrs Whitworth, wenn ich Ihnen widerspreche. Aber ich denke, im Interesse der Kinder ist es mindestens genauso wichtig, sich mit Gleichaltrigen zu treffen.

Soziale Kontakte sind entscheidend in der Entwicklung eines Kindes. Nur aus glücklichen Kindern kann auch ein glücklicher Erwachsener werden."

„Der Tagesplan von meiner Schwester und mir war ebenso ausgefüllt. Wirke ich etwa weniger glücklich oder erfolgreich auf Sie?" Mrs Whitworths Augen funkelten sie herausfordernd an.

Am liebsten hätte sie ja geschrien, aber in Anbetracht der Situation verkniff sie es sich, ihr eine ehrliche Antwort zu geben. Im Laufe ihrer Ausbildung hatte man ihr beigebracht, das Diplomatie manchmal der bessere Weg zum Erfolg war, auch wenn es ihr schwerfiel. „Mrs Whitworth, ich kenne Sie erst seit wenigen Minuten und kann mir unmöglich ein Urteil über Ihren Gemütszustand erlauben. Alles, was ich sage, geschieht aus reiner Erfahrung und zum Besten der Kinder."

Mrs Whitworth ging auf Konfrontationskurs. „In Anbetracht Ihres Alters kann diese Erfahrung, von der Sie sprechen, nicht auf ein langjähriges Praxiswissen basieren."

Taylor ballte die Hände unter dem Tisch zur Faust. Diese Frau war schwerer zu knacken als eine harte Nuss. „Mrs Whitworth, es hat doch keinen Sinn, wenn wir uns streiten. Wir haben doch beide das gleiche Ziel - das Wohl der Kinder", sagte sie betont ruhig.

Mrs Whitworth nickte mit zusammengepressten Lippen.

„Selbstverständlich werde ich mich an die Vorgaben von Ihnen und Mr Johnson halten ..."

„Professor Johnson", unterbrach sie Mrs Whitworth. „Es heißt Professor Johnson!"

„Ja, natürlich Professor Johnson halten. Ich möchte nur zusätzlich eine kleine Abwechslung in den Tagesplan bringen. Sozusagen als Ausgleich für die Kinder." Sie lächelte Mrs Whitworth versöhnlich zu.

„Nun ja, dann habe ich Sie wohl missverstanden", antwortete ihre Arbeitgeberin mit spitzem Mund. „Ich denke, das lässt sich einrichten."

Taylor atmete erleichtert aus. Zumindest hatte sie heute einen kleinen Teilsieg errungen, wobei noch ein weiter Weg vor ihr lag.

2. Kapitel

Als Taylor nach draußen trat, holte sie erst mal tief Luft und stieß einen frustrierten Schrei aus. Das Haus und die Atmosphäre, die dort herrschte, hatten sie förmlich erdrückt. Sie war froh, dem endlich zu entkommen. Auch wenn sie es nur ungern zugab, so musste sie sich eingestehen, dass ihr erster Arbeitstag ein völliger Reinfall gewesen war. Mrs Whitworth hatte ihr am Ende ihres Besuches den Arbeitsplan in die Hand gedrückt mit der Aufforderung, pünktlich zu erscheinen. Die Verabschiedung war deutlich reserviert ausgefallen.

Jemand hupte hinter ihr auf der Straße. Erschreckt drehte sie sich um.

„Na, hübsche Frau, darf ich Sie ein Stückchen mitnehmen?"

„Jason!", rief sie verblüfft.

„Da staunst du!"

Sie nickte. Für gewöhnlich traf sie die Verabredungen und nicht umgekehrt.

„Ich dachte mir, ich hol dich ab und wir beiden Hübschen machen uns einen schönen Abend." Jason stieß die Beifahrertür auf. Bevor sie in den Wagen stieg, warf sie noch einen Blick nach oben, wo sich die Kinderzimmer befanden. Die Vorhänge waren zurückgeschoben und sie entdeckte die schemenhaften Umrisse der Kinder im Fenster. Sie winkte ihnen freundlich zu. Sofort tauchten die Köpfe der Kinder ab und der Vorhang fiel davor. Fehlanzeige!

Seufzend stieg sie zu Jason ins Auto.

„Na, wie war dein Tag?" Er begrüßte sie mit einem Kuss. Seine Lippen waren weich und er schmeckte leicht nach Kaffee und Minze. Wahrscheinlich hatte er den Tag im Bett verbracht und war, kurz bevor er sie abgeholt hatte, aufgestanden.

Im Gegensatz zu ihr hielt sich Jason mit gelegentlichen Jobs über Wasser.

„Schrecklich", gestand Taylor und verzog das Gesicht.

„Du nimmst mich auf den Arm."

„Leider nein. Ich habe die Kinder kaum gesehen, und die Tante ist ein vertrockneter Knochen, die mit der Situation völlig überlastet zu sein scheint." Sie strich sich eine lose Haarsträhne aus dem Gesicht.

„Welcher Situation?" Jason runzelte die Stirn.

„Stell dir vor, die Mutter der Kinder ist vor einem Jahr bei einem Autounfall ums Leben gekommen. Ist das nicht schrecklich! Die armen Würmer."

„Krass!" Jason kratzte sich unbeholfen am Kinn.

„Na, und das Beste ist, dass es der Vater nicht einmal für nötig gehalten hat, persönlich zu erscheinen. Der Mann hat noch nie ein Wort mit mir gewechselt, geschweige denn mich gesehen …"

„Wenn er wüsste, was für ein scharfes Kindermädchen er da eingestellt hat, würde er wahrscheinlich Urlaub nehmen, um in deiner Nähe zu sein."

Taylor gab ihm einen Stups in die Seite. „Du Idiot! Nicht jeder Mann steht auf mich. Außerdem sind Väter tabu! Ehrenkodex der Norland-Nannys: Gehe niemals mit dem Vater der Kinder, die du betreust, ins Bett!"

„Da bin ich ganz auf eurer Seite." Er grinste sie schräg an. „Habe ich dir schon gesagt, dass du in der Nanny-Uniform unglaublich sexy aussiehst?!"

„Du solltest erst einmal sehen, wie unglaublich sexy ich ohne meine Uniform aussehe", antwortete Taylor mit einem zweideutigen Lächeln.

„Das herauszufinden ist genau mein Plan."

„Lustmolch!"

„Absolut! Deshalb bist du ja mit mir zusammen." Jason trat in das Gaspedal und der Toyota machte einen Satz nach vorne.

„Oh Baby!“ Keuchend sank Jason zur Seite. „Das war einfach unglaublich.“ Seine Haut glänzte feucht und die braunen Haare waren verwuschelt. Taylor lag mit dem Kopf auf seiner Brust, während sie versuchte, ihren Atem zu beruhigen. Sie hatten sich leidenschaftlich geliebt. Sex hatte für sie etwas Entspannendes. Jasons Hand glitt sanft über ihren Rücken, gefolgt von einem Gänsehautschauer. Taylor rekelte sich unter seinen Berührungen und schnurrte wie eine zufriedene Katze, die gerade von der Milch genascht hatte.

„Du warst heute ganz schön wild“, brummte seine Stimme an ihrem Ohr.

„Mhm.“ Taylor blinzelte.

Es entstand eine Pause und Jasons Hand verharrte warm auf ihren nackten Schultern. „Ich habe über uns nachgedacht …“

„Mhm.“ Sie war gerade herrlich entspannt und hatte keine Lust zu reden. Sie wollte einfach nur daliegen und die Nachbeben ihres Orgasmus genießen.

„Ist dir eigentlich klar, dass wir seit knapp einem halben Jahr zusammen sind?“

War es wirklich schon so lange?

„Mhm.“

„Bist du glücklich mit mir?“

„Mhm.“ Sie drehte sich zur Seite und stützte den Kopf auf ihre Hand.

Er musterte sie aufmerksam. „Sag mal, könntest du dir vorstellen, hier bei mir zu wohnen?“

„Was?!“ Taylor hob abrupt den Kopf. Die Frage kam überraschend.

Er sah sie mit großen Augen an. „Na ja, … wir sind seit knapp einem halben Jahr zusammen, und ich dachte mir, es wäre an der Zeit, den nächsten Schritt zu gehen.“

Oh mein Gott, er meinte es tatsächlich ernst!

„Du kannst wohl nicht genug von mir bekommen?“, antwortete sie scherzhaft.

Jason runzelte die Stirn. „Taylor, ich meine es ernst.“

Ihr Puls schnellte in die Höhe.

„Babe, hier geht es nicht darum, dass ich mit dir schlafen will. Hier geht es um uns!“ Er musterte sie mit ernster Miene.

Sie würde deutlich werden müssen, damit er sie verstand.

„Ich dachte, das hätten wir bereits besprochen! Ich habe dir längst gesagt, dass ich nicht auf der Suche nach einer festen Beziehung bin. Es läuft doch gut zwischen uns, oder nicht?!“

„Genau deshalb finde ich, wir sollten den nächsten Schritt gehen.“

„Und alles kaputtmachen?!“

„So siehst du das also?“, fragte er düster.

„Ja. Nein. Ich genieß es einfach, frei in meinen Entscheidungen zu sein, ohne Rücksicht auf jemanden nehmen zu müssen.“

„Aber daran würde sich doch nichts ändern, wenn wir zusammenwohnen. Schließlich bin ich viel unterwegs und dann hättest du die Wohnung ganz für dich alleine“, entgegnete er. Jason sah aus wie ein kleiner Junge, dem man sein Lieblingsspielzeug weggenommen hatte.

„Jason, ich habe dir von Anfang an gesagt, dass ich nicht auf der Suche nach einer festen Beziehung bin.“

„Ja, aber das war vor sechs Monaten.“ Jason richtete sich auf, die Arme trotzig über der Brust gekreuzt.

„An meiner Meinung hat sich seitdem nichts geändert“, entgegnete sie entschlossen. Sie angelte mit dem Fuß nach ihrer Unterhose. Mit einem Satz war sie aus dem Bett.

„Taylor!“

„Ja.“ Sie drehte den Kopf in seine Richtung. Das Licht fiel auf ihren schlanken Körper.

„Was soll das?“ Er wirkte verärgert. „Was machst du da?“

„Ich ziehe mich an.“ Sie zog das Uniformkleid, das achtlos zerknüllt auf dem Boden gelegen hatte, über den Kopf.

„Du kannst doch nicht einfach abhauen, sobald es ernst wird.“

„Wie du siehst, kann ich und werde ich. Würdest du mir bitte den Reißverschluss zumachen?“

Sie stellte sich mit dem Rücken zu ihm.

„Mach es doch selbst, schließlich willst du ja alles alleine machen.“ Trotzig wie ein Kind verschränkte er die Arme vor der Brust. Seelenruhig zog sie den Reißverschluss ihres Kleides nach oben. Seine Augen ruhten auf ihr. Sie wusste, dass ihre Worte ihn verletzt hatten, aber die Abmachung zwischen ihnen war von Anfang an klar gewesen – Freunde, die Sex miteinander hatten. Sie hatte ihm nie Vorhaltungen gemacht, wenn er sich mit anderen Frauen traf oder für seinen Job tagelang unterwegs war. Sie fand es gut, so wie es war. Und nun hatte Jason ihr schönes Konstrukt mit einer einzigen Frage kaputtgemacht.

„Ich hatte einen langen Tag, es wird Zeit, dass ich nach Hause gehe.“ Sie beugte sich zu ihm und gab ihm einen freundschaftlichen Kuss. „Danke für alles.“

„Was meinst du?“ Er fuhr sich mit den Fingern durch die Haare.

„Dass du mich abgeholt hast.“ Taylor schlüpfte in ihre Pumps. „Und natürlich für den Sex.“

„Du hörst dich an wie Demi Moore, die sich von ihrem Toyboy verabschiedet“, schmollte er.

„Bist du das etwa nicht?“ Gekünstelt lachte sie. Sie sah, wie Jasons Adamsapfel nervös auf und ab hüpfte. „Ich ruf dich an!“

Mit diesen Worten verschwand sie aus dem Zimmer und schloss die Tür hinter sich, ohne noch einmal zurückzuschauen.

Es war bereits dunkel. Der Verkehr war abgeebbt und nur noch wenige Spaziergänger waren unterwegs. Die meisten Touristen hatten sich längst in eines der gemütlichen Restaurants entlang der Portobello Road gesetzt. Die Luft hatte sich spürbar abgekühlt und sie fröstelte. Schnellen Schrittes eilte sie über den Gehsteig. Ein Pärchen kam ihr Händchen haltend entgegengeschlendert. Sie dachte an Jason, der wahrscheinlich schmollend im Bett lag. Sie mochte Jason. Als sie ihn auf der Party kennengelernt hatte, war ihr sofort klar gewesen, dass sie ihn wollte.

Mit seinem gut gebauten Körper, dem fast perfekt geschnittenen Gesicht und seiner lasziven Art, sich zu bewegen, war Jason ein sexuelles Versprechen für jede Frau im geschlechtsreifen Alter. Jason Miller war ein Lebenskünstler und Gelegenheitsmodel, der nicht mit seinen Reizen geizte. Sie waren noch in derselben Nacht im Bett gelandet. Am nächsten Tag verabredeten sie sich in einem der gemütlichen Restaurants, die es haufenweise in der Gegend rund um Notthing Hill gab. Im Laufe des Abends hatte Taylor ihm reinen Wein eingeschenkt und erklärt, dass sie nicht an einer dauerhaften Beziehung interessiert war. *Freunde mit Sex* lautete die Abmachung zwischen ihnen. Seitdem schliefen sie regelmäßig miteinander, besuchten die gleichen Partys und gingen zusammen aus. Jedoch hatte sie in all der Zeit niemals bei Jason übernachtet, sondern war stets im Morgengrauen in ihre Kleider geschlüpft und nach Hause gegangen.

Taylor steckte den Schlüssel in das Türschloss. Mit einem leisen Klick sprang die Haustür auf und sie betrat den geräumigen Hausflur. Die WG der Portobello-Girls, lag im dritten Stock des Hauses. Es roch nach Essen, und die Stimmen der Anwohner drangen gedämpft durch die Wände nach draußen, als sie die Treppe nach oben ging.

Sie sehnte sich nach einer warmen Dusche und bequemen Klamotten.

„Taylor?“ Emilys Gesicht tauchte im Türrahmen der Küche auf. „Da bist du ja endlich! Wir haben mit dem Essen auf dich gewartet. Wo hast du gesteckt? Wir hatten acht Uhr ausgemacht und jetzt ist es bereits halb neun!“

„Ähm, mir ist etwas dazwischengekommen.“ Taylor grinste schief.

„Wohl zwischen die Beine gelaufen!“, entgegnete Emily frech und deutete auf die zerknitterte Uniform.

„So könnte man es auch ausdrücken.“

„Jason also! Du hättest wenigstens mal anrufen können, schließlich wusstest du, dass wir heute zusammen essen wollten.“

„Hätte ich ja, aber Jason hat mich von der Arbeit abgeholt und dann hatte ich keine Zeit mehr …" Sie machte eine zweideutige Handbewegung.

Emily kicherte. „Der Gedanke, dass eine Nanny auch Sex haben könnte, ist mir nie gekommen, bis ich dich kennengelernt habe."

Taylor zuckte mit den Achseln. „Ich bin Nanny und keine Nonne, auch wenn beides mit ‚N' anfängt."

Olives Stimme drang aus der Küche. „Wenn ihr noch lange quatscht, bin ich verhungert."

„Und ich betrunken!", fügte Holly noch hinzu.

„Fünf Minuten", bat Taylor.

„Okay. Fünf Minuten und keine Sekunde länger. Die Pizzabaguettes sind bereits im Ofen, und wenn du dich nicht beeilst, haben wir Briketts zum Essen", antwortete Emily.

„Ich fliege." Sie zwinkerte Emily zu und rannte los. Ihr Zimmer befand sich am Ende des langen Flurs. Das hatte den Nachteil, dass sie an allen Zimmern vorbeimusste und jeder mitbekam, wenn es mal spät wurde, aber dafür hatte sie das Badezimmer direkt gegenüber und einen kleinen Balkon zum Innenhof.

Der Raum war rechteckig geschnitten und mit einer großen Fensterfront versehen. An schönen Tagen schien die Sonne bereits früh am Morgen ins Zimmer und verschwand erst spät am Nachmittag. Ein alter Leuchter hing von der Decke herab und tauchte alles in ein warmes Licht. Der Leuchter war ein Liebhaberstück, das sie in einem der Trödelläden entlang der Portobello Road entdeckt hatte. An der Rückseite des Zimmers stand ein ausladendes Bett, das mit bunten Kissen übersät war. Den kleinen Schreibtisch unterhalb des Fensters hatte sie auf dem Flohmarkt gefunden und sich sofort in ihn verliebt. Der Preis, den der Händler verlangt hatte, war astronomisch hoch gewesen, aber nach langen Verhandlungen war es ihr schließlich gelungen, ihn zu drücken.

Den Stuhl hatte sie aus einem schwedischen Möbelhaus erstanden, ebenso den steingrauen Teppich, der vor dem hellen Sofa in der Mitte des Raumes lag. Der restliche Boden war mit Holzdielen bedeckt. Sie liebte es, wenn die Sonne durch das Fenster fiel und die alten Dielen in einem satten Honigton schimmerten. Der weiße Kleiderschrank befand sich an der Außenwand des Zimmers, die sie in einem satten Himbeerton gestrichen hatte. Olive verglich ihr Zimmer immer mit der Villa Kunterbunt - ein Vergleich, den sie durchaus mochte. Der Anrufbeantworter auf dem Schreibtisch blinkte schon von Weitem. Wahrscheinlich ihre Eltern, die sich nach ihrer neuen Arbeitsstelle erkundigen wollten. Sie würde sie später anrufen, jetzt musste sie sich beeilen.

Sie schmiss ihre Handtasche in die Ecke und schlüpfte aus den flachen Pumps, gefolgt von der Strumpfhose, dann tapste sie auf nackten Füßen zum Badezimmer.

„Taylor! Du hast noch drei Minuten", schepperte Olive durch den Flur.

„Ich bin gleich fertig!", trällerte sie zurück und drehte das Wasser in der Dusche auf.

Keine drei Minuten später stand sie frisch geduscht und in ihrer Lieblingsjogginghose, einem unförmigen Stück Stoff mit ausgebeulten Knien und verwaschener Schlammfarbe, in der Küche.

Emily und Holly hatten an dem einfachen Holztisch in der Ecke des Raumes Platz genommen, während Olive gerade damit beschäftigt war, die Pizzabaguettes aus dem Backofen zu holen. Der Tisch war bereits gedeckt und jemand hatte eine Flasche Rotwein geöffnet.

„Tatatata!" Sie hob gespielt die Arme in die Luft. „Da bin ich!"

„Die wundersame Verwandlung der Mary Poppins in einen normalen Menschen!" Emily klopfte mit der Hand auf den freien Platz.

„Hey, willst du etwa behaupten, ich wäre nicht normal!" Sie ballte drohend die Hand in der Luft.

„Wenn einer von uns nicht normal ist, dann du! Aber genau deshalb liebe ich dich ja so." Emily schmunzelte. „Komm, setz dich, und erzähl uns, wie dein Tag war."

„Beschissen! Um es in klare Worte zu fassen." Sie schnappte sich eines der schweren Weingläser.

„Ähm, meinst du jetzt den Sex oder die neue Stelle", wollte Emily wissen.

„Die neue Stelle natürlich." Der Rotwein lief gluckernd in ihr Glas. „Sex mit Jason ist immer gut, wobei, damit ist es nun auch vorbei ...", ließ sie die Bombe platzen.

„Oh!" Für einen Moment herrschte betroffenes Schweigen. Alle starrten sie an.

„Ja, also das mit Jason ist keine große Sache. Aber die neue Familie war ein echter Schock."

Es war eines der wenigen Male, dass sie nicht begeistert von der Arbeit nach Hause kam.

„Okay, eins nach dem anderen. Was ist denn so schlimm an dieser neuen Familie?" Olive drehte nachdenklich die Gabel zwischen ihren Fingern.

„Die Kinder sind absolut schnuckelig, wie Kinder nun mal sind."

„Deinen Optimismus in Ehren, aber nicht alle Kinder sind schnuckelig." Emily verzog das Gesicht. „Ich hatte erst letzte Woche so richtige Arschlochkinder an Bord. Die zwei hätte ich am liebsten auf die Tragflächen gesetzt!"

„Da kann ich Emily nur zustimmen", sagte Holly. „Mein Patenkind ist zwar erst fünf, aber schon jetzt ein richtiges Arschloch. Ich versteh nicht, wie meine tolle Freundin so ein schreckliches Kind bekommen konnte. Der Kleine ist nur am schreien und terrorisiert seine Mutter den ganzen Tag." Holly knabberte an ihrem Daumennagel.

„Ach, das verwächst sich. Jedes Kind macht mal eine schwierige Phase durch ...", fing Taylor erneut an.

„Bei dir hält sie ja bis heute an." Emily kicherte.

„Jetzt hört mal auf! Ich will wissen, warum der Tag doof war", unterbrach Olive die kleine Neckerei.

„Ach, die ganze Situation innerhalb der Familie ist schwierig." Mit kurzen Worten schilderte Taylor ihren Freundinnen die Situation im Hause Johnson. „Ich habe es also mit zwei Halbwaisen zu tun, die von ihrer vertrockneten Tante großgezogen werden."

„Meine Güte, wenn ich mir vorstelle, ich hätte meine Eltern so früh verloren." Emily schüttelte entsetzt den Kopf. „Schrecklich!"

„Ja, furchtbar!", stimmte ihr Holly zu.

„Die Kleinen sind mit Sicherheit traumatisiert. Zumal die Mutter von heute auf morgen aus ihrem Leben gerissen wurde. Ihr wisst selbst, dass man als Kind immer denkt, dass Eltern unsterblich sind."

„Das hört sich ganz so an, als wäre dein ganzes Können gefragt", sagte Holly und legte ihr Smartphone auf den Tisch. Holly gehörte zu den Menschen, die Tag und Nacht online waren und ständig auf ihr Handy glotzten. Eine Eigenschaft, die Taylor manchmal ganz schön auf den Zeiger ging.

Sie nickte. „Will hat die Beschützerrolle bei seiner Schwester übernommen und verhält sich wie ein Erwachsener, und Stella lebt in einer Traumwelt mit Feen und Elfen."

„Das macht Holly heute noch", stichelte Emily.

„Was?" Holly sah von ihrem Smartphone hoch.

„Na, in einer Märchenwelt leben, die aus Gucci, Prada, Smartphones und reichen Männern besteht."

„Das war gemein!" Holly schob die Unterlippe nach vorne.

„Ach, komm schon, du weißt, wie ich es meine."

„Wer möchte ein Stück?" Olive stellte das Backblech mit den Baguettes in die Mitte des Tisches. Sofort verbreitete sich ein verführerischer Duft von gebackenem Teig und Käse in der Küche.

Taylor nahm einen kräftigen Schluck Rotwein. „Auf jeden Fall wird mir nicht langweilig."

„Sex hattest du ja auch schon." Emily grinste.

„Höre ich da den Neid der Besitzlosen aus dir sprechen?"

Taylor schnappte sich ein mit Käse, Schinken und Ananas üppig belegtes Stück Baguette. Ein langer Käsefaden blieb am Blech hängen, den sie sich um den Finger wickelte und anschließend in den Mund steckte. „Köstlich!"

Emily legte den Kopf leicht schräg. „Also, bei Jason könnte ich schon schwach werden."

„Von mir aus kannst du ihn haben …", sagte sie leichthin und nahm einen großen Biss.

„Vielleicht komme ich auf dein Angebot zurück." Emily kicherte.

„Was ist mit dir und Jason?", fragte Olive.

„Er hat mich heute gefragt, ob ich bei ihm einziehen möchte", brummte sie missmutig und biss in ihr Baguette.

„Was?! Und das sagst du erst jetzt?" Olive riss die Augen auf.

„Nun sieh mich nicht so an, das ist schließlich keine große Sache." Sie zuckte mit den Schultern.

„Keine große Sache?!" Olive schüttelte den Kopf. „Wenn das keine große Sache ist, möchte ich nicht wissen, was dann."

„Und was hast du geantwortet?", fragte Holly.

„Ich habe Nein gesagt. Ich finde unsere Beziehung gut, so wie sie ist. Ich möchte mich nicht an irgendeinen Mann binden."

„Also ich würde Jason nicht als irgendeinen Mann bezeichnen, schließlich habt ihr seit knapp sechs Monaten Sex miteinander", kommentierte Emily mit süffisantem Ton.

„Sex und Freundschaft ist nicht das Gleiche." Sie schob den Teller beiseite. Ihr war der Appetit vergangen.

„Das musst du mir erklären. Wenn ich mit einem Kerl ins Bett gehe, dann nur, wenn ich auch verliebt bin", sagte Olive stirnrunzelnd.

„In dieser Hinsicht sind wir beide grundverschieden", erklärte sie ihr. „Ich habe Sex, weil ich Spaß daran habe … ohne Verpflichtungen und ohne Reue. Wenn ich mit jedem Mann zusammengezogen wäre, mit dem ich Sex hatte, dann würde ich das Leben eines Nomaden führen."

„Wohl wahr“, stimmte ihr Emily zu und trank einen Schluck aus ihrem Glas.
„Siehst du, Emily ist der gleichen Ansicht wie ich. Die wechselt auch ständig ihre Männer“, erwiderte sie hitzig.
„Na ja, also ganz so häufig wie du wechsele ich meine Partner nicht. Ich date eine Menge Typen, aber das heißt nicht automatisch, dass ich auch mit ihnen ins Bett gehe.“
„Aber fast!“, entgegnete sie.
„Knapp daneben ist auch vorbei.“ Emily grinste. „Ich habe dank meines Jobs eine ziemlich große Auswahl. Piloten, Geschäftsmänner, Sportler, Stars. Da sollte man sich als Frau nicht zu schnell entscheiden.“
„Manchmal beneide ich dich.“ Holly legte ihr Handy beiseite. „Während ich in meinem kleinen muffigen Büro in der Redaktion sitze, fliegst du durch die Weltgeschichte, trinkst Caipirinha an den schönsten Orten der Welt, umgeben von schicken Männern.“
„Das sind doch alles Klischees, genauso wie das Märchen vom gut aussehenden“, quetschte Emily zwischen zwei Bissen hervor. „In Wahrheit sind die meisten Piloten nämlich ziemliche Fachidioten mit dicken Bäuchen, kleinem Schwanz, aber dafür mit einem überdimensional großen Selbstbewusstsein. Meine Aufenthalte belaufen sich meist nur auf ein, zwei Nächte vor Ort. Ein kurzes Bierchen mit den Kollegen beim Essen und dann schlafen bis zum Abflug. So sieht es nämlich aus!“, schnaubte Emily und biss in ihr Baguette. „Allerdings habe ich erst letzte Woche einen ziemlich netten Piloten kennengelernt, wenn man mal von seinem leichten Überbiss absieht.“
„Überbiss?“ Taylor sah Emily fragend an. „Das klingt nach Bugs Bunny in Uniform mit drei Streifen am Ärmel.“ Sie kicherte hysterisch.
„Ha, ha. Sehr witzig.“ Emily funkelte sie wütend an. „Macht ihr euch nur lustig, dafür ist er Pilot mit einem satten Jahreseinkommen und einem Porsche.“

„Du oberflächliches Ding du!“ Taylor leerte ihr Glas mit einem Schluck, gefolgt von einem leisen Rülpser.

„Taylor!“ Olive warf ihr einen strafenden Blick zu.

„Entschuldige, Mummy“, antwortete sie gespielt.

„Ha. Ha. Sehr komisch.“ Olive wischte sich mit der Serviette über den Mund.

„Hey, ich bringe den ganzen Tag kleinen Menschen bei, wie sie sich zu benehmen haben, da genieß ich es, privat mal so sein zu dürfen, wie ich wirklich bin …“

„… eine gut aussehende Nanny mit den Manieren eines Bauern.“ Olive grinste.

„Besser als ein Streifenhörnchen zu sein“, konterte sie, was ihr einen Tritt mit dem Fuß von Emily einbrachte.

„Autsch!“ Sie rieb sich die schmerzende Stelle.

„Was ist denn ein Streifenhörnchen?“ Holly sah sie fragend an.

„So nennt man Flugbegleiterinnen, die es auf Piloten abgesehen haben.“ Sie grinste.

Emily schickte ihr wütende Blicke. „Das hat nichts mit seinem Job zu tun. Gregory ist wirklich nett.“

„Nett?! Nett ist auch der Postbote, trotzdem hüpfe ich nicht gleich mit ihm ins Bett“, sagte Olive und sah Beifall heischend in die Runde.

„Na ja, James …äh, Mr Mellroy ist gar nicht so übel.“ Taylor schob sich das letzte Stück Baguette in den Mund. Ihre Wangen hatten eine rötliche Färbung angenommen. Olive musterte sie ungläubig.

„Das ist ein Witz, oder? Du und der Postbote …?“

„Jetzt sieh mich nicht so an! Ich hatte einen schwachen Moment, und James war gerade dabei, die Post zu bringen.“ Taylor zuckte mit den Schultern. „Das war eine sogenannte Win-win-Situation.“

„Du bist einfach unglaublich.“ Olive schüttelte den Kopf.

„Ich bin eine gesunde Frau mit Bedürfnissen.“ Taylor kicherte und leckte sich über die fettig glänzenden Lippen. „Olive, ich muss sagen, deine Pizzabaguettes sind der Hit.

Fast so gut wie Cassies Lasagne." Bedauern schwang in ihrer Stimme mit. Sie und Cassie waren engste Freundinnen gewesen, und sie vermisste Cassie sehr, seit sie nach Los Angeles gezogen war.

„Apropos Cassie. Habt ihr was von ihr gehört?", fragte Olive.

„Ja, das letzte Mal, als ich sie gesprochen habe, ging es ihr gut. Cassie fühlt sich pudelwohl in L. A. und der Job in der Redaktion scheint ihr Spaß zu machen. Außerdem hat Sam eine tolle neue Rolle in einer Hollywoodproduktion angeboten bekommen", verkündete Taylor und wischte sich mit dem Handrücken über den Mund.

„Wenn es so weitergeht, sehen wir Cassie nächstes Jahr an der Hand von Sam über den roten Teppich bei den Oscars entlangschreiten." Olive fuhr mit dem Zeigefinger entlang des Glasrands.

„Ach, die Glückliche!", seufzte Holly. „Ich würde meine rechte Hand dafür geben, auf die Oscars zu dürfen."

„Du weißt ja, Kinder mit Willen kriegen auf die Brillen!" Sie grinste.

„Da kommt die Mary Poppins wieder in dir durch!", konterte Holly.

„Blödsinn. Bei dir ist eh Hopfen und Malz verloren. Du bist und bleibst ein verzogenes It-Girl - aber das weißt du ja!"

„Vielen Dank für die Blumen." Holly schnitt eine Grimasse.

„Wir sind vor lauter Sex völlig vom Thema abgekommen. Du wolltest uns doch noch von deiner neuen Familie erzählen", forderte Olive sie auf.

„Mhm." Taylor pulte sich mit dem Finger ein Stück Pizza aus den Zähnen.

„Wenn man dich so sieht, würde man nicht glauben, dass du eine der besten Nannys des Landes bist", sagte Emily lächelnd.

„Pst. Aber verrat es niemandem!" Sie legte lächelnd den Zeigefinger auf die Lippen.

„Dein Geheimnis ist bei uns sicher." Olive lachte.

Taylor leerte ihr Glas mit einem Schluck und hielt es Olive zum Auffüllen entgegen. „Ich kann ehrlich gesagt noch nicht viel mehr dazu sagen."

Sie trank einen weiteren Schluck Rotwein. „Das Haus ist wunderschön und in der besten Lage von Kensington. Alles schick eingerichtet, aber irgendwie unterkühlt. In dem Haus ist kein ..." Sie suchte nach dem richtigen Wort. „Gefühl."

„Und die Kinder?" Olive stapelte die benutzten Teller aufeinander.

„Lass das bitte", bat sie Taylor. „Es ist gerade so schön, dass wir alle zusammensitzen. Ich helfe dir nachher beim Aufräumen."

Seufzend setzte sich Olive wieder.

„Tja, die Kinder ..." Taylor legte den Kopf leicht schräg. „Die beiden machen einen aufgeweckten Eindruck. Es ist rührend, zu sehen, wie der Junge seine kleine Schwester beschützt ... auch vor mir. Wahrscheinlich spielen starke Verlustängste eine große Rolle. Stella ist noch sehr klein und hat den Tod der Mutter anders verarbeitet. Kinder in ihrem Alter leiden unterbewusst und ziehen sich häufig in eine Fantasiewelt zurück. Was mir noch Kopfzerbrechen bereitet, ist der vollgestopfte Tagesplan der beiden. Wie zwei Manager. Leider eine Randerscheinung unserer Zeit. Die meisten berufstätigen Mütter sind froh, wenn sie die Kinder sinnvoll unterbringen können." Nachdenklich knabberte sie an ihrer Unterlippe.

„Klingt nach einer echten Aufgabe." Holly schob den Teller von sich. Das Baguette hatte sie kaum angerührt.

„Ja, und das Schlimme daran ist, dass ich noch keinen richtigen Plan habe, wie ich damit umgehen soll."

„Du? Die Supernanny?!" Olive sah sie mit hochgezogener Augenbraue an.

„Ja, ich denke, ich werde mich auf mein Bauchgefühl verlassen ..." Taylors Blick blieb an ihrem Rotweinglas hängen. „... um die Kinder zu knacken."

„Wenn man dich hört, könnte man meinen, du redest von einer Bank", kommentierte Holly.

„Das Herz eines Kindes ist das Kostbarste auf der Welt. Kinder sind so rein, ohne Fehler, Vorurteile oder Einschränkungen gegenüber seinen Mitmenschen. Ein Kind schenkt dir bedingungslose Liebe, wenn es dir vertraut. Wenn ein Kind dir sein Herz öffnet, öffnet es dir den Weg zu seiner Seele. Deshalb muss man besonders behutsam damit umgehen, um es nicht zu verletzen oder ihm gar einen dauerhaften Schaden zuzufügen."

Für einen Augenblick herrschte absolute Stille im Raum.

Olive räusperte sich. „Jetzt weiß ich wieder, warum du eine so gute Nanny bist."

„Oh Gott, ich fange gleich an zu weinen", schniefte Emily. „Wenn man dir zuhört, will man sofort ein Kind in die Welt setzen."

„Manchmal bist du mir wirklich unheimlich", sagte Holly ehrfurchtsvoll. „Du solltest Bücher schreiben."

„So ein Quatsch. Kinder sind eben mein Job." Taylors Blick fiel auf die leere Weinflasche. „Also, ich würde noch ein Gläschen trinken. Macht jemand mit?!"

„Ich muss morgen früh raus." Holly gähnte. „Der alte Drachen macht mal wieder ziemlich Stress wegen eines Interviews, das ich vorbereiten soll."

„Ach, komm schon. Einen Absacker und dann gehen wir ins Bett." Taylor zwinkerte Holly zu.

„Ich bin dabei", sagte Emily und stand auf. „Wartet, ich glaube, ich habe noch eine gute Flasche bei mir im Zimmer. Erst letzte Woche aus Südafrika mitgebracht."

„Na, wenn das kein Angebot ist!" Sie zwinkerte Holly zu.

„Ich bin auch dabei", verkündete Olive.

Holly zögerte noch.

„Komm, gib dir einen Ruck", forderte sie Taylor auf.

„Einverstanden, aber nur ein Glas." Holly grinste.

„Großes Indianerehrenwort, schließlich muss ich morgen früh fit sein." Taylor hob die Hand zum Schwur.

3. Kapitel

Taylor schlug blinzelnd die Augen auf. Um sie herum herrschte absolute Dunkelheit. Kein Lichtstrahl drang zu ihr durch. Es dauerte einen Moment, bis sie sich zurechtfand. Etwas schepperte gegen ihre Zimmertür. Knurrend schob sie die Schlafmaske nach oben, ohne die sie niemals zu Bett ging. Ihr erster Blick fiel auf ihre Unterwäsche, die unordentlich zerknüllt auf dem Boden lag. Ihr zweiter auf das halb volle Weinglas auf ihrem Nachttisch. Sie stöhnte laut auf. *Was um Himmels willen war in sie gefahren, sich derart zu betrinken?!* Erneut klopfte jemand energisch.

„Taylor!" Es war Olives Stimme.

Mit verklebten Augen sah sie auf die Uhr. Es war 06:38 Uhr.

Es war spät geworden und entgegen jeglicher Vernunft war aus einem Glas Rotwein zwei geworden. Dementsprechend gerädert fühlte sie sich. In ihrem Kopf hämmerte es wie in einem Bergwerk und auf ihrer Zunge war über Nacht ein Pelz gewachsen. Stöhnend richtete sie sich auf und hielt sich dabei den Kopf. Nie wieder würde sie Alkohol in solchen Mengen trinken, wenn sie am nächsten Tag arbeiten musste.

Olive klopfte derart, sodass Taylor das Gefühl hatte, der Boden unter ihren Füßen würde beben.

„Hör auf, sonst trittst du noch die Tür ein!", rief sie. Mit einem Ruck riss sie die Tür auf und sah geradewegs in Olives schmales Gesicht. „Musst du so einen Lärm machen?!"

„Ich dachte mir, dass du das sagen würdest." Olive grinste und reichte ihr wortlos einen dampfenden Becher mit Kaffee. „Das Bad ist frei. Prinzessin Holly und das Streifenhörnchen schlafen noch."

„Jetzt nicht mehr, bei dem Lärm, den du gemacht hast." Taylor nahm einen Schluck und verzog das Gesicht. „Das ist ja das reinste Gift!"

„Ich bin Teetrinker, schon vergessen?" Olive zuckte mit den Achseln.

„Mhm. Trotzdem danke!", murrte Taylor.

„Keine Ursache."

„Warum bist du überhaupt wach?"

„Heute ist Besuchertag!" Olives Mutter war an Alzheimer erkrankt und lebte in einem Pflegeheim außerhalb Londons. Einmal die Woche fuhr Olive zu ihr und brachte ihr alte Filme vorbei, die sie so liebte, oder machte einen Spaziergang mit ihr.

„Okay. Wie geht es ihr denn?"

„Ach, sie hat mal gute und mal schlechte Tage. Bei meinem letzten Besuch hat sie mich für zehn Minuten erkannt, dann war es vorbei." Olive sah traurig zu Boden.

„Das tut mir sehr leid." Taylor legte mitfühlend die Hand auf Olives Schulter.

„Ja, schon gut." Olive mochte es nicht, wenn sie über ihre Mutter sprachen.

Es war wie ein Makel, der auf ihr lag und den sie so gut es ging zu verbergen versuchte. „Ich bin in der Küche."

„Okay, ich komme gleich."

Taylor tapste ins Badezimmer. Missmutig betrachtete sie ihr Gesicht im Spiegel. Ihre Pupillen waren vom Alkohol und wenigen Schlaf gerötet. Die Reste ihrer Wimperntusche lagen wie ein schwarzer Schatten unter ihren Augen. Auf ihrem Gesicht war noch der Abdruck der Schlafmaske zu erkennen und ihre Haare …! Sie stöhnte beim Anblick ihrer Haare, die aussahen, als hätte eine Krähe über Nacht dort ihr Nest gebaut. Da halfen nur kaltes Wasser und Tonnen von Make-up. Sie schüttelte sich eine Ladung eiskaltes Wasser ins Gesicht. Schaudernd vor Kälte wiederholte sie die Prozedur.

Dann schlüpfte sie unter die Dusche. Das warme Wasser prasselte angenehm auf ihre Haut, und sie spürte, wie ihr Körper langsam zum Leben erwachte. Nachdem sie sich fertig abgetrocknet hatte, machte sie sich an die Restaurierungsarbeiten ihres Gesichts.

Dank ihrer Mitbewohnerinnen, allen voran Holly und Emily, war das Regal neben dem Waschbecken voll mit Kosmetika. Einkäufe der Portobello-Girls im Drogeriemarkt gleich nebenan arteten in wahre Happenings aus und mündeten darin, dass sie beladen mit den neusten Kosmetikprodukten nach Hause kamen. Taylor ließ ihre Augen über die Tuben und Döschen wandern, bis sie das Richtige gefunden hatte.

Vorsichtig klopfte sie die Creme auf die empfindliche Haut unter ihren Augen. Zumindest waren die kleinen Knitterfalten und die Rötungen verschwunden.

Taylor nahm einen Schluck Kaffee, bevor sie ihr leichtes Tages-Make-up auflegte. Wenn sie privat ausgingen, legte sie gerne etwas mehr Farbe auf, aber für den Job waren Wimperntusche und ein wenig Lipgloss das Höchste der Gefühle. Schließlich wollte sie einen seriösen Eindruck machen und nicht wie ein Fotomodel daherkommen oder gar als Konkurrenz gegenüber den Müttern auftreten.

Ein kurzer Blick auf die Uhr genügte und sie stürmte nach draußen. Dabei wäre sie fast Emily in die Arme gelaufen, die verschlafen mit einem übergroßen Pyjama bekleidet aus ihrem Zimmer geschlurft kam.

„Guten Morgen, Mary Poppins!“

„Guten Morgen, Saftschubse.“ Taylor grinste.

„Musst du nicht los?“ Emily kratzte sich am Po.

„Bin schon auf dem Sprung. Und du?“

„Heute Abend geht es nach Boston.“

„Okay. Ich wünsche dir einen guten Flug. Wann bist du wieder zurück?“

„Zum Wochenende.“ Emily gähnte herzhaft. „Viel Erfolg mit deiner Familie.“

„Danke.“ Taylor verzog grimmig das Gesicht. „Kann ich gebrauchen.“

„Du schaffst das schon.“

„Hoffentlich!“ In Windeseile zog sie ihr Kostüm an und schlüpfte in die Schuhe.

Olive wartete bereits in der Küche auf sie. „Lass dich mal anschauen.“ Olive musterte sie kritisch.

„Wenn du einen so ansiehst, könnte man meinen, du arbeitest für den Geheimdienst“, scherzte Taylor.

„Vielleicht tue ich das ja auch“, konterte Olive mit einem Lächeln. „Du siehst prima aus. Keine Spur mehr von gestern Abend zu sehen.“

„Gut. Wünsch mir Glück.“

„Willst du denn nichts frühstücken?“

„Nein, ich schaue auf dem Weg kurz im *Heavens Place* vorbei.“

Olive nickte. „Bis heute Abend.“

„Bis dann.“ Sie warf ihrer Freundin eine Kusshand zu.

Taylor schloss die Tür hinter sich. Sie hatte den dunkelbraunen Mantel des Norland übergezogen. In der Nacht waren die Temperaturen stark gefallen und ihr schlug ein eisiger Wind entgegen. Fröstelnd zog sie den Kragen hoch. Trotzdem biss sich die Kälte in die warme Haut ihres Gesichts. Mit eiligen Schritten ging sie die Straße entlang bis zum *Heavens Place.* Schon von Weitem konnte sie Chris durch das Fenster hinter dem Tresen an der Kaffeemaschine hantieren sehen. Wie ein Virtuose beherrschte er seine Maschine und zauberte den feinsten Milchschaum, den man sich wünschen konnte.

Eine wohlige Wärme und der Duft nach frisch gebrühtem Kaffee empfing sie, als sie das Café betrat. Fast jeder Platz im Café war besetzt.

Geschäftsleute saßen friedlich neben Neo-Hippies und Partygängern, die die Nacht durchgemacht hatten und sich nun mit einer Ladung Koffein über den Tag brachten.

„Guten Morgen, Chris“, begrüßte sie den schlaksigen Besitzer.

„Guten Morgen, Sonnenschein.“ Er schenkte ihr ein Lächeln und sein Blick fiel auf ihren Mantel. „Schon wieder im Dienst?“

„Hast du etwa gedacht, ich ziehe dieses formlose Monster …“ Sie deutete auf den Mantel. „… freiwillig an?“

„Na ja, heutzutage ist man als Mann ziemlich aufgeschmissen, wenn es um Mode geht. Hier kommen manchmal Frauen rein, wo ich mich frage, wann sie sich das letzte Mal im Spiegel angesehen haben.“ Er grinste verschmitzt. „Erst vor Kurzem habe ich eine Frau angesprochen, die mehrere große Löcher in der Jeans hatte. Du hättest mal hören sollen, wie die mich angeraunzt hat. Das Übliche für dich?“

Sie nickte und ließ sich auf den Barhocker am Tresen fallen.

„Wie war dein Tag gestern?“ Chris drückte einen der unzähligen Knöpfe an der Maschine und sofort fing es laut an zu zischen.

„Frag lieber nicht.“ Sie winkte ab.

„So schlimm?“

„Schlimmer.“ Ihre Augen wanderten durch den Raum.

„Er ist übrigens auch wieder da“, flüsterte Chris ihr zu.

„Wer?“ Taylor sah Chris verwundert an.

„Na, der Typ von gestern.“ Chris machte eine unauffällige Kopfbewegung nach rechts zu den Tischen. Taylor schielte über ihre Schulter und entdeckte ihn. Es war der gleiche Typ, der ihr gestern bereits aufgefallen war. Er hatte die Beine lässig übereinandergeschlagen und las Zeitung, was Taylor bedauerlich fand, denn sie hätte zu gerne sein Gesicht gesehen.

„Hier, dein Kaffee.“ Chris reichte ihr den dampfenden Pappbecher.

„Und bitte noch eines von deinen leckeren Croissants.“

„Dein Wunsch ist mir Befehl.“ Chris machte eine elegante Handbewegung.

Lächelnd nahm Taylor die Papiertüte mit dem Croissant entgegen.

„Bis morgen!“ Sie warf Chris einen Kuss zu und eilte zur U-Bahn.

Pünktlich um acht Uhr stand Taylor vor der Eingangstür der Familie Johnson. Sie zögerte einen Moment, bevor sie die Klingel betätigte. Hoffentlich wurde der heutige Tag besser als der gestrige. Sie schickte ein kurzes Stoßgebet gen Himmel, dann drückte sie den goldenen Klingelknopf.

Diesmal war es nicht Mrs Whitworth, die ihr öffnete, sondern Rosie. Die Haushälterin trug ein schlichtes hellblaues Baumwollkleid und hatte sich eine weiße Schürze umgebunden. Mit ihren zusammengebundenen lockigen Haaren, den rosa angehauchten Wangen und den hellblauen Augen war Rosie durchaus als attraktive Erscheinung zu bezeichnen.

„Guten Morgen, Miss Young“, begrüßte Rosie sie fast schüchtern.

„Guten Morgen, Rosie.“ Taylor strahlte. „Wie schön, Sie wiederzusehen. Das Hellblau steht Ihnen ausgezeichnet, es unterstreicht Ihre blauen Augen.“

Rosie errötete.

„Ganz schön kalt heute.“

Rosie warf einen abschätzenden Blick gen Himmel und rümpfte die Nase. „Es riecht nach Regen, wenn Sie mich fragen, Miss.“

„Wirklich? Dabei hatte ich gehofft, dass die Sonne zwischendurch hervorkommen würde.“ Taylor trat ein. „Wie geht es den Kindern?“

„Die beiden sitzen mit ihrer Tante im Esszimmer und nehmen das Frühstück zu sich.“ Rosie reichte ihr den Arm, um ihr den Mantel abzunehmen.

„Sagen Sie mir einfach, wo ich den Mantel aufhängen kann.“

„Ich kann Ihnen den Mantel gerne abnehmen“, bot ihr Rosie an.

„Nein danke, je schneller ich weiß, wo ich alles finde, umso besser."

„Dahinten." Rosie deutete auf einen dunklen Holzschrank gleich neben der Haustür im Flur.

„Danke schön."

Rosie beobachtete sie aufmerksam, während sie den Mantel aufhing.

„Sagen Sie, Rosie, hätten Sie Lust, nachher einen Kaffee mit mir zu trinken? Ich fände es nett, wenn wir uns besser kennenlernen würden. Schließlich sind wir ja Kolleginnen." Sie reichte Rosie die Hand. „Ich bin Taylor."

Rosie kicherte leise. „Freut mich sehr, Miss."

„Rosie!" Taylor hob ermahnend den Zeigefinger.

Rosie schmunzelte. „Taylor."

„So ist es besser." Sie nickte. „Würdest du mir zeigen, wie ich zum Esszimmer komme?"

„Natürlich. Ich bring dich hin."

Sie folgte Rosie den Flur entlang, an der großen Eingangshalle vorbei.

„Madame, die Nanny", kündigte Rosie sie förmlich an.

Das Esszimmer war ein schlauchiger Raum, in dessen Mitte ein mächtiger Eichenholztisch stand, an dem leicht zwölf Personen Platz fanden. Die Kinder saßen am äußersten Zipfel dicht nebeneinander, während Mrs Whitworth am Kopfende thronte und das Frühstück überwachte. Im Hintergrund spielte leise klassische Musik.

„Da sind Sie ja", begrüßte sie Mrs Whitworth freudig.

„Guten Morgen." Taylor lächelte den Kindern aufmunternd entgegen. „Hallo, ihr zwei!" Über Stellas Gesicht huschte ein Lächeln. Will verzog keine Miene.

„Gut, dass Sie da sind. Ich habe in einer Stunde einen Friseurtermin in der Stadt und anschließend bin ich mit einer Freundin zum Lunch verabredet. Wenn Sie mich also entschuldigen würden." Mrs Whitworth schob quietschend den Stuhl beiseite und stand auf.

„Bitte achten Sie darauf, dass die Kinder ihr Porridge aufessen. Meine Schwester hat immer großen Wert auf eine ausgewogene Ernährung gelegt."

„Sie wollen mich mit den Kindern alleine lassen?", fragte Taylor erstaunt.

Mrs Whitworths Augenbraue schnellte nach oben. „Ich dachte, dafür habe ich Sie eingestellt. Oder fühlen Sie sich dazu nicht in der Lage?"

„Natürlich, ich bin nur etwas verwundert …"

„Wundern Sie sich nicht, sondern kümmern Sie sich lieber darum, dass Stella pünktlich um 08:45 Uhr im Kindergarten ist und Wills Vorschule beginnt um …"

„09:00 Uhr. Ja, ich weiß. Sie haben mir den Plan gestern gegeben." Taylor freute sich innerlich. So konnte sie sich in Ruhe ein Bild von den Kindern verschaffen, ohne dass ihre Vorgesetzte ständig dazwischenfunken würde. Der Tag war ihr Freund und ihre Laune stieg sekündlich.

„Gut." Mrs Whitworth nickte zufrieden. „Ich bin dann spät am Nachmittag wieder zurück."

Taylor gab sich Mühe, sich ihre Freude nicht anmerken zu lassen. Sie hatte schon befürchtet, dass ihr Mrs Whitworth den ganzen Tag in den Nacken hauchen würde, und nun hatte sie plötzlich freie Fahrt.

„Kinder, seid schön artig und hört, was Miss Taylor euch sagt."

Stella und Will nickten brav.

„Ach ja …" Mrs Whitworth drehte sich in der Tür um. „… falls Sie noch Fragen haben, wenden Sie sich an Rosie." Dann verließ sie endgültig das Zimmer.

Taylor spürte, wie die Blicke von Will und Stella auf ihr ruhten. „Tja, dann kann die Party steigen!" Sie lächelte den Kindern aufmunternd zu. Will und Stella tauschten verwunderte Blicke. „Was haltet ihr davon, wenn ihr euer Frühstück aufesst und mich anschließend noch kurz durch das Haus führt. Ich bin schließlich neu hier und könnte eure Hilfe gut gebrauchen."

Stella nickte und ihre blonden Locken hüpften fröhlich auf und ab. Will saß noch immer versteinert vor seiner Schüssel Porridge. Keiner der beiden hatte sein Frühstück bisher angerührt.

„Mögt ihr Porridge?“ Sie deutete auf die graue Pampe in den Schüsseln.

Stella schüttelte den Kopf und verzog das Gesicht zu einer Grimasse.

„Und du?“ Sie hatte die Frage direkt an Will gerichtet.

„Schmeckt wie Pappe“, sagte Will vernichtend und schob seinen Teller demonstrativ weg.

„Puh!“ Taylor schmunzelte. „Ich habe mich schon gewundert, dass ihr das Zeug essen könnt.“ Beide Kinder sahen verdutzt zu ihr hoch. „Ich finde, Porridge schmeckt wie … “ Sie machte eine Pause. Will und Stella hingen gespannt an ihren Lippen. „… wie Dinokacke!“

„Igittigitt!“ Stella prustete und streckte lachend die Zunge heraus. Ihre Augen leuchteten vergnügt.

Will sah sie zunächst ungläubig an, dann giggelte er ohne Vorankündigung er. Erleichtert, das Eis gebrochen zu haben, stimmte Taylor mit in das fröhliche Kinderlachen ein.

„Aber ich habe ein Geheimnis über Porridge herausgefunden “, sagte sie, nachdem sich die Kinder wieder beruhigt hatten. „Aber ihr dürft mich nicht bei eurer Tante verraten - versprochen?“

Stella schüttelte eifrig den Kopf.

„Und du, Will?“

Ein Brummen war die Antwort, was sie als ein „Ja“ deutete.

„Gut!“ Sie senkte ihre Stimme, als hätte sie Angst, jemand könnte mithören. „Dann schaut mal genau zu, was ich euch jetzt zeige!“ Sie griff nach dem Toast auf Mrs Whitworths Teller. „Porridge schmeckt zwar scheußlich …“ Stella gluckse leise. Taylor klatschte einen Löffel Porridge auf den Toast. Anschließend drückte sie den Toast mit der bestrichenen Seite auf den Unterteller der Tasse. „Aber ist ein prima Kleber!“ Vorsichtig hob sie den Toast samt Teller an. „Tatatata!“

„Cool!“, rief Will beeindruckt. Stella gluckste vergnügt.
„Wer will es auch mal probieren?“
„Ich. Ich. Ich.“ Will war aus seinem Sitz aufgesprungen. Vergessen war seine stille Zurückhaltung.
„Klaro!“ Taylor nickte und reichte ihm den Unterteller mit dem Toast. Mit konzentriertem Blick hob Will den Toast an. Seine Augen leuchteten, als der Teller am Toast kleben blieb. Ein Leuchten huschte über sein blasses Gesicht.
„Siehst du!“ Taylor klatschte in die Hände. „Ich habe doch gesagt, dass es funktioniert!“
„Ich will auch mal“, bettelte Stella.
„Okidoki. Will, reichst du deiner Schwester den Teller.“
Taylor konnte nur mit Mühe ein Lächeln unterdrücken, als sie sah, wie Stella mit hochkonzentriertem Gesicht und herausgestreckter Zunge den Teller anhob.
„Aber das war ja noch nicht alles!“, verkündete sie, als Stella den Teller wieder auf den Tisch stellte. Demonstrativ hob sie den Kaffeelöffel in die Höhe, sodass die Kinder ihn sehen konnten, und tauchte ihn tief in das Porridge. Im Anschluss daran drehte sie den Löffel zu sich und legte den Zeigefinger auf die Spitze, den Stiel zwischen Zeigefinger und Daumen der anderen Hand haltend, wie ein Katapult. Die Kinder verfolgten jede ihrer Bewegungen mit großen Augen.
„Porridge ist in Fachkreisen auch als ‚Löffelmunition‘ bekannt. Ich zeig euch mal, wie …“ Ohne Warnung ließ sie die Löffelspitze nach vorne schnellen und mit einem leisen Klatschen landete der Brei mitten in Wills Gesicht. Taylor prustete laut los, als sie Wills ungläubiges Gesicht sah. Die schleimige Masse tropfte von Wills Wange auf den Tisch.
„Treffer!“ Sie grinste. Stella schüttelte sich vor Lachen. Wills Augen waren weit aufgerissen und blickten sie ungläubig an. Für den Bruchteil einer Sekunde fragte sich Taylor, ob sie den Bogen überspannt hatte, aber dann sah sie, wie Will sich seinen Löffel schnappte, um eine Gegenattacke zu starten. Kreischend nahm Stella Deckung.

Zu ihrer Überraschung änderte Will in letzter Sekunde die Richtung und ein Klumpen Porridge landete mitten auf ihrer Uniform. Stella quietschte aus einer Mischung von Entsetzen und Erleichterung.

„Na warte", johlte Taylor und tauchte ihren Löffel erneut in den Brei. Klatsch. Diesmal landete das Porridge in Stellas Haaren. Lautes Gebrüll. Während Stella aufschrie, attackierte Will erneut Taylor. Der Brei landete direkt auf ihrer Nase.

Will riss die Arme in die Luft und jubelte wie ein Fußballer, der ein Tor geschossen hatte. Taylor fuhr sich mit dem Finger über die Nase und steckte ihn sich in den Mund.

„Brrrrr, das Zeug schmeckt wirklich scheußlich ..."

„Wie Dinokacke", sangen Will und Stella ausgelassen. Taylors Herz machte einen Hüpfer, als sie die glücklichen Gesichter ihrer beiden Schützlinge sah.

Im selben Moment wurde die Tür des Esszimmers aufgerissen und Rosie stürmte mit rotem Gesicht ins Zimmer. Breitbeinig, die Hände in die Hüfte gestemmt, blieb sie stehen.

„Was ist denn hier los?" Ihr Blick wanderte verwundert von Will zu Stella und blieben an Taylors Kleid hängen, worauf sich mittlerweile ein dicker Fleck gebildet hatte. Die Kinder saßen wie erstarrt auf ihren Stühlen.

„Ich habe den Kindern die nützliche Seite von Porridge gezeigt", sagte sie so würdevoll, wie es möglich war, wenn einem Porridge von der Nasenspitze tropfte.

„Das sehe ich." Rosies Mundwinkel zuckten verdächtig, als sie die Porridgereste auf Wills Wange entdeckte.

„Ich finde es wichtig, dass die Kinder auch die nützlichen Dinge des Alltags kennenlernen." Taylor grinste.

„Aha!" Rosie kratzte sich am Hinterkopf.

„Außerdem haben die Kinder gelernt, dass Porridge nicht nur sehr nahrhaft ist und scheußlich schmeckt, sondern auch bestens als Kleber und Munition geeignet ist. Eine Art morgendlicher Selbstverteidigungskurs, wenn du so willst."

„Möchtest du es auch mal versuchen?" Sie hielt Rosie ihren Löffel entgegen.

„Lieber nicht, sonst bekommt Mrs Whitworth noch einen Anfall, wenn sie nach Hause kommt."

„Ach, komm schon, sei kein Spielverderber!" Sie zwinkerte den Kindern zu. „Wir müssen Mrs Whitworth ja nichts davon erzählen."

„Ich - ein Spielverderber?!" Rosie sah sie mit gespielter Empörung an. „Moment." Ehe sichs Taylor versah, hatte Rosie sich Wills Löffel geschnappt und eine Ladung Porridge flog im hohen Bogen direkt auf ihr Gesicht zu.

Taylor schnappte laut nach Luft. Fröhliches Kinderlachen erfüllte den Raum.

„Ich würde sagen: Treffer versenkt." Rosie schmunzelte und legte zufrieden den Löffel auf den Tisch.

„Du hättest dir ruhig ein anderes Opfer suchen können", brummte sie und wischte sich mit dem Handrücken übers Gesicht.

„Hätte ich … aber bei dir hat es mehr Spaß gemacht. Stimmt, ihr beiden?" Rosie sah Beifall heischend zu den Kindern. Will und Stella nickten begeistert.

„Ja, ja, ich habe verstanden!" Taylor hob die Arme. „Aber jetzt haben wir ein neues Problem …" Die Kinder und Rosie sahen sie erwartungsvoll an. „Nachdem wir euer Frühstück verfeuert haben, müssen wir einen Ersatz für euch finden, schließlich habt ihr noch nicht gegessen. Was haltet ihr von einem leckeren Croissant mit Marmelade und Butter?

„Jaaaaa!" Begeistert sprangen Will und Stella aus ihren Sitzen.

Die beiden strahlten Taylor an. „Was meinst du, Rosie? Gibt es auf dem Weg zum Kindergarten irgendwo eine Bäckerei?

„Allerdings! Gleich um die Ecke ist der beste Bäcker weit und breit."

„Perfekt, aber zuerst helfen wir Rosie, die Sauerei wegzumachen. Wir wollen doch nicht, dass Rosie Ärger von eurer Tante bekommt."

„Na klar", sagte Stella mit ernster Miene.

„Ist doch wohl Ehrensache." Will nahm seine Schüssel und stellte sie in Stellas.

„Sehr lieb von euch, aber das schaffe ich schon alleine." Rosie zauberte ein Tablett hinter ihrem Rücken hervor.

„Gut, dann würde ich vorschlagen, dass wir ins Badezimmer gehen und uns ein wenig stadtfein machen und die Porridgereste aus unseren Gesichtern entfernen. So können wir schließlich nicht raus."

„Okidoki." Grinsend nahm Will die Hand seiner Schwester.

„Gut, dann geht schon mal vor. Ich komme gleich nach. Ich möchte noch kurz etwas mit Rosie bereden."

Zufrieden sah sie ihren Schützlingen hinterher, wie sie einträchtig nebeneinander gehend den Raum verließen.

Sie drehte sich zu Rosie, die gerade dabei war, das Geschirr auf das Tablett zu räumen.

„Danke, dass du den kleinen Spaß mitgemacht hast."

Rosie sah sie lächelnd an. „Es ist das erste Mal seit Wochen, dass ich die beiden so glücklich gesehen habe, und wenn ich einen kleinen Teil dazu beitragen konnte, dann habe ich es gerne getan."

„Das ist lieb, dass du das sagst. Trotzdem danke. Das war nicht selbstverständlich."

„Hey, du hast es vorhin selbst gesagt: Wir beide müssen zusammenhalten. Wobei ich sagen muss, deine Erziehungsmethoden sind mehr als ungewöhnlich."

„Du solltest mich mal erleben, wenn ich nicht die Nanny-Uniform trage." Sie zwinkerte Rosie lachend zu.

„Mach mir keine Angst", entgegnete Rosie schmunzelnd.

„Die Hauptsache ist doch, dass es den Kindern gefällt und ich ihr Vertrauen bekomme. Alles andere ist ab dann ein Kinderspiel." Taylor strich sich eine Strähne aus dem Gesicht. „Du hast gesagt, dass die Kinder das erste Mal seit Langem gelacht haben?!"

Rosie nickte. „Seit ihre Mutter gestorben ist, hat es in diesem Haus nur noch wenige glückliche Momente für die Kinder gegeben."

„So etwas Ähnliches habe ich schon befürchtet", sagte Taylor düster. „Mrs Whitworth ist bestimmt eine nette Frau, aber mit Kindern scheint sie keine große Erfahrung zu haben."

„Sie ist im Umgang mit Kindern nicht sonderlich geschickt ..." Rosie verzog das Gesicht. „... und hat feste Ansichten, wie die Dinge zu laufen haben."

Taylor nickte. „Das ist mir auch schon aufgefallen."

„Ich habe die ganze Zeit auf ein Wunder gehofft." Rosie sah Taylor direkt ins Gesicht.

„Ein Wunder?" Taylor schüttelte verwirrt den Kopf. „Was meinst du damit?"

„Jemand, der die Kinder versteht und mit ihnen umzugehen weiß. Vielleicht sind meine Hoffnungen ja erhört worden." Rosie klopfte ihr auf die Schulter.

„Ich?!" Sie zuckte mit den Achseln. „Ich würde mich nicht gerade als Wunder bezeichnen, eher als einen Chaoten, der Kinder über alles liebt."

Aus dem oberen Stockwerk drang lautes Geschrei zu ihnen durch.

„Ich denke, es ist besser, ich schau mal nach dem Rechten." Taylor musste grinsen. „Wir kommen, sobald ich die beiden vom Dreck befreit habe, zu dir in die Küche."

Stella schrie laut auf.

„Ich glaube, ich sollte mich lieber beeilen, bevor sich die zwei noch die Köpfe einschlagen."

„Da brauchst du dir keine Sorgen zu machen. Stella und Will sind für gewöhnlich ein Herz und eine Seele." Es polterte laut über ihnen.

„Ist mir auch schon aufgefallen." Taylor lachte.

Als Taylor nach oben kam, fand sie Stella mit dem Kopf über die Badewanne gebeugt vor. Will stand hinter ihr und hielt seiner Schwester die Brause über den Kopf. Stellas dunkler Haarschopf war fast völlig mit weißem Schaum bedeckt.

„Es brennt ganz doll", jammerte Stella.

„Himmel! Was ist denn hier los?“ Mit einem beherzten Sprung war sie bei Will und riss ihm den Duschkopf aus der Hand.

„Stella wollte, dass ich ihr die Haare wasche“, verteidigte sich Will trotzig. Sofort war seine ablehnende Haltung wieder da und er verschränkte die Arme vor der Brust. Taylor ärgerte sich über sich selbst. Sie war zu barsch dem kleinen Jungen gegenüber gewesen. Es war offensichtlich, dass er seiner Schwester nur hatte behilflich sein wollen.

„Entschuldige bitte, Will, ich wollte dich nicht angreifen. Ich habe mich im ersten Moment nur so erschreckt“, erklärte sie bittend. Will nickte, die Hände noch immer vor der Brust verschränkt.

„Meine Augen brennen. Ich kann nichts mehr sehen.“ Stella weinte erbärmlich.

Kurzerhand drehte sie ihren kleinen Schützling um und spritzte ihr Wasser ins Gesicht, um den Schaum zu entfernen, der wie kleine Wattewölkchen in ihren dunklen Wimpern hing.

„Stella, Liebes, bitte mach die Augen auf. Ich muss den brennenden Schaum aus deinen Augen spülen.“ Blinzelnd sah Stella sie an. Vorsichtig ließ Taylor das lauwarme Wasser über das Gesicht laufen. „Besser?“

Stella nickte schluchzend. Will stand noch immer mit verschränkten Armen neben ihr. Taylors Blick fiel auf die Shampooflasche auf dem Beckenrand.

„Will“, rief sie den Jungen mit sanfter Stimme. „Das war nicht deine Schuld.“ Sie strich Stella eine nasse Strähne aus dem Gesicht. Ihre Augen waren stark gerötet. „Das ist ein Shampoo, das brennt, wenn man es in die Augen bekommt. Wir gehen heute Nachmittag zusammen einkaufen, und dann besorgen wir euch ein Shampoo, das nicht mehr brennt.“

„Tante Milly hat gesagt, wir sollen das Shampoo nehmen“, erklärte ihr Will. Taylor nickte.

„Ich schätze, eure Tante Milly hat nicht gewusst, dass es extra Shampoo für Kinder gibt.“

„Tante Milly weiß, wie man Pferden die Haare wäscht", sagte Stella.

„Das heißt Fell, nicht Haare", verbesserte Will seine Schwester.

„Richtig", schmunzelte sie. „Eure Tante Milly scheint vergessen zu haben, dass Kinder nicht wie Pferde sind. Will, kannst du mir sagen, wo ich die Handtücher finde?" Sie ließ ihren Blick durch das Badezimmer gleiten. Der Raum war im kühlen Weiß gehalten. Graue Steinfliesen bedeckten den Boden und gaben dank Fußbodenheizung eine wohlige Wärme ab. Das Waschbecken war modern, ebenso wie die anderen Sanitärobjekte. Die obligatorische Duftkerze stand zusammen mit diversen Luxusbadezusätzen auf einem Holztablett neben der Badewanne. Allerdings vermisste Taylor die üblichen Quietscheenten oder Wasserspielzeuge, wie man sie normalerweise in einem Haushalt mit kleinen Kindern vorfand.

„Da drin." Will deutete auf einen weißen Schrank seitlich der Badewanne.

„Danke." Taylor holte ein Badehandtuch aus dem Schrank und begann Stellas Haare damit zu trocknen. Will beobachtete sie mit Argusaugen, als hätte er Angst, sie könnte Stella wehtun.

„Will, du bist ja ein großer Junge und kannst dich alleine umziehen, oder?"

Will nickte sichtlich geschmeichelt. „Gut, dann los."

Er zögerte. Sie legte das Handtuch auf den Beckenrand. „Nun mach schon, oder willst du hier Wurzeln schlagen?"

Wie der Blitz flitzte Will aus dem Badezimmer. Lächelnd fing sie vorsichtig an, Stellas Haare zu entwirren.

„Bleibst du jetzt für immer bei uns?", piepste Stella.

„Das hängt davon ab, ob ihr und euer Vater das möchtet?"

„Daddy mag alles, was ich und Will mögen. Und ich mag dich." Stella schlang ihre dünnen Ärmchen um Taylors Hals.

„Ich mag dich auch", sagte sie gerührt. Stella nickte zufrieden und kuschelte ihren Kopf an ihre Schulter.

„Na, dann muss ich ja nur noch euren Vater und Will davon überzeugen“, murmelte sie leise. Sie schaltete den Föhn ein. Eine Zeit lang herrschte friedliche Stille zwischen ihnen. Nur das Pusten des Föhns war zu hören.

„Will mag dich auch“, sagte Stella völlig unerwartet.

„So?“ Sie zog die Augenbraue nach oben.

„Ja, Will kann es nur nicht so zeigen. Aber ich kenne Will.“ Stella lächelte verschwörerisch. „Will ist schließlich mein Bruder.“

„Na, dann werde ich mich mal auf dein Urteil verlassen.“

Stella nickte.

Sie begutachtete Stellas Haare. „Du hast wunderschöne Locken, weißt du das?“

„Mein Daddy sagt, ich habe die gleichen Locken wie Mummy.“

„Damit hat er bestimmt recht.“ Sie lächelte und strich Stella über die Haare.

„Ich kann mich gar nicht mehr an das Gesicht von Mummy erinnern“, piepste Stella leise.

Taylor runzelte die Stirn. Ein Jahr war eine lange Zeit für ein Kind. Stella musste drei Jahre alt gewesen sein, als der Unfall passierte. Es war nur allzu natürlich, dass sie sich kaum noch an ihre Mutter erinnern konnte.

„Ihr habt doch bestimmt Fotos von eurer Mutter. Wenn du möchtest, können wir uns ein paar Bilder von ihr anschauen, dann weißt du wieder, wie sie ausgesehen hat.“

„Daddy lässt uns keine Bilder von Mummy anschauen.“

„Was?“ Sie dachte, sie hätte sich verhört.

„Daddy sagt, wir tragen Mummy in unseren Herzen und brauchen keine Bilder.“

Taylor schüttelte verwundert den Kopf. Dieser Professor Johnson wurde ihr immer suspekter. Welchen Grund könnte ein Vater haben, seinen Kindern die Fotos ihrer Mutter vorzuenthalten? Eigenartig. Sie war gespannt darauf, Professor Johnson kennenzulernen.

Taylor klopfte gegen die Tür, bevor sie Wills Zimmer betrat.

Will saß auf seinem Bett und spielte mit einem Flugzeugmodell.

„Na, wie weit bist du?"

„Fertig!" Er hatte sich ein neues T-Shirt übergezogen. Das alte hatte er achtlos auf den Boden geworfen.

Neugierig sah sich Taylor in seinem Zimmer um. Unter dem großen Fenster zur Straße befand sich ein Schreibtisch, der mit seinen Stahlbeinen und der laminierten weißen Oberfläche ohne Probleme in jede Arztpraxis gepasst hätte. Das Bett stand an der Wand und war ebenfalls weiß gestrichen.

Jeder freie Platz im Regal neben dem Bett war mit Figuren aus den Star-Wars-Filmen vollgestellt. Dazwischen entdeckte sie verschiedene Flugzeugmodelle und Raumschiffe in unterschiedlichen Größen.

„Hast du die alle selbst zusammengebaut?", fragte sie.

Will nickte und ein Leuchten erhellte sein Gesicht

„Wow." Sie pfiff anerkennend. „Ist das der Millennium Flacon?" Sie deutete auf eines der Modelle.

„Ja, woher weißt du das?", fragte Will verdaddert.

„Na ja, ich bin in deinen Augen vielleicht alt, aber so alt nun auch wieder nicht!", antwortete sie lächelnd. Sie selbst war begeisterter Star-Wars-Fan und hatte alle Filme zusammen mit ihrer Schwester und deren Freunde im Kino gesehen.

Schüchtern stellte sich Will neben sie. „Das hat mir Dad zum Geburtstag geschenkt. Und das …" Er deutete auf ein naturgetreues Modell eines Gleiters. „… habe ich mir von meinem Taschengeld gekauft."

„Wahnsinn! Dann bist du ja ein richtiger Star-Wars-Experte."

„Ja, Dad hat mir versprochen, dass er mit mir ins Kino geht, sobald ich alt genug bin, um die Filme ansehen zu dürfen." Will machte ein ernstes Gesicht. „Seit Mum gestorben ist, lacht Dad kaum noch und vergräbt sich meistens in sein Zimmer."

Taylor widerstand der Versuchung, ihm über den Kopf zu streicheln. „Ich schätze, dein Dad vermisst eure Mum ziemlich."

„Aber warum will er dann nicht mehr über sie sprechen?!" Will sah sie mit großen traurigen Augen an.

„Vielleicht tut es ihm zu doll weh."

„Hm." Will senkte den Kopf. Es war ihm anzumerken, dass er ihr nicht so recht glaubte.

„Weißt du, wenn etwas Schlimmes im Leben eines Menschen passiert, machen sie manchmal Phasen durch, die für die Außenstehenden nur schwer nachzuvollziehen sind … sie werden ernster, reden kaum oder machen komische Sachen."

Will nickte.

„Das gibt sich wieder. Du musst ihm nur etwas Zeit geben." Taylor zuckte mit den Achseln.

„Wirklich?" Sie sah den Hoffnungsschimmer in seinen Augen leuchten.

„Ich verspreche es dir!" Sie betete, dass sie sich nicht zu weit aus dem Fenster gelehnt hatte.

„Willst du dir mal meine Lego-Sammlung anschauen?", fragte Will völlig unvermittelt. Ein Friedensangebot ohne Zweifel.

„Ich wüsste nichts, was ich lieber täte."

Zufrieden über den Vormittag saß Taylor bei Rosie in der Küche. Im Gegensatz zu den übrigen Räumen des Hauses strahlte die Küche eine gemütliche Wärme aus. Auf der Fensterbank standen Töpfe mit frischen Kräutern und ein Topf mit weißen Margeriten. Der alte Kamin war restauriert und weiß gestrichen worden und fügte sich perfekt in die moderne Einrichtung der Küchenzeile ein. Ein munteres Feuer flackerte im Kamin und gab seine wohlige Wärme in den Raum ab. Die Kochinsel bildete den Mittelpunkt des Zimmers. Seitlich davon befand sich die kleine Sitzecke, die mit ihren pastellfarbenen Kissen zum Sitzen einlud.

„Die Küche ist richtig gemütlich", stellte Taylor fest.

„Ja, ich liebe diesen Raum." Rosie schmunzelte. „Allerdings kommt es nur selten vor, dass mich jemand hier besucht.

Professor Johnson leistet mir gelegentlich Gesellschaft, aber in letzter Zeit geht er immer sehr früh aus dem Haus." Bedauern schwang in ihrer Stimme mit.

„Professor Johnson arbeitet an der Universität?"

„Ja, er unterrichtet Philosophie und Literatur." Rosie hob die Kaffeekanne hoch. „Möchtest du einen Schluck?"

„Gerne."

Rosie füllte einen der Becher auf dem Tisch mit der dampfenden Flüssigkeit.

„Ich hätte niemals einen Professor hinter all dem vermutet." Sie machte eine ausladende Handbewegung.

„Warum?" Rosie stellte die Kanne zur Seite und reichte ihr den Becher.

„Na ja, das Haus in Kensington. Die ganze Einrichtung und so. Ich hätte nicht erwartet, dass man als Professor so viel verdient", gab sie freimütig zu.

„Seine Frau hatte von Haus aus Geld und war noch dazu eine sehr erfolgreiche Innenarchitektin."

„Dann ist die Einrichtung bestimmt Laura Johnsons Werk!" Es war eine Feststellung, keine Frage.

„Ja, Mrs Johnson hat alles selbst gemacht."

„Mhm." Nachdenklich nahm Taylor einen Schluck. „Was für ein Typ Mensch war Mrs Johnson?"

Rosie seufzte. „Das ist gar nicht so einfach zu erklären. Sie war sehr hübsch, gebildet und sehr ehrgeizig."

Taylor runzelte die Stirn. „Eine eigenartige Beschreibung für eine Mutter von zwei entzückenden Kindern. Findest du nicht?"

Rosie legte den Kopf leicht schräg. „Ich weiß nicht, wie ich sie sonst beschreiben soll. Mrs Johnson war immer unterwegs. Eigentlich war es der Professor, der sich um die Kinder gekümmert hat. Es ist nicht leicht, als berufstätige Mutter seiner Rolle gerecht zu werden. Ich glaube, sie hat ihre Kinder sehr geliebt, aber ihr fehlte oft die Zeit, es ihnen richtig zu zeigen."

„Hat das einen Grund, dass ich den Professor noch nicht zu Gesicht bekommen habe?"

Rosie senkte ihre Stimme, als hätte sie Angst, jemand könnte sie hören. „Du darfst mich nicht verraten, aber ich glaube, Mrs Whitworth ist ein kleines bisschen in ihren Schwager verliebt. Wenn du verstehst was ich meine?!"

Taylor hob verwundert die Augenbraue. „Ach und er geht seiner Schwägerin aus dem Weg. Ist es das, was du mir sagen willst?"

Rosie nickte. „Ja, mir ist aufgefallen, dass sie ihm schöne Augen macht, sobald er zu Hause ist."

„Und der Professor hat kein Interesse?"

„Wenn du seine verstorbene Frau gekannt hättest, wüsstest du warum. Mrs Johnson war einfach überirdisch schön. Der Professor war völlig vernarrt in seine Frau."

„Mhm." Nachdenklich fuhr sie sich mit der Hand übers Kinn. „Das würde zumindest erklären, warum er sich nicht sehen lässt. Und die Kinder? Wie stehen die Kinder zu ihrer Tante? Ich hatte so das Gefühl, dass die beiden einen ziemlichen Respekt vor ihr haben."

„Bis zu dem Tod ihrer Schwester haben die Kinder sie kaum gekannt."

„Verstehe." Sie nahm einen Schluck aus ihrem Becher. Der Kaffee war mittlerweile kalt geworden. Wie es sich anhörte, hatte sie es mit einem weit größeren Problem zu tun als nur den Tod der Mutter. Sie war gespannt, was noch auf sie zukam.

Nach dem Kaffee hatte Rosie sie durchs Haus geführt und ihr alles gezeigt, was sie wissen musste, um im täglichen Umgang mit den Kindern klarzukommen.

Taylor hatte die hohen Decken der Zimmer und die honigfarbenen Böden bewundert, ebenso wie die geschmackvolle Einrichtung, die zweifellos die Handschrift von Mrs Johnson trug. Die meisten Möbel im Haus waren weiß und von schlichter Eleganz.

Lediglich einige alte Gemälde, bei denen es sich mit Sicherheit um Erbstücke handelte, durchbrachen den modernen Einrichtungsstil.

Das Zimmer von Professor Johnson war eine Überraschung gewesen und anders als die übrigen Zimmer. Jeder Quadratzentimeter des Raumes war mit Büchern angefüllt und es herrschte eine heillose Unordnung. Überall lagen Ordner auf dem Boden und sie entdeckte eine leere Flasche Rotwein auf dem Schreibtisch. Sie widerstand der Versuchung, ein wenig herumzuschnüffeln. Es fiel ihr jedoch auf, dass nirgends ein Bild von seiner Frau hing, und auch auf dem Schreibtisch war nichts zu finden. Es war, als hätte Laura Johnson-Whitworth niemals existiert.

Mrs Whitworth kam am späten Nachmittag aus der Stadt zurück. Taylor hatte es sich mit den Kindern im Kinderzimmer gemütlich gemacht und las den Kleinen die Geschichte von Peter Pan vor. Rosie hatte ihnen zuvor einen Teller mit Keksen und für jeden ein Glas Milch vorbeigebracht. Aneinander gekuschelt lauschten Stella und Will andächtig Taylors Stimme.

„Wie ich sehe, haben Sie sich miteinander angefreundet", bemerkte Mrs Whitworth wohlwollend, als sie den Raum betrat. Sie musste beim Friseur gewesen sein, denn ihre Haare fielen in weichen Wellen auf die Schulter.

„Das haben wir", antwortete Taylor mit verschwörerischer Miene. Will und Stella kicherten.

„Schön. Ich würde Sie gerne unten im Salon kurz unter vier Augen sprechen."

„Selbstverständlich. Ich lese nur noch das letzte Kapitel zu Ende und dann bin ich bei Ihnen."

„Jetzt, Miss Taylor, wenn ich bitten darf."

Die steife fordernde Art ihrer neuen Arbeitgeberin ging ihr langsam auf den Wecker. Sie war es nicht gewohnt, wie ein Dienstbote gescheucht zu werden. In ihren vorherigen Familien war man ihr mit Respekt begegnet.

„Mrs Whitworth, ich komme, sobald ich das Kapitel zu Ende gelesen habe“, sagte sie betont höflich. Dann wendete sie sich ab und fing wieder an zu lesen. Als sie hörte, wie Mrs Whitworth schnaubend das Zimmer verließ, huschte ein Lächeln über ihr Gesicht.

4. Kapitel

Als Taylor die Wohnung betrat, war es still. Alle Mitbewohnerinnen waren ausgeflogen. Das Gespräch mit Mrs Whitworth war nach ihrer kleinen Auseinandersetzung entsprechend kühl verlaufen. Sie war sich mittlerweile ziemlich sicher, dass ihre Vorgängerinnen die Familie nicht der Kinder wegen, sondern wegen Mrs Whitworth vorzeitig verlassen hatten. Die Frau hatte Haare auf den Zähnen und noch dazu war sie eifersüchtig auf jede Frau in ihrer Nähe.

In der kurzen Unterredung hatte sie Mrs Whitworth klargemacht, dass sie freie Hand brauchte, wenn sie weiterhin als Nanny angestellt war. Mrs Whitworth war zunächst alles andere als begeistert darüber gewesen, aber Taylor hatte ihr unmissverständlich zu verstehen gegeben, dass sie sich ansonsten nach einer neuen Stelle umschauen würde. Letztendlich hatte Mrs Whitworth zähneknirschend nachgegeben.

Taylor schlüpfte aus ihren Schuhen. Sie sehnte sich nach einer heißen Dusche und bequemen Klamotten. Sie liebte den Moment des Tages, wenn sie ihre Uniform aus- und ihre eigenen Klamotten anziehen konnte. Es war, als würde sie eine fremde Haut ablegen und in die eigene schlüpfen. Sie schaltete das Radio ein und fing an, sich auszuziehen.

Knurrend meldete sich ihr Magen lautstark zu Wort. Nur in Unterwäsche bekleidet, ging sie in die Küche und warf einen Blick in den Kühlschrank. Bis auf eine Flasche Weißwein (auf keinen Fall!), ein angeknabbertes Stück Parmesan, das aussah, als würde es sich um eine neue Lebensform handeln, einen Joghurt (Magerstufe) und einen halben Salatkopf herrschte gähnende Leere. Frustriert schlug sie die Kühlschranktür wieder zu.

Früher, als Cassie noch in der WG gewohnt hatte, hatte sie immer etwas Schmackhaftes im Kühlschrank vorgefunden, aber seit Holly eingezogen war, beherrschten Magermilchjoghurts und Salate das Bild.

Gedankenverloren sah sie aus dem Fenster. Einige Rentner schlurften in gemächlichen Schritten den Gehsteig entlang und zogen einen Hackenporsche hinter sich her. Hundebesitzer führten ihre kleinen Lieblinge aus, damit sie beim Abendessen ihre Ruhe hatten, und Mütter eilten nach Hause, um ihren Familien das Abendessen zuzubereiten. Die Ladenbesitzer hatten die Markisen der Läden bereits hochgerollt und warteten ungeduldig auf den bevorstehenden Feierabend. Alles wirkte grau in grau, und selbst die pastellfarbenen Häuserfronten, die die Touristen im Sommer so bewunderten, verschwanden im Grau der Dämmerung.

Sie warf einen Blick auf die Uhr. Es war kurz nach sechs - zum Abendessen noch zu früh! Ihr brummte der Kopf und ihre Laune war auch nicht gerade die beste. Vielleicht wäre es gut, eine Runde um den nahe gelegenen Park zu drehen. Frische Luft und Bewegung hatte auf sie den gleichen Effekt wie Meditation auf andere Menschen. Beim Laufen bekam sie den Kopf frei und der Stress des Tages fiel wie Schuppen von ihr ab.

Anschließend könnte sie ins *Heavens Place* gehen und ohne schlechtes Gewissen einen Salat essen und dazu ein Gläschen Rotwein trinken. Außerdem bestand die Möglichkeit, dass sie ein paar alte Bekannte traf, mit denen sie eine Runde Billard spielen konnte.

Kurz entschlossen zog sie ihre Laufsachen an, band die langen Haare zu einem festen Pferdeschwanz zusammen und steckte den Haustürschlüssel in die eigens dafür angebrachte kleine Tasche in der Jogginghose. Anschließend streifte sie sich die Halterung mit ihrem Handy darin über den Oberarm und stopfte sich die Kopfhörer ins Ohr. Zufrieden rannte sie begleitet von den Klängen von Macklemore los.

Nach knapp zwanzig Minuten hatte sie den Verkehr hinter sich gelassen und lief in großen Schritten durch das Eingangstor von Kensington Garden. Die Dunkelheit hatte sich bereits über alles gelegt und die Straßenlaternen tauchten die Umgebung in ein kaltes Licht. Gespenstisch aussehende Nebelschwaden waberten zwischen den Bäumen über dem feuchten Gras. Taylor verfiel in einen gleichmäßigen Rhythmus. Ihr Atem wehte wie eine weiße Fahne hinter ihr her. Mit jedem Schritt wurde sie ruhiger und die Anspannung fiel mehr und mehr von ihr ab. Es war kalt geworden, und es würde nicht lange dauern, bis der erste Schnee fiel.

Sie liebte den Winter, wenn in den Häusern eine wohlige Wärme herrschte und es nach Lebkuchen und Bratäpfel roch. Sie bog um die Ecke und erhöhte ihr Tempo. Gedankenverloren lief sie entlang des kleinen Sees, als ihr plötzlich jemand auf die Schulter tippte. Mit einem lauten Schrei fuhr sie herum, ballte die Hände zur Faust und stieß zu.

Jemand schrie! Jetzt erst erkannte sie den Angreifer. Emily stand vornübergebeugt keinen Schritt von ihr entfernt und schnappte nach Luft.

Hastig riss sie sich die Kopfhörer aus dem Ohr. „Hey, du hast mich fast zu Tode erschreckt“, knurrte sie.

„Und du hast mich fast erschlagen “, keuchte Emily. „Ich habe wie eine Wahnsinnige geschrien, aber du hast nichts gehört. Deshalb habe ich dich angetippt.“

„Entschuldigung.“ Sie joggte auf der Stelle. „Alles okay bei dir?“

„Ja, ja. Schon gut.“ Emily stützte die Hände in die Hüfte. „Mann, du bist echt ein Tier!“

„Acht Jahre Kickboxtraining. Da bleibt eben was hängen.“ Sie grinste. „Was machst du denn hier? Ich dachte, du bist unterwegs!“

„Warte ...“ Emily hob den Arm. „Ich muss erst einmal wieder zu Atem kommen.“

Ungeduldig trippelte sie auf der Stelle.

„Ich habe eine Einsatzänderung bekommen und muss erst übermorgen nach Mumbai", stieß Emily hervor. Langsam richtete sie sich auf.

„Also wenn du eine Herz-Lungen-Maschine brauchst, sag mir rechtzeitig Bescheid." Sie grinste.

„Sehr witzig! Ich bin eben nicht so trainiert wie du." Schweißperlen glitzerten auf Emilys Oberlippe.

„Als ich nach Hause kam und gesehen habe, dass deine Turnschuhe weg sind, dachte ich mir, dass du deine übliche Runde drehst! Und da ich gerade mal wieder zwei Kilo zu viel habe, bin ich dir hinterhergedüst."

„Emily Sherlock Holmes!" Eine Gänsehaut huschte über Taylors Arme und die feinen Härchen richteten sich wie Stacheln auf. „Bist du so weit oder brauchst du noch eine Pause? Mir wird nämlich langsam kalt."

„Du alter Sklaventreiber."

„Du hast gesagt, du willst abnehmen, nicht ich."

„Ja, schmier es mir noch aufs Butterbrot."

Sie verfielen in einen lockeren Trab.

„Wie war dein Tag?", fragte Emily noch immer leicht außer Atem.

„Ziemlich gut. Die Kinder sind absolut zuckersüß. Nur die Tante ist stutenbissig und hat immer etwas zu meckern. Aber der habe ich mal ordentlich die Meinung geblasen."

„Wirklich?" Emily warf ihr einen erstaunten Seitenblick zu. „Hast du keine Angst, dass sie sich bei der Agentur beschwert?"

„Und wenn schon. Ich bin gut in meinem Job und Mrs Pettigrew, meine Chefin, kennt meine Methode zu arbeiten." Natürlich hatte sie sich Gedanken darüber gemacht, aber letztendlich war sie zu dem Entschluss gekommen, dass es an der Zeit war, dass jemand dieser Mrs Whitworth mal die Meinung sagte.

„Beschwer dich doch beim Professor. Schließlich hat er als Vater auch noch ein Wörtchen mitzureden", keuchte Emily neben ihr.

„Wenn ich ihn mal treffen würde gerne! Ich hatte schon die Vermutung, dass es den Mann gar nicht gibt. Oder dass er ermordet und in kleinen Stücken zersägt irgendwo im Keller liegt und Mrs Whitworth mich angelogen hat, damit sie die Kinder und das Haus für sich alleine haben kann." Taylor grinste.

„Oh Mann. Deine Fantasie ist wirklich unglaublich." Emily kicherte.

Sie bogen nach rechts in Richtung Portobello.

„Also mal im Ernst, der Typ muss ein richtig hohes Tier an der Uni sein. Laut Rosie ist er ein liebevoller Vater und kümmert sich um seine Kinder, wovon ich allerdings noch nichts mitbekommen habe."

„Klingt nach einem echt coolen Typen."

Sie zuckte mit den Achseln. „Keine Ahnung, aber beim Gedanken an Professoren habe ich immer so leicht verschrobene Männer mit abstehenden Haaren und einer dicken Hornbrille im Kopf."

Emily kicherte leise. „Warum googelst du ihn nicht einfach? Jede Universität hat doch mittlerweile eine Seite, auf der sie ihre Professoren vorstellen."

Taylor blieb für einen Moment stehen. „Ey, coole Idee! Warum bin ich da noch nicht selber drauf gekommen." Sie liefen weiter.

„Dafür hast du ja mich!" Emily grinste.

„Sag mal, hast du Lust, anschließend mit mir ins *Heavens Place zu* gehen und dort eine Kleinigkeit zu essen und zu trinken?"

„Megacoole Idee. Ich habe sowieso keine Lust zu kochen."

„Gut, dann auf nach Hause. Wer als Erstes da ist, muss dem anderen einen Wein ausgeben."

„Das ist nicht fair", maulte Emily.

Taylor zuckte mit den Achseln. „Was ist schon fair im Leben. Also, bist du dabei?"

„Von mir aus!"

„Prima! Dann go!" Mit diesen Worten sprintete Taylor los.

Eine knappe Stunde später saßen sie im *Heavens Place*. Die Cafébar war gut besucht. Eine bunte Mischung aus Geschäftsleuten und Ansässigen, die sich hier nach Feierabend einfanden, um in gemütlicher Runde ein Glas zu trinken und den Feierabend einzuläuten. Chris hatte letztes Jahr eine Lizenz zum Ausschank von Alkohol erworben und die Tageskarte um etliche Speisen ergänzt. Stimmen schwirrten durch den Raum und in der Luft hing der Duft von Essen und Kaffee.

Taylor bestellte sich einen Salat.

„Für mich eine Thunfisch-Pizza!“ Emily klappte die Karte zu.

„Das ist nicht dein Ernst. Du willst dir jetzt eine Pizza reinhauen und jammerst, dass du zugenommen hast!“ Sie schüttelte den Kopf. „Dann hättest du dir das Joggen gleich sparen können.“

„Das siehst du völlig falsch“, belehrte Emily sie. „Ich habe vorhin mindestens achthundert Kalorien verbrannt. Da kann ich mir locker eine Pizza reinpfeifen.“

„Dich soll einer verstehen ...“ Sie schaute ihrer Freundin tief in die Augen.

„Jetzt sieh mich nicht mit diesem Nanny-Blick an. Das funktioniert bei mir nicht.“ Emily winkte erneut Chris zu sich an den Tisch. „Du kannst die Pizza stornieren, ich nehme ebenfalls einen Salat.“

„Was ist denn nun los?“ Sie sah Emily erstaunt an.

„Das ist deine Schuld. Hättest du mich nicht so angesehen, hätte ich kein schlechtes Gewissen – aber jetzt, wo du es ausgesprochen hast, kann ich die Pizza nicht mehr genießen.“

Chris stand schweigend zwischen ihnen, seine Mundwinkel zuckten verdächtig.

„Chris, das ist nicht witzig“, fauchte ihn Emily an.

„Irgendwie schon.“ Taylor grinste.

„Ich werde niemals aus euch Frauen schlau werden", brummte Chris.

„Brauchst du auch nicht!" Taylor lachte. „Hauptsache, wir wissen, was wir wollen."

Kopfschüttelnd verschwand Chris wieder hinter dem Tresen.

Emily zog eine Packung Zigaretten aus ihrer Tasche und legte sie demonstrativ auf den Tisch. „Spar dir deine Kommentare. Ein Laster muss der Mensch schließlich haben. Deines sind die Männer, meines die Zigaretten und das Essen."

„Meine Lippen sind verschlossen." Sie hob beschwichtigend die Arme.

„Das ist auch besser so." Emily funkelte sie angriffslustig an.

Ein kühler Windhauch zog durch die Bar, als ein Mann den Laden betrat. Es war der gleiche Mann, den sie bereits die letzten zwei Tage hier gesehen hatte. Diesmal trug er eine dunkle Jeans und dazu eine schwarze Lederjacke. Seine Haare sahen ein wenig unordentlich aus, so als hätte er vergessen, sich zu kämmen. Seine Augen wanderten rastlos durch den Raum auf der Suche nach einem freien Platz.

„Was ist?" Emily folgte ihrem Blick.

„Siehst du den Typen, der gerade reingekommen ist?" Sie machte eine unauffällige Kopfbewegung in seine Richtung.

„Klar, ich müsste blind sein, um ihn nicht zu sehen. Der Mann ist schließlich riesig."

Tatsächlich überragte der Fremde die meisten Männer im Raum um eine Kopflänge. Taylor schätzte ihn auf circa 1,95 m.

„Findest du nicht, dass er unglaublich scharf aussieht."

Emily legte den Kopf leicht schräg und musterte den Mann von oben bis unten. „Nicht mein Typ, aber absolut sehenswert."

„Gott sei Dank ist er nicht dein Typ, sonst müsste ich dir jetzt Wein über deine Hose gießen oder dich die Treppe runterschubsen." Sie grinste schief.

„Manchmal machst du mir Angst." Emily kicherte empört.

Chris kam mit ihrem Essen an den Tisch. „So, meine Hübschen. Hier sind eure Salate." Er stellte die Teller vor ihnen auf den Tisch.

„Der sieht absolut spitze aus", sagte sie.

„Meinst du jetzt den Typen oder den Salat?", fragte Emily grinsend.

„Den Salat, du doofe Nuss", konterte sie.

Chris schmunzelte wissend. „Ich weiß, wen du meinst." Er machte eine Kopfbewegung in Richtung des Fremden, der am Tresen Platz genommen hatte.

„Du auch?" Emily zog die Augenbraue nach oben.

„Chris und ich haben im Gegensatz zu dir und mir den gleichen Geschmack, was Männer anbelangt, und wir sind nur Freunde, weil er schwul und somit keine Konkurrenz für mich darstellt." Taylor stach mit der Gabel in den Salat.

„Wenn die Ladys mich entschuldigen würden, mein Typ wird verlangt ..." Er deutete auf einen rotnäsigen Mann, der nach ihm rief. „Wenn ihr mich braucht, wisst ihr ja, wo ihr mich findet."

„Gib es zu ..." Emily schmunzelte.

„Was?" Taylor stopfte sich die Gabel in den Mund.

„Du bist in echt ein Mann, der in dem Körper einer verdammt hübschen Frau steckt."

„Sag mal, hast du einen Vogel!" Sie tippte sich gegen die Stirn.

„Na ja, so wie du dich verhältst, verhalten sich eigentlich nur Männer. Ich kenne keine Frau, die so direkt auf Männer zugeht wie du."

Taylor spülte den Salat mit einem Schluck Weißwein hinunter. „Das liegt daran, dass ich keine Lust habe, darauf zu warten, dass die Männer auf mich zukommen. Wenn ich nicht so wäre, hätte ich auf so manchen guten Sex in meinem Leben verzichtet. Ich nehme mir eben, was mir gefällt."

„Und was sagt Jason dazu?"

„Ach Jason." Sie winkte ab. „Ich habe ihm von Anfang an gesagt, dass ich eine Freundschaft plus möchte und mehr nicht.

„Freundschaft plus?" Emily stocherte lustlos in ihrem Salat.

„Freundschaft plus Sex."

„Ich glaube, das könnte ich nicht." Emily schüttelte den Kopf.

„Warum?"

„Weil ich mich zu hundert Prozent in die Typen verliebe, mit denen ich ins Bett gehe. Das ist bei mir immer so. Ich verliebe mich und schwupp lande ich mit dem Kerl im Bett, um kurz darauf festzustellen, dass der Typ bereits vergeben, verheiratet oder einfach nur ein Idiot ist. Die Tragik meines Lebens. Deshalb habe ich beschlossen, meine Männer ab sofort unter rein wirtschaftlichen Aspekten auszusuchen"

„Was bedeutet das?"

„Na, kann ich mit dem Typen eine Familie gründen und was noch viel wichtiger ist: Kann der Mann eine Familie auf Dauer ernähren."

„Ach, deshalb diese Reihe von Piloten in der letzten Zeit."

„Na klar. Piloten gehören zu den Bestverdienern und sind nicht blöd."

„Also, ich weiß nicht. Ich finde, die Optik bei einem Mann muss auch stimmen." Sie schielte unauffällig zur Seite. Der Fremde stand lässig gegen den Tresen gelehnt. Er hatte mittlerweile seine Jacke abgelegt und hielt ein frisch gezapftes Ale in der Hand. Er sah unglaublich gut aus. Nicht klassisch schön wie Jason, sondern auf eine ganz spezielle Weise männlich und anziehend. Sie begutachtete seine gerade Nase, das markante Kinn und den Dreitagebart. Seine Augen waren blau und bildeten einen Kontrast zu den braunen Haaren. Wie es sich wohl anfühlte, ihn zu küssen?

„Hallooooo!" Emily wedelte mit der Hand vor ihrem Gesicht. „Ich bin auch noch da."

„Entschuldige bitte." Sie wendete sich wieder ihrer Freundin zu. „Was hast du gesagt?"

„Dass ich kurz mal raus muss eine Zigarette rauchen." Emily schnappte sich die Zigarettenpackung und stand auf.

„Das Zeug wird dich noch mal umbringen", brummte Taylor.

„Egal, ich brauche jetzt eine Frustzigarette!"

Der Fremde hatte seinen Platz am Tresen verlassen und ging mit dem Bier in der Hand zum hinteren Teil des Raumes, wo die Billardtische standen. Taylor entdeckte Ben und Hailey, ein befreundetes Pärchen aus der unmittelbaren Nachbarschaft, das gerade seine Gläser auf einem der drei Billardtische abstellte, um ein neues Spiel zu beginnen.

„Tut, was du nicht lassen kannst, ich trinke so lange ein Glas Wein und schau mal bei Ben und Hailey vorbei." Sie deutete in deren Richtung.

„So gehen wir beide unseren Gelüsten nach. Du spielen, ich rauchen." Emily grinste. „Wartet auf mich, ich spiele eine Runde mit!"

Scheinbar ziellos schlängelte sich Taylor an den Tischen vorbei, begleitet von den bewundernden Blicken der Männer im Raum. Die schwarze hautenge Lederhose und die durchsichtige weiße Bluse betonten ihre schlanke Figur. Ihre blonden Haare schimmerten wie flüssiges Gold im Licht der Lampen. Bis auf einen roten Lippenstift hatte sie weitgehend auf Make-up verzichtet.

„Hey, Ben, Hailey. Lange nicht gesehen", begrüßte sie das Pärchen, darauf bedacht, den Fremden im Auge zu behalten.

„Hallo, Taylor. Wie geht es dir?" Ben beugte sich zu ihr und gab ihr einen freundschaftlichen Kuss auf die Wange.

„Gut und euch?" Sie versetzte der Billardkugel einen Schubs.

„Könnte besser nicht sein. Lust auf eine Partie Billard?", lockte Hailey sie.

„Warum nicht!" Taylor lehnte sich mit einer lasziven Bewegung an den Billardtisch, dabei hob sie den Kopf. Der Fremde starrte sie an. Seine Augen leuchteten wie zwei Aquamarine. Sie spürte ein Kribbeln in den Adern. Ihre Blicke trafen sich. Für einen Augenblick hielt sie die Luft an.

Der Mann sah einfach unverschämt gut aus. Taylor warf den Kopf in den Nacken und lachte, aufreizend, gleich einem Versprechen. Jemand tippte ihr auf die Schulter.

„Ich bin wieder da!“ Emily stand hinter ihr und grinste sie breit an.

„Das sehe ich“, brummte sie verärgert. Der Fremde blieb stehen und musterte sie aus sicherem Abstand.

Hailey reichte ihr den Billardstock. „Los geht's! Ihr fangt an.“

„Gut.“ Taylor nickte. „Um was spielen wir?“

„Die Verlierer müssen den Gewinnern eine Runde ausgeben“, schlug Ben vor.

Sie tauschte einen kurzen Blick mit Emily. „Einverstanden.“

Jemand hatte die Musikbox angeworfen. Sie spielten drei Runden. In der ersten gewannen Ben und Hailey, dann waren es Emily und Taylor, die als Sieger hervorgingen. Der Fremde hatte zwischenzeitlich wieder am Tresen Platz genommen. Aus dem Augenwinkel beobachtete sie, wie er sich mit einer Frau unterhielt.

„Ich denke, uns reicht es für heute.“ Ben und Hailey verabschiedeten sich, nachdem sie ihr Bier ausgetrunken hatten.

„Schade, wo es doch gerade so gut läuft“, bedauerte Taylor. „Zumindest für uns“, schob sie grinsend hinterher.

„Autsch, das hat wehgetan“, brummte Ben.

„Also zwei Niederlagen am Tag sind mehr, als ich ertragen kann.“ Hailey gab ihr ein Küsschen auf die Wange. „Oder besser gesagt, mehr als Ben ertragen kann … wenn er noch einmal verliert, hat er für den Rest des Abends schlechte Laune, und du weißt, was das für mich bedeutet.“ Hailey zwinkerte ihr zu.

„Schon klar.“ Sie grinste. „Dann bis bald.“

„Und was machen wir beiden Hübschen?“ Emily warf einen Blick auf die Uhr. „Es ist noch früh, und ich habe keine Lust, ins Bett zu gehen.“

Taylor überlegte einen kurzen Augenblick. „Warte, ich habe eine Idee." Sie leerte ihr Glas mit einem Zug. „Ich brauche jetzt erst einmal ein kühles Bier. Das Spielen hat mich ganz durstig gemacht. Du auch?"

„Ja, warum nicht."

„Okay, ich bin gleich wieder da und du - rühr dich nicht von der Stelle."

„Ich ahne schon, was du vorhast ..." Emily sah sie bedeutungsvoll an. „Viel Glück damit."

Manchmal war es direkt unheimlich, wie gut Emily sie kannte. „Danke." Sie schlenderte zum Tresen, wo der Fremde noch immer vor seinem Bier saß.

Sie stellte sich neben ihn, lässig an den Tresen gelehnt. „Hey, Chris, noch zwei Bier für Emily und mich."

„Geht klar!" Chris nickte.

Sie stand keinen Schritt von dem Unbekannten entfernt. „Kennen wir uns nicht?" Sie lächelte ihn freundlich an.

Er wandte sich ihr zu und musterte sie genauer. Ihre aufreizende lockere Körperhaltung, die leichte Röte ihrer Wangen, nichts entging ihm. „Ähm, nicht, dass ich wüsste." Seine Stimme war angenehm weich und einladend warm.

„Macht ja nichts. Ich bin Taylor." Sie reichte ihm die Hand. Sie zwang sich, nicht zu blinzeln oder an ihrer Unterlippe zu kauen. Er sollte nicht den Eindruck bekommen, dass er sie verwirrte, obwohl er exakt das tat.

„Matt." Er wirkte belustigt.

„Sagen Sie, Matt. Hätten Sie Lust, mit meiner Freundin und mir ne Runde Billard zu spielen?" Sie deutete mit dem Kopf auf Emily, die sich an den Billardtisch gelehnt mit einem jungen Mann unterhielt, den Taylor nicht kannte.

„Von mir aus. Aber ich muss Sie warnen, es ist schon eine Weile her, dass ich Billard gespielt habe." Er fuhr sich mit seinen Fingern durch das Haar, als würde es sich um einen Kamm handeln. Allerdings ohne den gewünschten Erfolg. Die braunen Locken standen widerspenstig zu allen Seiten ab. „Es wäre möglich, dass mein Können ein wenig eingerostet ist."

„Solange es sich nur um dieses Können handelt …“, sagte sie zweideutig. „Kein Problem, ich spiele auch nur zum Spaß.“

„Das sah vorhin aber anders aus.“

„Sie haben mich beobachtet?!“, sagte sie keck.

„Touché. Sie haben mich erwischt. Wie könnte man eine Frau wie Sie nicht beobachten.“ Er lächelte schief und legte ein paar ebenmäßig weiße Zähne frei.

„Wenigstens sind Sie ehrlich. Das gefällt mir.“

„Ich versuche es.“ Mit einem Schlag hatte sich sein Gesichtsausdruck verändert und er sah sie ernst an.

„Das Bier.“ Chris stellte die vollen Gläser auf den Tresen.

„Na dann, wollen wir?“, lockte sie ihn und nahm ihr Bier in die Hand.

„Absolut.“ Er prostete ihr zu und nahm einen kräftigen Schluck. „Es geht doch nichts über ein kühles Ale nach Feierabend.“

„Stimmt.“

Er starrte auf ihren Mund. „Sie haben da was …“

„Was? Wo?“ Sie schielte an sich herunter.

„Da!“ Seine Hand schnellte nach vorne und er wischte ihr mit dem Zeigefinger den Schaum von der Oberlippe. Dort, wo er sie berührte, prickelte ihre Haut.

„Oh.“ Eine verräterische Röte kroch ihren Hals hoch und tauchte ihr Gesicht in ein zartes Rosé.

„Wie süß, Sie werden ja rot“, bemerkte er grinsend.

„Eine Eigenschaft, die ich leider nicht abstellen kann“, seufzte sie und schenkte ihm ihr charmantestes Lächeln. Matt verwirrte sie. Sie konnte kaum noch klar denken, und ihre selbstbewusste Art, mit der sie Männern sonst begegnete, war wie weggewischt. Sie schlängelten sich durch die Tischreihen. Emily unterhielt sich noch immer angeregt mit dem jungen Mann.

„Da bist du ja …“ Emilys Augenbraue schnellte belustigt nach oben, als sie Matt neben ihr entdeckte. „… und wie ich sehe, bist du nicht alleine.“

„Das Gleiche wollte ich gerade zu dir sagen. Wie ich sehe, hast du deine Vorsätze schnell über Bord geworfen ..."

Emily versetzte ihr wütend einen Tritt mit dem Fuß.

Sie blinzelte unschuldig.

„Scott ..." Emily deutete mit dem Finger auf ihr äußerst attraktives Gegenüber. „... das ist meine Mitbewohnerin Taylor und das ist ..."

„Matt", vervollständigte Taylor ihren Satz. „Ich bin eine der vier Portobellas."

Scott entsprach mit seinen blonden Haaren und der schlanken Statur in jeder Hinsicht Emilys Jagdmuster. Sie selbst bevorzugte dunkelhaarige Männer, wobei sie sich nicht wirklich festlegen wollte.

„Wenn alle Mitbewohnerinnen von Emily so gut aussehen, würde ich gerne auf der Stelle dort einziehen." Er grinste frech.

„Wer spielt mit wem?", fragte Taylor.

„Das liegt doch auf der Hand ..." Scott nickte Matt zu.

„Und das wäre?" Taylor rieb die Stockspitze am Kreidestück.

„Männer gegen Frauen." Scott grinste herausfordernd.

Emily und Taylor tauschten kurze Blicke.

„Okay, wir nehmen die Herausforderung an. Um welchen Einsatz spielen wir?" Taylor wippte auf den Zehnspitzen auf und ab.

„Eine Runde Getränke!", sagte Scott schließlich.

„Nicht sonderlich originell, aber für den Anfang reicht's, oder, Emily?"

„Ich habe zwar schon einen leichten Glimmer, aber man muss schließlich Opfer bringen." Emily kicherte mit einem seligen Grinsen auf dem Gesicht.

„Perfekt, dann lass uns den Jungs mal zeigen, was eine Harke ist." Taylor schmunzelte siegessicher.

Tatsächlich gewannen sie die erste Runde, wenn auch nur knapp. Begleitet von lauten Jubelrufen seitens der Frauen brachte Chris die Getränke.

„Auf die Frauen und den Sieg!“ Taylor hob ihr Glas.

„Auf uns!“ Emily kicherte und stieß mit ihr an.

„Das können wir unmöglich auf uns sitzen lassen, Kumpel.“ Scott gab Matt einen Stoß in die Seite. Taylor sah, wie Matt einen Blick auf seine Armbanduhr warf. Unbewusst registrierte sie, dass es sich um ein teureres Modell handelte, wie man sie nur in Juweliergeschäften bekam. Wahrscheinlich ein Erbstück oder ein Geschenk. Solche Uhren kauften sich nur die wenigsten Männer selbst.

Matt nickte. „Einverstanden. Eine Runde noch.“

Sie nahmen wieder ihre Plätze ein. Gespannt verfolgte sie, wie Matt seinen Stock an die weiße Kugel setzte. Das T-Shirt spannte über seinen muskulösen Oberarmen, und sie sah, wie sich sein Brustkorb hob und senkte. Sein Blick war konzentriert auf die Billardkugel gerichtet. Sie bewunderte die hohen Wangenknochen und die geschwungenen Lippen. Wie es sich wohl anfühlte, ihn zu küssen? Mit einem gezielten Stoß traf er den Spielball. Laut klackernd versenkte er die grüne Kugel an der rechten Ecke. Nach dem zweiten Zug musste er an die Frauen abgeben.

Nun ging es Schlag auf Schlag. Ihr nächster Zug misslang und brachte den Männern den Vorsprung. Zwar gelang es Emily, den Abstand zwischen ihnen und den Männern zu verringern, aber am Ende war es ein klarer Sieg für die Männer.

Mehrere Zuschauer hatten sich in der Zwischenzeit um den Billardtisch versammelt und beobachteten aufmerksam den Schlagabtausch der Geschlechter.

„Ich würde sagen, dieser Punkt geht eindeutig und verdient an uns“, sagte Scott selbstgefällig. Matt gab Chris ein Zeichen, ihnen noch vier Bier zu bringen.

„Gleichstand!“, verkündete Taylor wie ein Richter, der sein Urteil fällt. „Das schreit nach einem Entscheidungsspiel!“

Der Alkohol machte sich bereits bemerkbar und sie fühlte sich seltsam leicht und beschwingt.

„Jawohl!", ertönte es aus dem Publikum.

„Also ich weiß nicht ..." Matt kratzte sich am Hinterkopf. „Ich muss eigentlich los."

„Wieso, was ist denn zu Hause so wichtig, dass du freiwillig auf dieses legendäre Spiel mit uns verzichten willst?", neckte sie ihn und warf aufreizend den Kopf in den Nacken.

„Eigentlich ..." Matt stockte. Ihre Blicke trafen sich. Dieser Mann hatte wirklich die unglaublichsten Augen, die sie jemals gesehen hatte - wie das Meer an besonders klaren Tagen. „Ach, was soll's!" Er winkte schließlich ab.

„Ich bin dabei!"

„Na also, geht doch!" Sie schenkte ihm einen verführerischen Augenaufschlag.

Wieder applaudierte das Publikum.

„Meine Damen und Herren, was nun folgt, ist der klare eindeutige Sieg der Männer über die Frauen", tönte Scott. Siegessicher traten Matt und Scott an den Billardtisch.

„Hört, hört!", johlte einer der Männer aus dem Publikum.

„Wenn ihr euch so sicher seid, sollten wir den Wetteinsatz erhöhen", stellte sich Taylor ihnen in aufreizender Pose in den Weg.

Die Männer tauschten verwunderte Blicke.

„Und an was hatten die Ladys gedacht?" Matt bedachte sie mit einem lasziven Blick. Sie spürte, wie das Adrenalin durch ihre Adern raste und ihr Puls sich beschleunigte. Das war ein Spiel mit dem Feuer und sie liebte das Spiel mit dem Feuer.

„Was hast du vor?", flüsterte ihr Emily mit Alarmstimme ins Ohr.

Taylor beugte sich zu ihrer Freundin. „Ich dachte an die Nummer vom letzten Skiurlaub."

Im vergangenen Jahr waren sie zusammen mit Freunden in den Skiurlaub nach Österreich gefahren. Tagsüber hatten sie die Pisten und abends die Kneipen unsicher gemacht.

An einem der Tage hatten sie sich mit einem der Männer ein Wettrennen geliefert, aus dem Taylor und Emily als Siegerinnen hervorgegangen waren. Zur Belustigung aller hatten sie den Verlierern ihren Namen als Andenken auf den Po geschrieben.

Emily zuckte kaum merklich zusammen. „Spinnst du? Stell dir vor, es erwischt uns … Ich habe keine Lust, dem gesamten *Heavens Place* meinen nackten Hintern zu zeigen."

„Vertrau mir! Das wird nicht passieren!" Sie warf einen Seitenblick auf Emilys Rückseite. „Außerdem selbst wenn - du hast einen absolut sehenswerten Arsch. Also zier dich nicht so!"

„Soll ich euch noch ein paar Häppchen reichen", tönte Scott zur allgemeinen Belustigung der Umstehenden. „Oder wollt ihr uns endlich euren Wetteinsatz mitteilen?!"

„Nein, das ist nicht nötig", sagte Taylor und ihre Augen funkelten angriffslustig. „Wir schlagen vor, dass die Gewinner den Verlierern ihre Namen mit einem Stift auf den Allerwertesten schreiben!"

„Hey, die Kleine ist ein kleiner Wildfang", grölte einer der Männer.

„Na, was sagt ihr jetzt?" Sie verschränkte die Arme vor der Brust.

„Wir nehmen die Herausforderung natürlich an", verkündete Scott siegessicher. Matt sah aus, als würde er sich dabei nicht wohl in seiner Haut fühlen, machte aber gute Miene zum bösen Spiel.

Taylor nahm eine Münze in die Hand. „Wir losen um den ersten Zug."

„Zahl", sagte Matt.

Taylor flippte die Münze mit dem Daumen lässig in die Luft. Die Rückseite der Münze landete auf dem Billardtisch.

„Na, wer sagt es denn!" Scott setzte zum ersten Zug an.

Die Wette hatte im Lokal mittlerweile die Runde gemacht und immer mehr Zuschauer strömten in den hinteren Teil des Cafés. Scotts erster Zug misslang und die Kugel verfehlte ihr Ziel.

Taylor spuckte in die Hände und rieb die Handflächen aneinander. „Dann wollen wir mal."

Sie kniff die Augen zusammen und zwang sich, ruhig zu atmen. Der erste Stoß saß und die Kugel rollte in das Loch. Die Menge jubelte begeistert. Es gelang ihr, noch zwei weitere Kugeln zu versenken, bevor Matt an der Reihe war. Matt machte seine Sache gut und konnte Scotts Patzer ausgleichen.

Dann lag es an Emily, weitere Punkte zu machen. Sie rutschte in dem Moment, wo die Spitze die Kugel traf, ab und berührte den Spielball ein zweites Mal.

„Durchstoß!", schrie die Menge auf.

Niedergeschlagen gab Emily an Scott ab.

Scotts nächster Stoß versenkte die Kugel in der Ecke und brachte ihnen einen Vorsprung.

Nun lag es an ihr, das Spiel noch zu drehen und den Gewinn zu holen, wenn sie nicht mit zwei Namen auf dem Hintern zu Bett gehen wollte.

„Toi. Toi. Toi", flüsterte Emily ihr mit gedrückten Daumen zu. „Wenn es einer schaffen kann, dann du!"

Konzentriert musterte sie das Feld. Es gab nur eine einzige Möglichkeit, das Spiel für sich zu entscheiden. Sie musste den Spielball so treffen, dass sie die beiden Kugeln mit einem einzigen Stoß ins Loch brachte. Ein kahlköpfiger Hüne am Tischende nickte ihr aufmunternd zu, als sich ihre Blicke trafen.

Sie holte tief Luft, dann legte sie den Stock zwischen ihre Finger und kniff die Augen zusammen. Ruhig bewegte sie den Stock hin und her, bis sie die genaue Position zum Stoßen gefunden hatte, dann stieß sie mit einem gezielten Impuls gegen den Spielball.

Im Raum herrschte atemlose Stille, als die erste Kugel im Loch verschwand. Mit den Augen verfolgte sie, wie der Spielball die zweite Kugel traf und ebenfalls versenkte.

Jubel brach unter den Zuschauern aus. Taylor und Emily fielen sich kreischend um den Hals! Sie hatten tatsächlich gewonnen!

„Du bist ein absolutes Genie. Weißt du das?!“ Emily drückte ihr einen Kuss auf die Wange.

„Ich weiß.“

Wildfremde Menschen beglückwünschten sie zu ihrem Gewinn. Chris klopfte ihnen auf die Schulter und reichte jedem von ihnen ein Glas Prosecco.

„Geht aufs Haus. Wir Schwestern müssen schließlich zusammenhalten.“

„Du bist der Beste.“ Taylor grinste und leerte das Glas in einem Zug.

Leicht beschwipst reichte sie Matt die Hand. „Du hast dich gut geschlagen für jemanden, der seit Jahren nicht mehr gespielt hat.“

„Und du hast gezeigt, dass eine Frau nicht nur gut aussehen, sondern noch dazu hervorragend Billard spielen kann.“ Er schenkte ihr ein bezauberndes Lachen.

„Du findest mich also gut aussehend?“ Sie flatterte mit den Augendeckeln.

„Als ob du das nicht wüsstest. Es gibt wahrscheinlich keinen Mann im ganzen Lokal, der nicht das Gleiche denkt“, raunte er ihr zu. Ihre Augen trafen sich.

Einem Impuls folgend, stellte sie sich auf die Zehenspitzen und küsste ihn. Sie spürte ein anfängliches Zögern bei ihm, doch dann gab er sich der Süße ihrer Lippen voll und ganz hin. Seine anfängliche Zurückhaltung schlug in Leidenschaft um. Seine Lippen waren weich und er schmeckte leicht nach Bier. Seine Hände fuhren durch ihre Haare, hinunter den Hals entlang und blieben auf ihrem Rücken liegen. Sie schlang ihr Bein um seine Hüfte. Seine Zunge neckte sie, forderte sie auf, mit ihm zu spielen.

Nur allzu gerne ließ sie sich auf sein Zungenspiel ein. In ihrem Bauch breitete sich eine angenehme Wärme aus und sie verspürte ein wohliges Prickeln bis in die Zehenspitzen.

Ihr Herz hämmerte so laut, dass sie es in den Ohren hörte. Ein leises Stöhnen entwich ihrer Kehle, das er mit einem heiseren Lachen quittierte. Der Mann war ein Gott, was das Küssen anbelangte. Noch nie hatte sie ein einziger Kuss derart in Erregung versetzt.

Als seine Lippen sie freigaben, war ihr schwindelig, und sie musste sich am Billardtisch abstützen, um nicht das Gleichgewicht zu verlieren.

Für einen Augenblick herrschte atemlose Stille zwischen ihnen, bis sie langsam aus dem Nebel auftauchte und die Stimmen ihrer Umgebung wieder zu ihr vordrangen. Sein Blick raubte ihr die Worte. So viel Verlangen und Lust lagen darin.

„Wofür war das?", raunte er heiser. Seine Augen schienen in Flammen zu stehen.

„Der Kuss?" Sie schauderte fast bei dem Gedanken daran.

Er nickte.

„Einfach so." Sie zuckte leichthin mit den Schultern, immer noch um Fassung ringend. Wenn sie ehrlich war, war der Kuss eine spontane Idee gewesen, aber als sie seine Lippen gespürt hatte, war etwas geschehen - etwas, das sie bisher nicht kannte. Dieser Kuss war aus einem Ort in ihrem Inneren gekommen, von dem sie nicht gewusst hatte, dass er existierte. Ein erregendes Gefühl, das von ihrem ganzen Körper Besitz ergriffen und ihr die Luft genommen hatte. Ihre Hormone spielten völlig verrückt. Vielleicht lag es daran, dass Vollmond war?

„Aha." Matts Gesichtsausdruck änderte sich kaum, aber etwas in seinem Blick. War er verärgert?

„Hallo, ihr zwei Lovebirds, ich störe ja nur ungern, aber wir sollten unseren Wetteinsatz einlösen, bevor ihr es euch anders überlegt." Emily wedelte mit einem Stift in der Luft.

„Ich glaube, ich brauche noch ne Minute", raunte Matt ihr zu und machte eine unauffällige Kopfbewegung in Richtung seines Hosenbundes, wo sich unterhalb davon eine deutliche Beule gebildet hatte.

„Oh!" Sie grinste verlegen.

„Jep." Matt zuckte mit den Achseln.

„Ich könnte dich zur Ablenkung noch einmal küssen", schlug sie vor.

„Ich denke nicht, dass das eine große Hilfe wäre. Gib mir einfach noch eine Minute", brummte er.

Sie konnte sich nur mit Mühe ein Lachen verkneifen. Stattdessen stellte sie sich schützend vor ihn.

„Hosen runter. Hosen runter", grölte einer der Zuschauerinnen und die anderen fielen mit in den Sprechgesang ein.

„Okay!", flüsterte er ihr ins Ohr. „Bleib einfach vor mir."

Sie nickte.

Emily schob Scott in Richtung Tresen, gefolgt von Taylor, die Matt am Wickel hatte. Mit einem Satz sprangen die Männer auf die Holzablage. Chris hatte zwinkernd die Jukebox angeworfen und der Titelsong von Magic Mike, „Bad Girl", schepperte durch den Raum.

„Lasst die Hosen fallen. Los, Jungs", feuerte Emily die beiden Männer an.

Das ließ sich Scott nicht zweimal sagen und öffnete unter den begeisterten Zurufen der weiblichen Gäste seine Jeans mit einer einzigen fließenden Bewegung, während Matt etwas unbeholfen an seinem Hosenschlitz nestelte.

„Du brauchst wohl Nachhilfe!", johlte Taylor. Sie war beschwipst und ihre Hormone tanzten Samba im Gleichtakt mit der Musik. Nun ging auch Matts Hose zu Boden und die beiden Männer standen nur mit Unterhose und T-Shirt bekleidet auf dem Bartresen. Taylor schluckte, als sie die Ausbuchtung in Matts Unterhose sah.

„Beeindruckend, ich muss schon sagen!", raunte ihr Emily zu, die sie ebenfalls gesehen hatte. Chris reichte ihnen den schwarzen Edding-Stift.

Einer der Männer griff ihr unter die Arme und hob sie auf den Tresen.

Emily stellte sich wie selbstverständlich hinter Scott, während sie sich hinter Matt aufbaute.

Ermutigt durch das Johlen der Zuschauer zog sie Matt die Unterhose ein Stück nach unten und legte seinen knackigen Po frei. Sie schluckte bei dem Anblick und widerstand der Versuchung, über das feste Fleisch zu streichen. Als der Stift seine Haut berührte, spannte er die Pomuskeln an.

„Du kannst ruhig locker lassen", flüsterte sie ihm kichernd ins Ohr. „Ich tu dir nichts."

Sie hörte, wie er heftig atmete, als sie ihren Namen auf seine rechte Pobacke schrieb.

Applaus ertönte. Emily und sie wechselten die Seiten. Handys wurden gezückt und einige der Zuschauer machten Aufnahmen von dem ungewöhnlichen Ereignis.

Als sie fertig waren, war die Stimmung im *Heavens Place* am Brodeln. Lachend krabbelte sie vom Tresen und stieß mit Emily mit kühlem Bier, das Chris ihnen gebracht hatte, an.

„Ich würde sagen, der Abend war ein voller Erfolg." Taylor kicherte.

„Ich hoffe, das bleibt auch so", sagte Emily und warf Scott einen verheißungsvollen Seitenblick zu.

„Und was ist mit deinem Piloten?", fragte Taylor.

Emily zuckte mit den Schultern. „Was soll schon sein?! Schließlich haben wir uns ja erst ein Mal getroffen. Im Gegensatz zu dir bin ich frei."

„Ich auch", widersprach Taylor. Ihre Augen suchten Matt, sie konnte ihn aber nirgends entdecken. Scott gesellte sich zu ihnen.

„Na, wie fühlt man sich, nachdem man zwei Männer gebrandmarkt hat?"

„Ehrlich gesagt ziemlich gut.“ Emily lachte glücklich.

„Sag mal hat einer von euch Matt gesehen? Ich kann ihn nirgends entdecken.“ Ihr Blick glitt unruhig über die Köpfe hinweg.

„Vielleicht ist er kurz auf Toilette …“ Scott zuckte mit den Schultern und drehte ihr den Rücken zu, um sich wieder Emily zu widmen.

Unentschlossen blieb sie für einen Moment stehen, dann gab sie sich einen Ruck und ging zu den Toiletten. Ungeduldig wartete sie weitere zehn Minuten vor dem Eingang zum Männerklo.

„Na, Süße, Lust auf ein Spielchen“, lallte ihr ein pickliger Typ mit schiefen Zähnen ins Ohr, als er an ihr vorbeiging.

„Hey, du Idiot, spiel gefälligst mit dir selbst“, fauchte sie ihn an. Wütend machte sie auf dem Absatz kehrt und ging zurück an die Bar.

Es war, als ob Matt verschluckt worden wäre, und als er knapp eine halbe Stunde später noch immer nicht aufgetaucht war, musste sie sich eingestehen, dass er wohl die allgemeine Aufregung genutzt und sich aus dem Staub gemacht hatte.

Die überschäumende Freude, die sie nach dem Kuss empfunden hatte, war mit einem Schlag verschwunden. Ihr Blick fiel auf Emily, die ihre Arme um Scott geschlungen hatte und heftig am Knutschen war. Um sie herum herrschte eine ausgelassene Stimmung, aber ihr war die Lust am Feiern vergangen. Außerdem musste sie morgen früh raus. Vielleicht wäre es besser, nach Hause zu gehen?

Nachdem sie sich angezogen und von Emily verabschiedet hatte, trat sie den Heimweg an. Gedankenverloren schlenderte sie an den Häusern vorbei. Da es bereits nach zehn Uhr war, waren die meisten Lichter erloschen. Nur in wenigen Fenstern brannte noch Licht. Sie dachte an Matt. Wie er sie nach dem Kuss angesehen hatte. Sofort rieselte ihr eine Gänsehaut über den Rücken.

Frustriert und leicht verärgert über sich selbst und Matt, stapfte sie die Portobello Road entlang.

Als sie an Jasons Appartement vorbeikam, blieb sie stehen und sah nach oben. In Jasons Schlafzimmer brannte noch Licht. Anscheinend war er noch nicht zu Bett gegangen. Unsicher knabberte sie an ihrer Unterlippe.

Sollte sie …?

Sie sehnte sich nach Wärme und sie wollte diesen unsäglichen Kuss vergessen – und Matt. Matt, der Mann, den sie geküsst und der sie einfach stehen gelassen hatte.

Ihr kleiner Streit mit Jason war zwar kaum zwei Tage her, aber sie kannte Jason. Er würde ihr verzeihen und sie mit offenen Armen empfangen. Jason war real und immer für sie da. Vielleicht war es doch an der Zeit, ihre Beziehung von Neuem zu überdenken? Es hatte keinen Zweck. Sie konnte sich nicht länger etwas vormachen – Jason war nicht der Mann, der ihr Herz berührte. Es wurde Zeit, dass sie klare Verhältnisse schaffte. Entschlossen drückte sie die Türklingel.

„Was ist denn hier los?", begrüßte sie Olive, als sie zur Küchentür reinkam. Es war kurz nach Mitternacht, und Taylor war gerade dabei, ein Blech mit frischen Keksen in den Ofen zu schieben. Holly war schon im Bett, und wo Emily steckte, wusste niemand. Als sie nach Hause gekommen war, war es dunkel in der Wohnung gewesen.

„Ich backe Kekse", erklärte Taylor knapp. Wie immer, wenn sie nicht schlafen konnte oder Kummer sie plagte, fing sie an zu backen. Eine Eigenart, die bei ihrer Familie und ihren Freunden auf Begeisterung stieß, denn Taylor hatte aus der Not eine Tugend gemacht und sich im Laufe der Zeit zu einer exzellenten Bäckerin gemausert.

Olive zog ihren Mantel aus und hängte ihn über den Stuhl. Ihre säuberlich gezupfte Augenbraue schnellte nach oben. „Das sehe ich. Aber warum? Habe ich einen Geburtstag vergessen?" Sie wurde blass. „Oh mein Gott, Holly hat morgen Geburtstag! Ich bin so ein Hornochse ..." Sie schlug sich mit der flachen Hand gegen die Stirn.

„Nein. Quatsch. Niemand hat Geburtstag. Ich konnte nur nicht schlafen, und da dachte ich mir, ich läute langsam mal die Weihnachtszeit ein und backe uns ein paar Kekse."

Sie zuckte mit den Achseln und stellte die Backofenuhr auf vierzig Minuten ein. Olive ließ sich auf den Stuhl fallen.

„Und was ist mit dir? Du siehst müde aus."

„Bin ich auch. Ich hatte einen langen Tag im Sender. Manchmal ist es ganz schön anstrengend, anderen Menschen gute Ratschläge zu geben.

Olives Sendung „Olives Talk" wurde live geschaltet, und jeder, der wollte, konnte dort anrufen, um sich einen Rat von Olive zu holen oder einfach nur, um seine persönliche Geschichte loszuwerden. Es gab kaum ein Thema, dem Olive nicht mit Witz, Geduld und Toleranz begegnete.

„Aber du lenkst vom Thema ab. Eigentlich hatte ich dich gefragt, was mit dir los ist?"

„Was soll schon mit mir los sein?" Taylor gähnte herzhaft.

„Wenn du mitten in der Nacht anfängst zu backen, hat entweder einer von uns Geburtstag oder du hast Sorgen. Möchtest du darüber reden?", fragte Olive mit ihrer Moderationsstimme.

„Hey, ich bin nicht einer deiner Hörer. Ich brauche keine Ratschläge von dir. Ich backe, weil es mir Spaß macht und mich entspannt."

„Okay." Olive trat einen Schritt zurück. „Warum werde ich das Gefühl nicht los, dass du entweder lügst oder du dir selbst etwas vormachst."

„Ach Olive." Taylor ließ die Arme hängen. „Irgendwie läuft es nicht rund bei mir. Weißt du, ich habe heute Abend einen Typen kennengelernt ..." Sie erzählte Olive von ihrem Abend mit Emily im *Heavens Place* und ihrer Begegnung mit Matt. „Na, und als ich mich umgedreht habe, war er verschwunden", beendete sie ihre Erzählungen.

„Ja und wo liegt das Problem?", wollte Olive wissen.

„Ich war danach noch bei Jason“, gab sie kleinlaut zu, „und habe Schluss gemacht.

Es erschien mir irgendwie nicht richtig, mit Jason zu schlafen und auf der anderen Seite Matt zu küssen. Wobei wir bei der Grundsatzfrage wären: Ist küssen eigentlich schon Betrug?!“

„Natürlich. Wenn ich einen Freund hätte und der würde mit einer anderen Frau knutschen, würde ich ihn hochkant aus meinem Leben schmeißen.“ Olive verdrehte die Augen. „Alleine, dass du darüber nachdenkst. Tse. Tse. Tse.“

„Du bist wirklich ein Moralapostel. Ich meine, was ist bei einem Kuss schon dabei?“ Sie stellte die Rührschüssel in den Geschirrspüler.

„Du merkst selbst, dass du dir widersprichst, oder?“

„Ach, ist doch egal. Ich bin einfach müde.“ Sie wusste selbst, wie lahm ihr letzter Satz in Olives Ohren klingen musste.

„Hm.“ Olive stand auf und nahm sie in den Arm. „Ich weiß, du bist schon ein großes Mädchen, aber ich bin immer für dich da, wenn du Sorgen haben solltest.“

Taylor legte ihre Hand auf den Arm ihrer Freundin. „Danke. Aber ich kann dir selbst nicht sagen, was heute Abend mit mir los ist. Es war nur ein spontaner Kuss und ich laufe los und mache mit meinem Freund Schluss. Du weißt, ich sehe die Dinge nicht so ernst.“ Das war gelogen. Dieser Kuss hatte ihr mehr bedeutet, als sie zugab, und das Schlimmste daran war: Sie wusste noch nicht einmal warum. Ja, Matt sah gut aus … sehr gut sogar! Aber das tat Jason auch.

„Das weiß ich, aber auch du wirst deinen Meister finden.“

„Quatsch. Ich glaube, ich bin wirklich nur müde.“ Sie dachte an Matts Kuss. An seine weichen Lippen, seine blauen Augen und sein Lächeln. Was hatte dieser Mann, dass er sie derart gefangen hielt?

Olive gähnte herzhaft. „Ich glaube, ich sollte ins Bett. Kommst du auch?“

„Geh ruhig schon vor. Ich warte noch, bis die Kekse fertig sind.“

„Einverstanden. Bis morgen."

„Bis morgen." Lächelnd gab Olive ihr einen Kuss auf die Wange. „Und lass uns ein paar Kekse übrig."

Es klapperte an der Haustür.

„Wenn das nicht Emily ist", vermutete Taylor.

„Ganz schön spät", stellte Olive fest.

Emily betrat die Küche. Ihre ansonsten perfekt frisierten Haare standen zu allen Seiten vom Kopf ab und ihre Wangen waren gerötet. Emilys Augen leuchteten vor Glück.

„Hallo, ihr Süßen", säuselte Emily. Schwankend blieb sie stehen und schnupperte. „Was riecht denn hier so köstlich." Sie beugte sich nach vorne und wäre fast gefallen, wenn Olive sie nicht im letzten Moment festgehalten hätte. „Ups!"

„Hey, du Nachteule ..." Olive rümpfte die Nase. „... du bist ja sternhagelvoll!"

„Und frisch gevögelt", kommentierte Taylor trocken.

Emily kicherte hysterisch.

„Taylor!" Olive sah sie vorwurfsvoll an. „Musst du immer so direkt werden?!"

„Aber esch schtimmt!", lallte Emily.

„Mann, Mann, wenn man euch beide mal alleine lässt." Olive nahm Emilys Hand und führte sie zum Stuhl. „Setz dich lieber, bevor noch ein Unglück passiert."

„Isch kann schtehen." Emily schwankte bedenklich.

„Ja, so wie jemand, der in einem Sturm steht, und da wir hier keinen Sturm haben, wie jemand, der total betrunken ist." Taylor grinste Emily an. „Also hör auf unsere Friedensnobelpreisträgerin und setz dich."

„Na gut!" Emily ließ sich laut auf den Stuhl plumpsen. „Wo warssssst du?" Sie musterte Taylor mit stierem Blick.

„Hier. Wieso?"

„Du warst scho schnell weg."

Olive reichte Emily ein Glas Wasser. „Trink."

Emily schnupperte am Glas. „Bäh, Wasser."

„Was hast du denn gedacht?!" Olive schüttelte den Kopf. „In deinem Zustand ist Wasser das Einzige, was noch geht, wenn du kein Drama erleben möchtest."

„Ich schätze, den Punkt hat sie bereits überschritten", bemerkte Taylor und deutete auf Emilys blasses Gesicht. „Wir sollten prophylaktisch einen Eimer organisieren."

„Manchmal bist du erschreckend praktisch veranlagt."

„Überhaupt nicht. Ich bin einfach nur leidgeprüft. Außerdem war ich bei ihr." Sie holte den Eimer aus dem Schrank und reichte ihn wortlos Olive.

Emily stöhnte. „Mir ist schlecht."

„Siehst du!" Der Backofen piepste. „Ich schlage vor, ich hole die Kekse aus dem Ofen und du kümmerst dich um unsere Partymaus hier."

Olive nickte und legte den Arm um Emilys Taille. „Komm, ich bringe dich ins Bett." Schwankend folgte Emily ihrer Freundin nach draußen.

„Ich komme auch gleich." Taylor öffnete den Backofen. Warme Luft strömte ihr entgegen und der Geruch von frisch gebackenen Keksen erfüllte die Luft. Fast gleichzeitig hörte sie Emily laut würgen.

Taylor stöhnte, es würde eine lange Nacht werden.

5. Kapitel

Heute war der große Tag, an dem Taylor endlich ihr Versprechen, das sie Will gegeben hatte, eingelöst und mit den Kindern einen Ausflug zum Flughafen gemacht hatte. Emily hatte im Vorfeld die Organisation übernommen und sie begleitet. Fröhlich hatte sich der kleine Trupp auf den Weg gemacht, und sogar Mrs Whitworth hatte ihre Bedenken beiseitegelegt und sich für die Kinder gefreut. Überhaupt war Mrs Whitworth in den letzten Wochen richtig aufgetaut und hinterfragte Taylors Erziehungsmethoden nur noch gelegentlich.

Auf dem Weg durch die Stadt war Will zunächst sehr ruhig gewesen, aber je näher sie dem Flughafen kamen, umso aufgeregter wurde er. Emily hatte sich große Mühe gegeben und sie durch den Flughafen geführt und es sogar ermöglicht, dass sie auf ein echtes Passagierflugzeug durften, auf dem die Crew gerade die Vorbereitungen für den Abflug traf. Wills Augen hatten geleuchtet, als der Kapitän ihn persönlich begrüßt und ihm das Cockpit erklärt hatte. Mittags hatten sie sich auf die Besucherplattform des Flughafens gesetzt und den Flugzeugen beim Starten und Landen zugesehen und dabei ihre Lunchpakete verspeist, die ihnen Rosie liebevoll gefüllt mit Köstlichkeiten gepackt hatte. Es war ein herrlicher Tag gewesen, und als sie am Nachmittag zur Bahn gingen, um den Heimweg anzutreten, hatte Will sogar ihre Hand genommen.

Sie waren in Portobello ausgestiegen, um durch den Park zurück nach Kensington zu spazieren. Emily hatte sich von ihnen verabschiedet, da sie noch eine Verabredung hatte.

Nun gingen sie und die Kinder gemütlich Hand in Hand durch den Park. Stellas kleiner Mund stand nicht still. Will lief die ganze Zeit schweigend neben ihnen.

„Seht mal da oben, die Wolke sieht aus wie ein Schaf, das über einen Busch springt." Sie deutete mit der Hand in den Himmel.

„Au ja." Stella kicherte. „Und dahinter steht ein Zwerg."

Will schielte nach oben. „Quatsch, das sind einfach nur blöde Wolken."

Ein einzelnes Blatt flog an ihnen vorbei. Taylor ließ Stella los und rannte dem Blatt hinterher. Das braune Blatt wirbelte durch die Luft. Mit einem gezielten Griff schnappte sie sich das Blatt und blieb stehen.

„Warum hast du das gemacht?", fragte Will. Er deutete mit der Hand auf die Blätter im Gras. „Hier liegen doch genügend."

„Sag bloß, du weißt nicht, was ein Wunschblatt ist?"

Will schüttelte den Kopf.

„Man sagt, dass Blätter, die einem vor die Nase fliegen, Wunschzettel sind, die einem die Feen schicken. Du musst es in die Hand nehmen und dir laut etwas dabei wünschen und das Blatt anschließend unter deinem Kopfkissen aufbewahren, damit es die Feen in der Nacht holen können." Sie streckte die Hand mit dem Blatt darin aus. „Hier, das ist für dich."

Will musterte das Blatt mit großen Augen. Widersprüchliche Gefühle spiegelten sich in seinem Gesicht – Neugierde, Ungläubigkeit und der Wunsch, das Blatt zu besitzen.

„Aber du hast das Blatt doch gefangen, also gehört es dir", entgegnete er schließlich.

„Mhm", überlegte sie, „da hast du natürlich recht." Sie sah, wie die Enttäuschung wie ein Schatten über sein Gesicht huschte. „Aber das ist ja nicht weiter schlimm. Es sind noch genügend Blätter in der Luft. Alles, was wir tun müssen, ist eines zu fangen, bevor es den Boden berührt."

Wills Augen weiteten sich. „Wieso darf es den Boden nicht berühren?", piepste Stella, die die ganze Zeit gelauscht hatte.

„Weil der Zauber dann in den Boden sickert. Was meint ihr, sollen wir euch noch ein Blatt fangen?"

„Jaaaaa!“ Ihre Schützlinge klatschten begeistert in die Hände. Wills Zurückhaltung war mit einem Schlag vergessen und er rannte los. Stella folgte ihm freudig. Taylor betete inständig, dass das Glück gnädig mit ihr war und noch zwei Blätter für die Kinder vom Baum fielen. Es war Anfang November und die meisten Bäume reckten ihre bereits kahlen Äste in den Himmel. Will und Stella steuerten auf eine große Kastanie zu, die direkt am Ufer des Sees wuchs und an deren Äste noch einige Blätter lose im Wind flatterten. Eben löste sich ein großes Blatt und segelte genau an Stellas Kopf vorbei in Richtung See.

„Stella, pass auf!“ Sie hatte aus vollem Hals geschrien. Zu spät! Ehe sie es verhindern konnte, fiel Stella mit einem lauten Klatschen in das eiskalte Wasser des Sees. Will schrie laut auf. Seine Augen waren angstvoll auf seine Schwester gerichtet, die prustend an die Oberfläche kam und hektisch mit seinen Armen ruderte.

„Oh mein Gott!“ Taylor stürzte nach vorne. Mit wenigen Schritten hatte sie das Ufer erreicht.

„Stella, ich bin gleich bei dir.“ Mit einem Satz war sie im Wasser. Beißende Kälte empfing sie und sie schnappte laut nach Luft. Stella strampelte wie verrückt mit den Beinen.

„Stella, hierher.“ Taylor streckte den Arm aus und bekam Stella an der Jacke zu fassen. Wie einen jungen Hund zog sie sie zu sich. Klappernd schlang Stella ihre Arme um Taylors Hals.

„Alles gut, meine Süße.“ Beruhigend streichelte sie Stella über die nassen Haare. „Ich lass dich nicht mehr los.“ Vorsichtig, um nicht auszurutschen, watete sie ans Ufer und setzte Stella auf dem Rasen ab. Die Kleine zitterte am ganzen Körper wie Espenlaub und ihre Lippen waren bereits blau vor Kälte. Weiße Atemwölkchen stiegen aus ihrem Mund. Eile war geboten, damit Stella nicht ernsthaft krank werden würde.

Entschlossen zog Taylor ihre Jacke aus und wickelte sie um Stella. Sie spürte selbst die beißende Kälte kaum. Ihre ganze Aufmerksamkeit war auf Stella gerichtet.

„Stella", hörte sie Wills Stimme hinter sich. Sie drehte sich zu ihm um. Alles Blut war aus seinem Gesicht gewichen und er war kreidebleich. Seine Augen starr auf Stella gerichtet, stand er wie eine Statue. Seine Stimme war kaum mehr als ein Flüstern.

„Will, schau mal", flüsterte Stella mit ernster Miene und für einen Moment hörten ihre Lippen auf zu zittern.

Erstaunt drehte Taylor den Kopf zu ihr. „Was?"

Wortlos streckte Stella die Hand aus. Ein braunes Blatt lag darin.

„Du hast das Blatt die ganze Zeit im Wasser festgehalten?"

Stella nickte.

„Also, wenn der Wunsch nicht in Erfüllung geht, dann weiß ich es auch nicht." Taylor bückte sich und nahm das frierende Kind auf ihren Arm. „Will, wir müssen zum Taxistand am Eingang, damit deine Schwester sich nicht erkältet."

Will nickte. Dann hasteten sie los, so schnell es mit einer Vierjährigen auf dem Arm und einem kleinen Jungen im Schlepptau eben ging. Taylor verfluchte sich für ihre dumme Idee mit dem Wunschblatt. Durch ihre Idee wäre fast ein kleines Mädchen, das sich in ihrer Obhut befand, ernsthaft zu Schaden gekommen.

Fünf Minuten später hatten sie den Taxistand am Haupteingang von Kensington Park erreicht. Keuchend blieben sie stehen. Trotz der Kälte lief ihr der Schweiß den Rücken hinunter. Ihr Herz schlug wie wild gegen ihre Brust. Stella lag zitternd in ihrem Arm.

„Kensington. High Street", rief sie dem erstaunten Fahrer entgegen und riss die Beifahrertür des Taxis auf.

„Ach du je, Sie sind ja völlig durchnässt." Die Augen des Taxifahrers sahen durch den Rückspiegel zu ihnen. „Und die Kleine zittert wie verrückt." Er riss die Tür auf. Sofort rauschte ein kalter Windzug durch das Innere des Wagens. Stella jammerte leise. „Warten Sie, ich glaube, ich habe eine Decke im Kofferraum." Rasch stieg er aus dem Wagen.

Keine zwei Minuten später breitete er eine dicke Fleecedecke über ihnen aus. „Habe ich immer für alle Notfälle dabei." Er warf einen Blick auf Stella, die, an Taylor gekuschelt, lautstark mit den Zähnen klapperte. „Und das scheint mir ein Notfall zu sein. Sie und die Kleine sind ja ganz blau gefroren."

Sie nickte.

„Was ist denn passiert?", fragte der Taxifahrer, ein untersetzter Bursche, dem die Haare aus den Ohren wuchsen.

„Wir haben gebadet, weil uns so heiß war", erklärte ihm Taylor gereizt.

„Was?" Der Fahrer sah sie an, als würde ihr ein zweiter Kopf wachsen.

„Was dachten Sie denn?"

„Keine Ahnung." Seine gutmütigen Augen blickten durch den Rückspiegel. Sofort meldete sich ihr schlechtes Gewissen. Der arme Mann konnte schließlich nichts dafür.

„Wir haben versucht, ein Wunschblatt zu fangen." Sie deutete mit einer Kopfbewegung auf Stella. „Leider hat sich das Blatt gewehrt."

„Sie sind wohl so eine Art Mary Poppins?" Er deutete auf ihre Uniform.

„So eine Art, aber jetzt wäre es schön, wenn sie auf die Tube drücken könnten, denn mir und den Kindern wird langsam kalt."

„Ganz, wie Sie wünschen, Prinzessin." Der Fahrer trat auf das Gaspedal und der Wagen machte einen Satz nach vorne.

Keine zehn Minuten später hatten sie das Haus der Johnsons erreicht. Der Fahrer hatte mehrere rote Ampeln überfahren, um seine frierenden Gäste so schnell wie möglich an ihr Ziel zu bringen. Mittlerweile war es dunkel geworden und aus den Fenstern drang gelbes Licht. Taylor zitterte am ganzen Körper. Ihre Zehen fühlten sich bereits taub an, und die Gänsehaut, die sich auf ihrer Haut gebildet hatte, wollte nicht mehr verschwinden.

Stella schien es nicht besser zu gehen. Die Kleine hatte ganz blaue Lippen und ihre Zähne schlugen wie ein Uhrwerk aufeinander.

„Sie und die Kleine sollten ein heißes Bad nehmen …“ Der Fahrer zwinkerte ihr zu, als sie ihm das Geld reichte. „… oder einen Rum Grog trinken. Das hilft bei mir am besten.“

„Das kann ich mir vorstellen.“ Taylor schmunzelte. „Ich glaube nur, das ist nicht die Maßnahme, die den Eltern des Mädchens so vorschwebt. Trotzdem vielen Dank für Ihre Hilfe.“

„Gern geschehen.“

Taylor nahm Stella auf den Arm. „Einen schönen Abend noch.“ Dann stürmte sie die Treppen hoch.

„Ach du meine Güte.“ Rosie schlug die Hände über dem Kopf zusammen, als sie die Tür öffnete. „Was ist denn hier passiert? Ich dachte, du wolltest einen Ausflug zum Flughafen machen und nicht in die Badeanstalt.“

„Das ist eine lange Geschichte. Aber bevor ich sie erzähle, muss ich mich um die Kinder kümmern. Stella ist in den See gefallen und ziemlich unterkühlt. Wäre der freundliche Taxifahrer nicht gewesen, ich glaube, wir wären erfroren.“ Ihre Finger fühlten sich taub an. Wahrscheinlich waren sie längst abgestorben.

„Papperlapapp!“, schnaubte Rosie empört. „Ich kümmere mich um die Kinder und du ziehst dir ein paar warme Sachen an“, sagte Rosie in einem Ton, der keine Widerrede duldete. „Das wäre ja noch schöner, stell dir vor, du wirst krank. Das ist ja gar nicht auszudenken, was hier dann los ist.“

„Ich habe keine Wechselklamotten dabei“, sagte Taylor kleinlaut. Ihre Beine schlotterten vor Kälte.

„Dem kann abgeholfen werden. Ich lege dir ein paar Sachen ins Gästezimmer“, entgegnete Rosie.

„Wo ist Mrs Whitworth?“, fragte sie auf dem Weg nach oben.

„Mrs Whitworth kommt heute später nach Hause, und sie bittet dich, so lange zu warten, bis Professor Johnson kommt.

„Mist. Ausgerechnet heute", schimpfte Taylor. „Ich hatte eigentlich vor, mit meinen Freundinnen ins Kino zu gehen. Hat sie gesagt, wann mit Professor Johnson zu rechnen ist?"

„Für gewöhnlich kommt der Professor immer so, dass er die Kinder noch ins Bett bringen kann." Rosie streckte die Arme aus, um ihr Stella abzunehmen. „Will, du kommst auch mit mir."

Taylor nickte. Um ihre Füße hatte sich eine Wasserlache gebildet, und sie kam sich vor wie eine Wachsfigur, die langsam schmolz. Sie würde Rosie bitten, ihr einen Putzlappen zu geben, damit sie die Sauerei aufwischen konnte. Aber zuerst musste sie unter die Dusche, wenn sie nicht krank werden wollte.

Das Gästezimmer befand sich gleich neben den Kinderzimmern. Sie hörte, wie Rosie im Badezimmer beruhigend auf die Kinder einredete. Mit steifen Fingern streifte sie die klammen Kleider ab und legte sie auf den Beckenrand, dann stellte sie die Dusche an.

Das heiße Wasser fühlte sich auf ihrer Haut wie winzig kleine Nadelstiche an. Sie lehnte sich nach hinten und schloss die Augen. Langsam kehrte das Gefühl in ihre unterkühlten Gliedmaßen zurück und ihre Muskulatur entspannte sich merklich.

Als sie aus der Dusche kam, war ihre Haut krebsrot. Sie schnappte sich ein Handtuch und rubbelte ihre Haare notdürftig trocken. Anschließend wickelte sie das Handtuch um ihre Brust.

Der Spiegel über dem Waschbecken war von der Feuchtigkeit, die in dem kleinen Badezimmer herrschte, beschlagen. Sie wischte mit der Handfläche über das kühle Glas und betrachtete sich im Spiegel. Ihr Gesicht war von der Wärme gerötet. Ihr Make-up war verschwunden, und die Sommersprossen, die sie sonst so mühsam verdeckte, überzogen ihr Gesicht wie Konfetti, das jemand wahllos auf Nase und Wangen verteilt hatte.

Das Blau ihrer Augen stach fast unnatürlich hervor und ihre vollen geschwungenen Lippen glühten rot. Sie sah aus wie eine Nixe, die man aus dem Wasser gezogen hatte. Normalerweise bekam sie kaum jemand so zu sehen. Sie zog es vor, sich hinter einer Maske aus Make-up und Farbe zu verstecken. Ungeschminkt kam sie sich nackt und ein wenig angreifbar vor. Seufzend ging sie ins Gästezimmer.

Rosie hatte Wort gehalten – auf dem Bett lagen sorgfältig zusammengefaltet eine Jeans und eine helle Bluse. Sie nahm die Jeans hoch und wollte gerade hineinschlüpfen, als es an der Tür klapperte.

„Was machen Sie in meinem Gästezimmer!“, donnerte die Stimme. Erschrocken riss Taylor den Kopf hoch und blickte geradewegs in das Paar blaueste Augen, das sie jemals gesehen hatte und das ohne Zweifel nur einem gehörte …

„Matt!“ Sie schnappte hörbar nach Luft.

„Taylor!“ Die Verwunderung stand ihm ins Gesicht geschrieben. Die ersten Stoppeln eines Eintagesbarts lagen wie ein Schatten auf seinem Kinn. Er sah müde aus, und seine Kiefermuskeln mahlten unaufhörlich, während er sie anstarrte.

„Was machst du denn hier?“, fragte sie mit überschlagender Stimme.

„Das Gleiche könnte ich dich fragen, schließlich ist das mein Haus“, blaffte er sie an. Diese Augen. Dieser Mund.

Keiner sagte ein Wort, beide rangen nach Fassung.

„Ich … ich …“ Sie straffte ihren Rücken. „Ich bin die neue Nanny.“

„Du?“ Seine Augen zogen sich zu Schlitzen zusammen. „Dann wundert es mich, dass du halb nackt durch mein Badezimmer läufst, anstatt dich um meine Kinder zu kümmern, wofür ich dich schließlich bezahle.“ Er deutete auf ihre Brust. Taylors Blick glitt an sich herab. Das Handtuch war nach unten gerutscht und gab den Blick auf ihre vollen Brüste preis.

Hektisch zupfte sie an dem Frotteestoff, was zur Folge hatte, dass sich der Knoten endgültig löste und das Handtuch zu Boden glitt.

„Scheiße“, entwich es ihr. Sein Blick war unverwandt auf sie gerichtet. Ihre Wangen fühlten sich an, als würden sie in Flammen stehen. Hastig griff sie nach dem Handtuch und hielt es sich vor ihren nackten Körper.

„Das Wort trifft es so ungefähr“, bemerkte er kühl. „Ich würde vorschlagen, du ziehst dich an und dann erklärst du mir das Ganze.“ In seiner Stimme lag ein bedrohlicher Unterton.

Sie nickte eingeschüchtert, immer noch dabei, die Situation zu verarbeiten. Es war Matt. Der Matt, der so unglaublich gut küssen konnte. Sie hatte ihn gefunden - nicht, dass sie nach ihm gesucht hätte, aber sie hatte im Stillen gehofft, ihn wiederzusehen. Allerdings hatte sie sich ihr Wiedersehen etwas anders vorgestellt!

Ohne ein weiteres Wort verschwand Matt aus dem Zimmer.

Mit zitternden Fingern zog sie sich an. Warum in aller Welt musste ausgerechnet Matt der Vater ihrer Schützlinge sein? Das Schicksal meinte es wirklich nicht gut mit ihr. Ihr wurde heiß und kalt bei dem Gedanken an den Kuss. Es war klar, was er von ihr denken musste - dass sie ein leichtes Mädchen war, das Männer zum Zeitvertreib in Kneipen aufsammelte wie andere Pfandflaschen.

Die Jeans, die ihr Rosie bereitgelegt hatte, saß wie angegossen und nur die Bluse spannte etwas über ihrer Brust. Mit wackligen Beinen und klopfendem Herzen ging sie nach unten ins Wohnzimmer.

Herrliche Wärme schlug ihr entgegen, als sie den Raum betrat. Will und Stella waren nirgends zu sehen. Matt hatte in dem Sessel vor dem Kamin Platz genommen. Er hatte das Gesicht von ihr abgewandt, lediglich seine Beine, die ungeduldig auf und ab wippten, waren zu erkennen.

Sie räusperte sich. „Entschuldigung.“

„Tritt näher.“ Seine Hand wedelte in der Luft.

Wie ein Herrchen, das sein Hündchen ruft, dachte sie erbost. Aber den Zahn würde sie ihm schon ziehen. Sie war eine selbstständige selbstbewusste Frau, die einem ehrenwerten Job nachging, und das ziemlich erfolgreich.

Was sie privat tat, ging ihn einen Scheißdreck an. Ihre Zeugnisse waren ausgezeichnet und ihre früheren Familien sangen wahre Lobeshymnen auf sie. Es gab also keinen Grund, dass sie sich vor ihm verstecken oder von ihm herumkommandieren lassen musste. Mit erhobenem Kopf trat sie neben den Sessel. Matt hatte den Blick fest auf das Feuer gerichtet. Seine Mimik erinnerte sie stark an Will, wenn er sich ihr gegenüber verschloss.

„Nimm doch bitte Platz." Er deutete mit der Hand auf den Sessel neben sich.

„Nein danke, ich stehe lieber", entgegnete sie kühl.

„Ganz, wie du möchtest." Seine Augen überflogen ihren Körper und blieben an ihrer Brust hängen. „Woher hast du die Sachen?" So langsam kam sie sich vor wie in einem Verhör – fehlte nur noch, dass er eine Lampe auf ihr Gesicht richtete.

„Rosie war so nett, mir ein paar Kleidungsstücke zu leihen, da meine völlig durchnässt sind." Sie ignorierte seinen intensiven Blick, so gut es ging.

Er nickte langsam. „Ich würde es gut finden, wenn du in Zukunft deine eigenen Sachen tragen würdest und nicht die Kleider meiner verstorbenen Frau." Es war, als ob jemand eine Eiswand zwischen ihnen hochgezogen hätte. Sie schluckte.

„Entschuldige, ich konnte nicht wissen, dass …" Sie zupfte unsicher an der Bluse. Am liebsten hätte sie sich die Klamotten auf der Stelle von der Haut gerissen, stattdessen blieb sie regungslos sitzen.

„Ich habe mit den Kindern gesprochen und Will hat mir von dem Unsinn mit dem Wunschblatt erzählt. Sind das deine Methoden, Kinder zu erwachsenen Menschen zu erziehen?"

„Das ist kein Unsinn", widersprach sie ihm störrisch.

„Du willst also behaupten, es gibt Feen?" Die Ader an seiner Schläfe pochte bedenklich.

„Vielleicht." Sie zuckte und schob trotzig ihre Unterlippe vor. „Kinder lieben solche Fantasien. Sie geben ihnen Sicherheit und helfen ihnen, traumatische Erlebnisse besser zu verarbeiten."

„Indem man ihnen Blödsinn beibringt?!" Er sah sie herausfordernd an.

„Ich habe es dir bereits erklärt. Mehr gibt es dazu nicht zu sagen. Wir hatten auch einen Feenbaum bei uns in der Nähe, und ob du es glaubst oder nicht, viele meiner Wünsche sind damals in Erfüllung gegangen."

„Ich kann mir schon vorstellen, was du dir gewünscht hast", sagte er mit geringschätzigem Blick.

„Wenn du mit meinen Erziehungsmethoden nicht einverstanden bist, kannst du dir ja eine neue Nanny suchen." Widerspenstig verschränkte sie die Arme vor der Brust.

Im Zimmer herrschte absolute Stille, lediglich das Knistern des Feuers war zu hören. Matts Augen ruhten feindselig auf ihr. Ihr Herz klopfte bis zum Hals, und sie betete inständig, dass er es nicht sah. Was war nur in sie gefahren, ihn derart zu provozieren?

Die Tür zum Wohnzimmer flog auf und Will kam gefolgt von Stella ins Wohnzimmer gestürmt.

„Daddy!"

Matt breitete die Arme aus und drückte seinen Sohn an sich. Stella blieb neben Taylor stehen und sah sie mit großen Kinderaugen an. „Nimmst du mich auf den Arm?"

„Aber natürlich, Sternchen." Stella schmiegte den Kopf an Taylors Brust. Liebevoll streichelte ihr Taylor über die Haare.

„Wir waren heute am Flughafen", plapperte Stella los.

„Wirklich?!"

Stella nickte. „Ja und Emily hat uns die Flugzeuge gezeigt und Will durfte ins Kackopit."

Will verdrehte die Augen. „Cockpit."

Matt sah erst sie und dann Will an. „Du hast in einem echten Cockpit gesessen?"

„Ja." Die Begeisterung in Wills Stimme war deutlich zu hören. „Und der Pilot hat mir alles erklärt." Will strahlte.

Matt sah fragend zu ihr.

„Ich hatte Mrs Whitworth um Erlaubnis gebeten, mit den Kindern einen Ausflug zum Flughafen machen zu dürfen.

Eine meiner Mitbewohnerinnen, Emily, ist Stewardess, und da Will sich für Flugzeuge interessiert, dachte ich mir, es wäre eine schöne Abwechslung für die Kinder."

„Und damit es ein besonders schöner Tag wird, hast du meine Tochter anschließend in den See springen lassen."

„Ich habe Stella nicht hineinspringen lassen ..."

„Uns war heiß und wir wollten schwimmen", unterbrach sie Stella kichernd. Matts Augenbraue schnellte nach oben.

„... es war ein Unfall", vollendete sie ihren Satz.

„Aber damit genau solche Dinge nicht passieren, habe ich dich eingestellt", entgegnete er scharf.

„Wärst du bei der Einstellung dabei gewesen, dann wüsstest du, welcher Typ Mensch ich bin und dass ich meine Arbeit sehr ernst nehme." Sie funkelte ihn empört an. „Es war ein dummer Unfall."

Matts Gesichtsausdruck verhärtete sich.

Das war ihr egal. Sie war wütend wie schon lange nicht mehr. Am liebsten hätte sie mit den Füßen aufgestampft wie ein kleines Kind und ihm entgegen geschrien, was für ein blöder Idiot er war. Aber den Kindern zuliebe schwieg sie, die Lippen fest aufeinandergepresst, als könnte sie so die Worte, die ihr auf der Zunge lagen, zurückhalten.

„Touché!", murmelte er. „Eins zu null für dich."

„Das heute war ein dummer Unfall, für den ich die volle Verantwortung übernehme. Wenn Sie mir also kündigen wollen, dann tun Sie es jetzt." Sie war bewusst zu einer förmlichen Anrede übergegangen.

Will schob seine Hand unter die seines Vaters. Unbewusst verglich sie Vater und Sohn miteinander. Will hatte im Gegensatz zu seinem Vater helle Haare und seine Augen hatten die Farbe von Bitterschokolade.

Stella hingegen war ihrem Vater wie aus dem Gesicht geschnitten. Die gleichen blauen Augen und derselbe Mund.

„Dad, das war nicht Taylors Schuld", mischte sich Will in ihre Unterhaltung ein. Überrascht sah sie ihn an. „Stella hat versucht das Blatt zu fangen und ist dabei im Wasser gelandet. Taylor hat sie ganz schnell rausgezogen." Er zupfte seinen Vater am Arm. „Dad, ich will nicht, dass Taylor geht." Will sah seinen Vater flehentlich an.

„Ich auch nicht, Daddy!", sagte Stella weinerlich. „Taylor ist so lieb." Ihre großen Augen füllten sich mit Tränen.

Matt räusperte sich sichtlich verlegen. „Ich denke, es wird das Beste sein, wir vergessen die ganze Sache einfach und fangen noch einmal von vorne an."

Was meinte er damit? Ihre Begegnung im Pub? Den Kuss? Sie fragte sich, ob er genauso entschieden hätte, wenn die Kinder nicht dabei gewesen wären.

„Wunderbar. Ich bin ein Freund von klaren Verhältnissen", antwortete sie. Sie hoffte, dass er das leichte Zittern in ihrer Stimme nicht wahrnahm.

„Gut." Matt nickte und gab Will einen leichten Klaps, damit dieser aufstand. „Dann sind wir uns ja einig, Taylor."

„Für Sie Miss Young", schnappte sie kühl.

Seine Gesichtszüge verhärteten sich.

„Sie haben es selbst gesagt. Klare Verhältnisse. Ich bin die Nanny Ihrer Kinder und Sie sind mein Arbeitgeber. Dabei sollten wir es belassen. Guten Abend, Professor Johnson." Sie nickte.

Sie war sich durchaus im Klaren darüber, dass ihr letzter Satz eine klare Kampfansage bedeutete. Aber das hatte er sich selbst zu verdanken. Schließlich benahm er sich wie ein Idiot.

„Kinder, ich muss los. Wir sehen uns morgen wieder." Sie gab Stella einen Kuss auf die Haare und warf Will einen Flugkuss zu. Dann setzte sie Stella auf den Boden neben den Stuhl ihres Vaters und machte auf den Hacken kehrt, ohne Matt eines weiteren Blickes zu würdigen.

6. Kapitel

Taylor saß am Küchentisch und dippte den Teebeutel lustlos in den Becher. Ihr Blick ging ins Leere, während sie in Gedanken versuchte, die Puzzlesteine der heutigen Begegnung mit Matt zusammenzufügen, aber etwas fehlte ihr. Ein entscheidendes Detail. Immer und immer wieder spielte sie die Situation im Geiste durch, aber kam zu keinem Ergebnis. Warum hatte er sich ihr gegenüber so ablehnend verhalten? Gut, sie hatte einen Fehler gemacht und Stella einer unnötigen Gefahr ausgesetzt. Was war passiert?

Der Matt, den sie heute erlebt hatte, war ein völlig anderer Mensch gewesen als der Matt, den sie im *Heavens Place* kennengelernt hatte. Die Art, wie er sie angesehen hatte, als sie in den Kleidern seiner Frau vor ihm gestanden hatte - verletzt, aber auch wütend. Sie bekam noch immer ein flaues Gefühl in der Magengegend, wenn sie daran dachte.

Frustriert klappte sie den Laptop auf und gab Matts Namen in das Suchfeld ein. Es dauerte keine zwei Sekunden und der Computer spuckte mehrere Seiten mit seinem Namen aus. Sie klickte auf den ersten Link.

Es war die offizielle Seite der Universität Kensington, an der Matt arbeitete.

Prof. Dr. Matthew Alexander Johnson, Fachbereich moderne Literatur.

Ein Foto zeigte Matt im Anzug vor einem riesigen Regal in der Bücherei der Universität stehend. Seine blauen Augen lächelten freundlich in die Kamera. In der Hand hielt er einen Stapel Akten. Ihr Blick fiel auf den goldenen Ehering an seiner linken Hand. Ein auffällig breiter Goldring. Warum hatte sie den Ring heute nicht bemerkt, oder trug er seinen Ehering nicht mehr?

Sie las sich den Artikel durch, der sich unter dem Foto befand, in dem er als kompetenter Ansprechpartner und Dozent beschrieben wurde.

Sie klickte weiter. Diesmal öffnete sich eine Seite mit Erfahrungsberichten von ehemaligen Studenten, die Vorlesungen bei Matt besucht hatten, und ihn durchweg als eloquenten, unterhaltsamen und empathischen Dozenten beschrieben, der auf seine Studenten einging.

Die nächste Seite, die sie aufrief, war eine offizielle Seite der Times, auf der die Hochzeitsbekanntgabe abgedruckt war.

Professor Dr. Matthew Alexander Johnson, Sohn von Wanda und Benjamin Johnson of Haworth und Miss Laura Whitworth, Tochter von Lady Levinia und Sir Charles Whitworth of Southampton, geben ihre Vermählung am 29.5.2007 um 12:00 Uhr in der St. Mary Abbots Kirche in Kensington bekannt.

Taylor pfiff leise durch die Zähne. Matts Frau stammte offensichtlich aus Southampton. Viele reiche Familien hatten dort ihren Landsitz. Haworth. Sie hatte den Namen mehrfach während ihrer Schulzeit gehört. Haworth war der Familiensitz der berühmten Geschwister Brontë und darüber hinaus für seine wunderschöne Landschaft bekannt.

Sie nahm einen Schluck aus ihrer Tasse und setzte sie sofort wieder ab. Der Tee war kochend heiß, und sie spürte bereits, wie sich die feine Haut am Gaumen ablöste und die ersten dünnen Fetzen auf ihrer Zunge lagen. Mürrisch schob sie die Tasse beiseite.

Sie wollte gerade den nächsten Artikel aufrufen, als ihr Handy klingelte. Das Bild ihrer Eltern leuchtete auf dem Display auf.

„Hi, Mum." Sie klappte den Laptop zusammen.

„Was ist los? Du klingst gar nicht gut. Hast du Kummer?" Wie immer kam ihre Mutter ohne Umwege zum Punkt. Im Laufe ihrer Tätigkeit als Nanny hatte Taylor festgestellt, dass Mütter eine Art Radar besaßen, wenn es um ihre Kinder ging. Sie spürten, wenn etwas nicht stimmte.

Ihre Mutter bildete da keine Ausnahme. Ein Satz genügte, und sie wusste, dass Taylor ein Problem hatte.

„Woher willst du das wissen? Ich habe doch nur ‚Hi, Mum' gesagt."

„Kesselchen …" Diesen Spitznamen hatte ihr ihr aufbrausendes Temperament eingebracht. Ihre Mutter hatte sie bereits als Kind mit einem pfeifenden Teekessel verglichen, der kurz davor war, zu explodieren, wenn er zu heiß wurde. Taylor war von klein auf jähzornig gewesen, wenn sie sich über etwas ärgerte. Ihr Ärger war jedoch meist so schnell wieder verraucht, wie er gekommen war.

„Ich bin deine Mutter. Ich habe dich auf die Welt gebracht und war dabei, als du deinen ersten Atemzug getan hast. Du warst schon damals ein zorniges kleines Wesen, das seine Gefühle nicht verbergen konnte. Das hat sich nicht geändert. Also schlage ich vor, du sagst mir, was los ist, oder ich setze mich ins Auto und komme höchstpersönlich vorbei."

„Mum, nun mach doch nicht so ein Theater daraus. Ich habe eine neue Stelle angefangen und es läuft nicht richtig rund." Taylor knabberte an ihrer Unterlippe.

„Hast du Probleme mit den Kindern?" Die Stimme ihrer Mutter war einladend weich.

Sie zögerte. „Ja und nein."

„Ja oder nein? Was nun?", bohrte ihre Mutter weiter.

„Ach, lass uns über etwas anderes reden", bat sie.

„Ich möchte aber genau darüber reden. Schließlich habe ich ein Recht darauf, zu wissen, was mit meiner Tochter los ist. Vertraust du mir etwa nicht?" Ihre Mutter klang beleidigt.

„Das hat doch damit nichts zu tun." Sie liebte ihre Eltern. Als sie noch zu Hause gewohnt hatte, war ihr Verhältnis zu ihren Eltern zwar nicht immer leicht gewesen. Aber seit sie von zu Hause ausgezogen war, hatte sich ihr Verhältnis schlagartig verbessert.

„Genau darum geht es. Wenn du mir vertrauen würdest, dann würdest du mir jetzt sagen, was mit dir los ist. Ich bin schließlich deine Mutter!"

Taylor seufzte hörbar. „Danke, dass du mir das sagst, sonst hätte ich es glatt vergessen."

„Du kannst dir deinen Sarkasmus sparen." Jetzt war ihre Mutter ernsthaft verletzt.

Schweigen. Nervös spielte Taylor an ihrer Tasse.

„Also gut, wenn du es unbedingt wissen willst." Sie seufzte. Es hatte sowieso keinen Zweck zu schweigen. Ihre Mutter würde keine Ruhe geben, bis sie nicht eine zufriedenstellende Antwort erhalten hatte. Sie gab sich schließlich einen Ruck. „Ich habe bei einer neuen Familie in Kensington angefangen. Die Mutter der Kinder ist vor einem Jahr bei einem Autounfall ums Leben gekommen und nun werden die Kleinen von ihrer verknöcherten Tante und dem Vater großgezogen."

„Und wo ist das Problem?"

Taylor schwieg.

„Kesselchen?"

„Dass ich mit dem Vater der Kinder rumgeknutscht habe." Jetzt war es raus.

„Du hast was?" Der Vorwurf in der Stimme ihrer Mutter war nicht zu überhören.

„Ich wusste nicht, dass er der Vater der Kinder ist, als ich ihn kennengelernt habe", verteidigte sie sich.

„Taylor Susan Young!"

Taylor zuckte zusammen. Wenn ihre Mutter sie mit ihrem vollen Namen ansprach, war es ernst.

„Wie konntest du nur?!" Taylor konnte förmlich sehen, wie ihre Mutter den Zeigefinger mahnend in die Luft hob.

„Ich sage dir doch, ich hatte keine Ahnung, dass er der Vater von Will und Stella ist." Langsam wurde sie wütend. Ihre Mutter tat gerade so, als hätte sie ein Schwerverbrechen begangen.

„Wie kannst du ein so wichtiges Detail vergessen?", schnaubte ihre Mutter.

„Weil ich ihn in einem Café kennengelernt habe, bevor ich wusste, wer er wirklich ist."

„Kesselchen, du hast ein Talent für Katastrophen."

Taylor stöhnte laut. „Ich fürchte, damit hast du recht."
„Bist du in den Mann verliebt?"
„Was? Ich? Niemals!" Sie schüttelte heftig mit dem Kopf, als versuche sie sich selbst davon zu überzeugen. War sie wirklich nicht in Matt verliebt?
„Dann ist die Sache doch ganz einfach", sagte ihre Mutter erleichtert.
„So? Ist sie das?", brummte Taylor missmutig.
„Aber natürlich", antwortete ihre Mutter voller Zuversicht. „Morgen früh gehst du als Allererstes zu dem Vater der Kinder und entschuldigst dich für dein Verhalten. Ich bin mir sicher, dass er dir noch mal eine Chance geben wird, schließlich bist du eine der besten Nannys in England."
„Ich weiß nicht …" Sie zögerte. „Ich habe den Fehler schlussendlich nicht alleine gemacht. Er hat mich ja auch geküsst."
„Vielleicht, aber du bist die Nanny seiner Kinder", sagte ihre Mutter in einem Ton, der keine Widerrede duldete. „Denk nur an Jude Law. Da ist die Nanny auch der Grund für die Trennung gewesen und hat für ziemlichen Wirbel in der Presse gesorgt. Oder Ben Affleck, Gavin Rossdale, Arnold Schwarzenegger, um nur einige zu nennen. Ich würde es ungern sehen, wenn du dich in diese Liste einreihen würdest."
„Ja. Ja. Ich hab's kapiert", seufzte sie.
„Gut, das ist mein Mädchen", sagte ihre Mutter zufrieden. „Sag mal, hast du dich schon bei Carolin gemeldet?"
Taylor schwieg. Ihre Schwester Carolin lebte am Stadtrand von London in einer typischen Arbeitersiedlung. Im Gegensatz zu ihr hatte Carolin schon früh geheiratet und war glückliche Mutter eines bezaubernden kleinen Jungen. Max war der Sonnenschein der Familie und Taylor liebte ihren kleinen Neffen von ganzem Herzen. Allerdings konnte sie bis heute nicht verstehen, warum ihre Schwester ausgerechnet diesen Loser von Mann geheiratet hatte.

Paul war ein Langweiler, wie er im Buche stand, der ihrer Schwester die ganze Arbeit im Haushalt und mit dem Baby überließ, damit er selbst seinen Hobbys nachgehen konnte. Fußball, Bier und Chips waren seine Lieblingsbeschäftigung, wenn er von der Arbeit nach Hause kam.

„Taylor?"

„Ich ruf sie heute noch an."

„Gut. Bei ihrem letzten Besuch sah Carolin ganz schön blass aus, und ich glaube, sie könnte etwas Unterstützung gut gebrauchen."

„Ich kümmere mich drum. Jetzt haben wir die ganze Zeit nur von mir gesprochen. Wie geht es eigentlich dir und Dad?"

„Gut. Dad spielt Golf und ich habe viel mit dem Komitee zu tun. Wir planen gerade die große Weihnachtstombola in der Aula der Schule."

Seit ihr Vater in Pension gegangen war, verbrachte er fast den ganzen Tag auf dem Golfplatz, während ihre Mutter sich für den guten Zweck engagierte. Manchmal hatte sie den stillen Verdacht, dass ihr Vater das Golfspielen nur als Vorwand nahm, um dem Einfluss seiner Frau für ein paar Stunden zu entkommen. Nachdem Carolin und sie das Elternhaus verlassen hatten, hatte ihre Mutter angefangen, sich für wohltätige Zwecke zu engagieren. Täglich war das Haus voll mit Frauen, die aufgeregt über neue Projekte diskutierten. Grund genug für ihren Vater, sich aus dem Staub zu machen.

„Dieses Jahr haben wir uns etwas ganz Besonderes ausgedacht …", fing ihre Mutter an zu plaudern. Taylor hörte nur mit halbem Ohr zu. Sie dachte an Matt. Sein Gesicht tauchte hinter ihren geschlossenen Lidern auf. Dieser Mund. Wie weich sich seine Lippen angefühlt hatten. Und wie so häufig in den letzten Tagen fragte sie sich, ob er den Kuss genauso empfunden hatte.

„Taylor, hörst du mir überhaupt noch zu?"

„Ähm, ja. Natürlich."

„Dann kommst du Weihnachten also?"

Sie zögerte. „Ja, ich denke schon." Bis Weihnachten waren es noch knapp vier Wochen, und sie hatte sich bisher noch keine Gedanken darüber gemacht, wo sie das Fest verbringen würde.

„Schön, Carolin kommt auch."

„Na, dann ist die Familie ja wieder versammelt."

Im Hintergrund klingelte es.

„Liebes, ich muss Schluss machen, mein Besuch ist da. Pass auf dich auf und melde dich bei deiner Schwester."

„Ja, mache ich. Schön, dass du angerufen hast."

„Ich hab dich lieb", säuselte ihre Mutter.

„Ich dich auch, Mum."

Nachdenklich legte sie auf.

Nachdem sie den Kaffee getrunken hatte, machte sie sich daran, die Geschirrspülmaschine auszuräumen. Zwar gab es eine klare Putzordnung innerhalb der Wohngemeinschaft, und diese Woche war eigentlich Olive an der Reihe, aber die Arbeit lenkte sie von ihrem Kummer ab.

„Hey, du bist ja fleißig." Holly stand plötzlich hinter ihr.

„Huch, du hast mich aber erschreckt", sagte Taylor und fasste sich an die Brust.

„Du warst völlig in Gedanken." Holly grinste. Sie sah aus wie aus dem Modekatalog entsprungen. Hautenge schwarze Lederleggins, Overknees, einen Hauch von Bluse im Boheme-Stil und dazu eine Fellweste, von der Taylor überzeugt war, dass es sich um echtes Fell handelte. Um den Hals hingen unzählige Ketten mit bunten Trotteln. Auf dem Kopf trug Holly einen der momentan angesagten Schlapphüte aus Filz.

„Wo kommst du denn her?"

„Das ist die falsche Frage … die Richtige wäre: Wo gehst du hin?"

„Und wo gehst du hin?" Sie schob die Tür der Spülmaschine zu.

„Ich bin auf eine absolut angesagte Modenschau eingeladen."

„Jemand, den ich kennen sollte?“
„Stella McCartney.“
Taylor pfiff durch die Zähne. „Die Tochter von Paul McCartney?“
„Genau die. Gywneth Paltrow kommt auch.“
„Du Glückliche. Ich wette, du hast deine Kollegin aus dem Fenster geschubst, damit du in der ersten Reihe sitzen darfst.“
„Fast. Ehrlich gesagt habe ich mit meinem Chef geschlafen und ihn von meinen Qualitäten überzeugt.“
„Du böses, böses Mädchen.“ Taylor wedelte lachend mit ihrem Zeigefinger in der Luft.
„Du kennst ja unser Motto: Gute Mädchen kommen in den Himmel ...“
„... böse Mädchen überallhin!“, vollendete Taylor lachend ihren Satz. „Das ist eigentlich mein Motto.“
„Deshalb bist du mir ja auch so sympathisch.“
„Ach, ist das so?!“ Holly und sie rieben sich immer wieder aneinander.
„Natürlich. Nur weil wir nicht einer Meinung sind, heißt das nicht, dass ich dich nicht mag.“
„Ganz meine Meinung.“ Taylor zuckte mit den Achseln.
„Sag mal, wo wir gerade von bösen Mädchen sprechen. Hast du Lust, mitzukommen?“ Holly fummelte an ihrer Handtasche. „Ich habe nämlich zwei Plätze ergattert.“ Sie wedelte mit den Karten vor Taylors Gesicht.
„Und was ist mit deiner Kollegin aus der Redaktion?“
Holly klimperte unschuldig mit ihren Augendeckeln. „Keine Ahnung.“
„Miststück!“ Taylor schmunzelte.
„Stimmt!“
„Also gut. Gib mir ein paar Minuten, damit ich mich umziehen kann. So eine Gelegenheit kann ich mir nicht entgehen lassen.“
Sie deutete auf ihre ausgebeulte Jogginghose und das verwaschene T-Shirt. „So kann ich schlecht bei einer Modenschau aufschlagen.“

„Wahrscheinlich würden alle denken, das ist der neueste Trend, wenn du so hingehst."
„Lieber nicht."
„Na dann, mach dich fertig. Ich poste in der Zwischenzeit ein paar Fotos auf Instagram." Im Hinausgehen sah Taylor gerade noch, wie Holly ihr Smartphone aus der Tasche zog und es hoch in die Luft hielt. Es klickte. Selbstgefällig betrachtete Holly das fertige Foto.

Zwanzig Minuten später stand Taylor fertig gestriegelt und geschniegelt im Flur. Sie hatte sich für ein schwarzes Jumpsuit entschieden, das ihre langen Beine betonte. Dazu trug sie schwarze High Heels. Die Haare hatte sie mit dem Glätteisen bearbeitet, sodass sie wie eine glänzende Matte auf die Schultern herabhingen. Beim Make-up hatte sie nicht gespart und ihre Augen mit einem dunklen Kajal hervorgehoben. Auf den Lippen trug sie die angesagte Farbe „Simply Red".
„Du siehst aus wie ein Star", sagte Holly bewundernd, als sie Taylor erblickte. „Schade, dass du dich immer in dieser schrecklichen Uniform versteckst."
„Ich verstecke mich nicht! Diese Uniform ist eine Auszeichnung in meinem Beruf. Ich liebe meinen Job." Sie zögerte. „Außer im Moment vielleicht."
„Ach, ich dachte, mit den Kindern läuft alles nach Plan." Holly schloss die Tür hinter ihnen.
„Ja, eigentlich schon. Ihr Vater macht mir mehr Probleme." Auf ihr Gesicht legte sich ein verklärter Ausdruck. Sofort hatte sie Matts hochgewachsene Gestalt vor Augen. Seine breiten Schultern, das markante Gesicht und dann wieder diese unglaublichen blauen Augen, die sie gefangen hielten.
„Aha." Holly sah sie erwartungsvoll an.
„Ach, lass uns nicht drüber reden. Ich denke schon den ganzen Tag an nichts anderes, ich möchte einfach nur Spaß haben und den alten Spießer hinter mir lassen."
„Na dann!" Holly hakte sich bei ihr unter. „Lass uns die Hütte rocken."

Der Abend mit Holly war ein voller Erfolg. Die Modenschau war absolut atemberaubend gewesen und die Plätze in der ersten Reihe eine Sensation. Taylor hatte fast keine Luft vor Aufregung mehr bekommen, als Gwyneth Paltrow keine zwei Meter entfernt von ihnen Platz genommen hatte. Seit sie die Filme „Shakespeare in Love“ und „Emma“ mit der Schauspielerin gesehen hatte, war sie ein totaler Fan von ihr. Mit fast kindlicher Freude hatte sie die Models bewundert und begeistert geklatscht, begleitet vom Blitzlichtgewitter der Fotografen am Ende des Catwalks. In der Luft hing der Duft des Geldes. Designerkleider, so weit das Auge reichte. Keiner der eingeladenen Gäste schien etwas anderes als Markenkleidung zu tragen, gepaart mit einer gewissen Form des Understatements, wie es nur Menschen besaßen, für die der Wohlstand selbstverständlich war.

Im Laufe der Show war sie mit ihrem Nachbarn ins Gespräch gekommen. Der Italiener hatte sich als charmanter Gesprächspartner herausgestellt, der sie mit seinen Bemerkungen zu den Kleidern mehr als einmal zum Lachen gebracht hatte. Taylor hatte jede Minute des Abends genossen.

Nach der eigentlichen Präsentation hatten sie noch die Aftershowparty besucht. Holly war ganz in ihrem Element gewesen, hatte aufreizend gelächelt und sich mit fast jedem Mann im Raum unterhalten und dabei nicht mit ihren Reizen gegeizt. Holly war nicht nur hübsch, sie war noch dazu gebildet und besaß eine gute Portion Selbstbewusstsein. In diesem Punkt waren sich die beiden Frauen ähnlich, nur dass Taylor deutlich geerdeter war als ihre Freundin. Das alles hier faszinierte sie, weil es neu und berauschend war, inmitten dieser Menschen zu sitzen.

Sie konnte verstehen, warum Holly süchtig danach war, und für einen winzigen Moment fragte sie sich, ob sie die richtige Berufswahl getroffen hatte. Aber dann dachte sie an all die Kinder, die sie bisher betreut hatte, an die glücklichen Gesichter und die bedingungslose Liebe, die ihr entgegengebracht wurde, und plötzlich wusste sie wieder, dass es der richtige Weg für sie war. Um nichts auf der Welt mochte sie die Momente des Glücks, die ihr Kinder brachten, missen.

Als sie schließlich im Bett lag, abgeschminkt und müde, war sie mit dem Bewusstsein eingeschlafen, dass morgen auf sie zwei Kinder warteten, die ihre Hilfe und Liebe brauchten.

7. Kapitel

Am nächsten Tag stand Taylor früher als normalerweise auf. Sie wollte Matt abpassen, bevor er das Haus verließ. Sie hatte noch einmal über die Worte ihrer Mutter am Telefon nachgedacht und war zu dem Ergebnis gekommen, dass es für das Wohl der Kinder besser war, wenn sie die Sache mit Matt ein für alle Mal bereinigte. Den ganzen Weg zum Haus der Johnsons hatte ihr Herz wie wild geschlagen, und sie war kurz davor gewesen, auf den Hacken kehrtzumachen und zu warten, bis Matt das Haus verlassen hatte. Letztendlich hatte jedoch ihr Gewissen gesiegt, und sie war weitergegangen, bis sie schließlich vorm Wohnzimmer stand, wo Matt gerade sein Frühstück mit den Kindern zu sich nahm.

Zaghaft klopfte sie gegen die Tür, bevor sie eintrat.

„Taylor … ähm, Miss Young.“ Matt räusperte sich sichtlich überrascht und nahm die Zeitung ein Stück herunter.

„Taylor!“ Begeistert sprang Stella auf, um ihr geliebtes Kindermädchen zu begrüßen.

„Hallo, ihr Süßen.“ Sie schenkte den Kindern ihr bezauberndes Lächeln.

„Was verschafft mir das Vergnügen?“ Er schielte über den Zeitungsrand hinweg zu ihr.

„Könnte ich Sie kurz unter vier Augen sprechen“, bat sie.

Matts Augenbraue schnellte nach oben. „Kinder, ihr habt gehört, was eure Nanny gesagt hat. Bitte geht kurz nach draußen.“

„Och“, maulte Will. „Gerade jetzt, wo es spannend wird.“

„Hopp, hopp. Keine Widerrede.“ Taylor klatschte in die Hände.

„Warum dürfen wir nicht zuhören?“, wollte Stella wissen und kuschelte sich an sie.

„Weil es Dinge gibt, die nur für erwachsene Ohren bestimmt sind.“ Sie grinste und gab Stella einen Kuss.

„Ich komme gleich und dann spielen wir zusammen. Einverstanden?“

„Okay.“ Die beiden stürmten aus dem Wohnzimmer.

Matt legte die Zeitung beiseite. „Nun, was gibt es?“

„Ich wollte mich für mein Verhalten Ihnen gegenüber entschuldigen“, platzte es aus ihr heraus. Sie blickte ihm trotzig ins Gesicht.

„Und woher kommt die plötzliche Erkenntnis?“ Misstrauisch beäugte er sie.

„Das spielt doch keine Rolle. Ich möchte mich für gestern Abend und für den Kuss entschuldigen ...“

„Ach, der Kuss ...“, unterbrach er sie.

„Ja. Als ich Sie in der Bar angesprochen habe, hatte ich keine Ahnung, dass Sie der Vater meiner Schützlinge sind, und wären Sie nicht einfach weggelaufen, ohne sich zu verabschieden, dann ...“

„Taylor ...“

Sie hob die Hand und signalisierte ihm, ruhig zu sein. „Ich bin noch nicht fertig.“ Sie machte eine kurze Pause, um sich zu sammeln. Ihr Puls raste und ihre Hände waren feucht. „Ich war als Privatperson unterwegs und nicht als Nanny. Ich wollte einfach nur Spaß haben und einen netten Abend verbringen.“

Seine Augen zogen sich zu Schlitzen zusammen. Sie sah, wie seine Kiefermuskeln malmten. Sie holte Luft. „Wir sollten nicht mehr daraus machen, als es ist. - ein harmloser Kuss in einer Bar.“

„So siehst du das also?!“ Seine Stimme hatte einen drohenden Unterton, wie das Grollen des Donners.

„Ja, natürlich. Wie sollte ich es sonst sehen?!“ Das war gelogen. Dieser Kuss hatte sie umgehauen, und sie wünschte sich nichts mehr, als dass er sie noch einmal so küssen würde.

Aber Matt war der Vater ihrer Schutzbefohlenen, und es gab einen Ehrenkodex der Nannys, der besagte, sich niemals mit den Vätern der Kinder, die man betreute, einzulassen. Was sie getan hatte, galt in ihrer Berufsgruppe als verwerflich und vor allem rufschädigend. Die Konsequenzen, die sie nun zog, waren deshalb mehr als verständlich.

„Der Kuss hatte also keine Bedeutung." Er stützte sich mit dem Ellbogen auf den Tisch und beugte sich vor in ihre Richtung.

„Genau!" Sie hatte die Arme trotzig vor der Brust verschränkt.

Er musterte sie einen Moment schweigend. „Vielen Dank, dass Sie sich die Mühe gemacht haben, mich über die Umstände dieses Kusses zu informieren. Aber das wäre nicht nötig gewesen. Ich hatte eigentlich angenommen, dass Sie sich sowieso nicht mehr daran erinnern können. Schließlich waren Sie und Ihre Freundin … wie hieß sie doch gleich noch mal?" Seine Augen musterten sie kühl.

„Emily", presste sie hervor.

„Ach ja, genau. Sie und Emily waren ja ziemlich betrunken." Taylor öffnete den Mund, um ihm zu widersprechen, verzichtete angesichts seiner eisigen Miene jedoch darauf.

„Ich verstehe nicht, warum manche Menschen Alkohol trinken, wenn sie doch wissen, dass sie ihn nicht vertragen." Sein letzter Satz war für Taylor wie ein Schlag ins Gesicht. „Aber ich will großzügig sein und diesen Abend vergessen. Und nun zu dem Zwischenfall von gestern. Ich möchte Sie bitten, in Zukunft besser auf die Kinder aufzupassen, damit sich nicht etwas Ähnliches oder gar Schlimmeres wieder ereignen kann."

„Ja, Sir." Sie schluckte hart.

„Gut. Ich nehme Ihre Entschuldigung an." Matt griff betont lässig nach der Tageszeitung.

Sie starrte ihn fassungslos mit offenem Mund an.

„Das war dann alles für heute." Mit einem kurzen Kopfnicken entließ er sie und versank hinter der *Times.* *Arroganter Mistkerl! Was bildete er sich eigentlich ein!*

Taylor kochte vor Wut. Noch nie in ihrem ganzen Leben war jemand so mit ihr umgesprungen. Er hatte ihre Entschuldigung genutzt, um sie lächerlich zu machen und sie zu demütigen, als ob sie ein hormongesteuerter Teenager wäre.

Mit erhobenem Kopf ging sie aus dem Zimmer, verzweifelt darum bemüht, nicht die Fassung zu verlieren. Als die Tür hinter ihr ins Schloss fiel, blieb sie stehen. Tränen brannten in ihren Augen. Sie war wütend wie noch nie in ihrem Leben – wütend auf sich und wütend auf Matt. Sie verfluchte den Tag, als sie die Stelle angenommen hatte. Sie hätte auf ihr Gefühl hören und die Stelle ablehnen sollen, als es noch nicht zu spät war. Nun hatten sich die Kinder, die armen Würmer, bereits an sie gewöhnt und ihr ihr Vertrauen geschenkt. Es würde Stella und Will das Herz brechen, wenn sie sie so kurz vor Weihnachten verließ.

Sie wischte sich mit dem Handrücken über das Gesicht, um die verräterischen Spuren zu entfernen. Anschließend holte sie tief Luft und strich ihr Kleid glatt. Sie würde sich von keinem Mann und schon gar nicht von Matthew Alexander Johnson kleinkriegen lassen. Koste es, was es wolle. Mit energischen Schritten ging sie die Treppe nach oben ins Kinderzimmer.

8. Kapitel

Die nächsten Tage verliefen ohne Zwischenfälle. Seit ihrem Gespräch mit Matthew achtete sie peinlich darauf, das Haus erst zu betreten, wenn Matt bereits auf dem Weg zur Arbeit war. Die Kinder hatten von den Spannungen der Erwachsenen nichts mitbekommen und genossen die Stunden mit ihr. Selbst der stille Will öffnete sich mehr und mehr ihr gegenüber. Sie mochte den Jungen. Die zurückhaltende Art, mit der er sich um seine Schwester kümmerte, rührte sie zutiefst. Sie hoffte im Stillen, dass sie einen Weg zu seinem Herzen finden würde. Immer wenn er sich unbeobachtet fühlte, umgab den Jungen eine tiefe Traurigkeit.

Heute war Samstag – ihr freier Tag. Sie hatte prächtig geschlafen und zusammen mit Olive und Holly ein ausgiebiges Frühstück genossen. Sie hatte sich mit Carolin in der Stadt verabredet, um die Weihnachtsgeschenke für ihre Eltern zu kaufen. Als sie die volle U-Bahn betrat, war sie sich nicht mehr so sicher, ob es eine gute Idee gewesen war. Die Bahnsteige waren von Menschen übersät, die sich alle bereit machten, die unzähligen Kaufhäuser der Innenstadt zu stürmen. Kinder zappelten ungeduldig an den Händen ihrer Mütter. Pärchen, die verträumt auf die Gleise starrten. Jugendliche, die sich lautstark miteinander unterhielten.

Gut gelaunt ließ sie sich von dem Menschenstrom die Treppen aus der U-Bahn nach oben ziehen. Als sie nach draußen trat, wurde sie von einem Lichtermeer empfangen. Sie blinzelte, bis sich ihre Augen an die Helligkeit gewöhnt hatten. Die Londoner Geschäftswelt hatte sich nicht lumpen lassen und die Oxford Street in einen magischen Ort verwandelt. Es hätte Taylor nicht gewundert, wenn Santa Claus mit seinem Schlitten über ihren Kopf hinweggefegt wäre.

Ein Netz aus weißen Lichtkugeln überspannte die Straße, sodass es aussah, als würde es schneien. Regenschirme aus Lichterketten gebaut schwebten scheinbar schwerelos über den Besuchern. Dazwischen funkelten Weihnachtssterne in allen Farben.

Die Schaufenster der Kaufhäuser waren prächtig geschmückt und luden die potenziellen Kunden zum Kaufen ein. In der Luft hing der Duft von Weihnachten mit gebrannten Mandeln und Bratwürstchen, die die fliegenden Händler an jeder Ecke lautstark anboten. Glitzernde Kinderaugen und Erwachsene mit gestressten Gesichtern hetzten über den Gehsteig. Sie ließ den Blick über die Menschenmenge gleiten, als sie ihre Schwester entdeckte. An ihrer kerzengeraden Haltung und dem blonden Haarschopf hätte sie sie überall erkannt. In ihrem klassischen dunkelblauen Tweedmantel und den schwarzen Reiterstiefelen sah Carolin wie die typische Engländerin aus. Ihre langen Haare hatte sie zu einem Knoten am Hinterkopf geschlungen und ein leichtes Tages-Make-up aufgelegt. Trotzdem sah Taylor die dunklen Augenringe, die von zu wenig Schlaf und Kummer zeugten.

„Hallo, Carolin", begrüßte sie ihre Schwester und gab ihr einen Kuss auf die Wange. „Schön, dass wir uns sehen. Ich hatte schon richtig Sehnsucht nach dir und der kleinen Schniefnase hier." Sie beugte sich zu ihrem Neffen hinunter, der bequem in seinem Buggy saß und sie über das ganze Gesicht anstrahlte. Er hatte wie immer eine Rotzfahne. „Da ist ja mein Lieblingsneffe." Sie gab dem kleinen Jungen einen Kuss auf seine rosigen Wangen, darauf bedacht, nicht gegen seine Nase zu kommen.

„Du hast ja auch sonst keinen", bemerkte Carolin trocken. „Hallo, liebstes Schwesterlein. Schön, dass du Zeit für uns gefunden hast."

Seit Carolin verheiratet war, hatte sie aufgehört, in der Ich-Form zu reden.

„Ja, ich habe im Moment ziemlich viel um die Ohren." Sie berichtete Carolin in knappen Worten von ihrer neuen Familie.

„Mum hat erzählt, dass du in den Vater der Kinder verschossen bist." Carolin legte den Kopf leicht schräg und musterte sie aufmerksam.

„So ein Blödsinn. Der Mann ist ein arroganter Idiot", schimpfte sie. Eine flammende Röte ergoss sich über ihr Gesicht. Sie senkte den Kopf, damit Carolin es nicht sah.

„Aha, da hat mir Mum aber etwas ganz anderes erzählt." Carolin wischte Max die Rotzfahne mit einem Taschentuch aus dem Gesicht.

„Ach, du kennst doch Mum, sie hat immer ihre eigene Sicht der Dinge", entgegnete Taylor. Langsam setzten sie sich in Bewegung und folgten dem Menschenstrom in Richtung *Marks&Spencer,* dem Konsumtempel des englischen Mittelstandes.

„Sag mal, wird einkaufen ab morgen verboten?", witzelte Taylor. „Man könnte meinen, ganz London ist unterwegs."

Carolin schmunzelte. „Der Eindruck trügt nicht - ganz London ist unterwegs." Sie gingen an einem Straßenstand vorbei. Sofort hatte Taylor den Duft von Zuckerwatte in der Nase. Max hatte es ebenfalls gerochen, denn er streckte seine speckigen Ärmchen zu seiner Mutter aus.

Carolin blieb stehen und kramte in ihrer Tasche nach dem Geldbeutel.

„Du willst doch wohl nicht Zuckerwatte für Max kaufen", fragte Taylor mit ihrer Nannystimme.

„Ähm." Carolin sah ihre Schwester schuldbewusst an. Max quakte lauthals im Buggy.

„Das Zeug ist das reinste Gift."

„Aber wenn ich ihm keine kaufe, quengelt Max den ganzen Weg und ich bin einfach nur müde. Außerdem möchte ich die kurze Zeit, die wir zusammen haben, genießen." Carolin sah aus, als würde sie jeden Moment in Tränen ausbrechen.

„Was hältst du davon, wenn wir uns kurz in ein Café setzen? Ich könnte einen starken Kaffee gebrauchen und für den kleinen Mann gibt es leckeren Biokuchen und Kekse“, schlug Taylor vor.

Sie hatte zwar mehr als genug Kaffee heute Morgen getrunken, aber sie wusste, Carolin würde einen Besuch dort sonst ablehnen.

„Wenn du einen Kaffee trinken möchtest, komme ich gerne mit“, sagte Carolin. Die Erleichterung war ihr deutlich anzusehen. Geschickt lenkte sie den Kinderwagen mit einer Hand durch die Menschenmassen.

Das *Pain Quotidien* gehörte zu einer weltweiten Kette, die mit Qualität ihrer Speisen, freundlichem Personal und einer gemütlichen Atmosphäre bei den Kunden punkteten. Das Café war gut besucht, aber sie hatten Glück und fanden gleich einen Tisch direkt am Schaufenster mit Blick auf die Straße.

Taylor sah zu, wie ihre Schwester den Mantel ablegte und Max aus seinem Schneeanzug pellte. Carolin war dünner als beim letzten Besuch. Max quengelte leise. Taylor streckte die Hand nach ihrem Neffen aus.

„Komm, gib mir den kleinen Racker. So oft habe ich ihn schließlich nicht.“

Dankbar reichte ihr Carolin ihren Neffen. Dabei hob sie ihn mit dem Po an ihre Nase und schnüffelte kurz daran.

Taylor konnte sich ein Lächeln nur mit Mühe verkneifen. „Du bist wirklich durch und durch Mutter.“

„Sehr witzig. Ich wollte einfach nur vermeiden, dass Max nach Kacke stinkt, wenn du ihn auf dem Schoß hast.“

„Carolin, ich bin staatlich geprüftes Kindermädchen! Ich habe schon so viele Windeln in meinem Leben gewechselt. Das schaffst du nicht und wenn du zehn Kinder bekommen würdest.“

Carolin seufzte erneut. „Entschuldige, aber ich kann einfach nicht anders. Mein ganzes Leben dreht sich nur noch um Max.“

„Das ist normal. So geht es allen Müttern am Anfang." Sie legte die Hand auf Carolins Arm. „Du wirst sehen, sobald Max in den Kindergarten kommt, hast du wieder mehr Zeit für dich. Außerdem kann dir Paul ruhig mal helfen."

„Paul hat wahnsinnig viel zu tun."

Taylor schnalzte missbilligend mit der Zunge. „Wann hat Paul mal nicht viel zu tun?!"

„Ich weiß." Carolin nickte. „Aber kurz vor den Feiertagen sind noch die ganzen Weihnachtsfeiern, zu denen er eingeladen ist."

„Mir kommen die Tränen!" Taylor versetzte ihrer Schwester mit dem Ellenbogen einen leichten Stoß in die Rippen. „Als ob das so schlimm wäre."

Carolin lachte freudlos.

„Du musst auch mal an dich denken", fuhr sie fort. „Du kannst nicht von morgens bis abends im Haus sitzen und darauf warten, dass du Paul das Abendessen zubereiten darfst. Du musst mal raus unter Leute, damit du auf andere Ideen kommst. Was ist mit deiner Freundin Lara?"

„Lara hat sich unsterblich in einen Iren verliebt und ist nach Dublin gezogen." Resigniert löste sie ihre blonden Haare aus dem schludrigen Knoten, zu dem sie es in aller Eile vor dem Verlassen des Hauses hochgesteckt hatte.

„Dann eben eine der anderen Freundinnen. Die können schließlich nicht alle weggezogen sein."

„Der Haushalt, der macht sich auch nicht von alleine", entgegnete Carolin fast trotzig.

„Sagst *du* das oder Paul?"

Sie schwiegen. Max fing an zu quengeln.

„Na, mein Süßer, möchtest du einen Kakao trinken?" Sie beugte sich zu ihm. Max strahlte seine Tante an.

„Gut, und du, Carolin?" Sie sah ihre Schwester fragend an.

„Ein Tee wäre geradezu himmlisch." Carolin rang sich ein Lächeln ab.

Taylor winkte den Kellner herbei und bestellte einen Tee, einen Caffè Latte für sich und für Max einen heißen Kakao und Kekse. Carolin schwieg die ganze Zeit.

„Nun erzähl mir endlich, was mit dir los ist", forderte sie Carolin auf.

„Wieso, was soll schon mit mir los sein", entgegnete Carolin schmallippig.

„Ach Carolin, ich weiß genau, wenn mit dir etwas nicht stimmt."

Sofort füllten sich Carolins Augen mit Tränen. „Ich … ich glaube, Paul betrügt mich", brach es heulend aus ihr heraus.

Taylor runzelte die Stirn. „Wie kommst du darauf?"

„In letzter Zeit kommt er häufig später nach Hause und ist immer total müde. Außerdem riecht er nach Parfüm." Carolin schluchzte laut auf. Max sah irritiert zu seiner Mutter. Als er sah, dass sie weinte, verwandelte sich sein Lächeln schlagartig in eine Schippe, und er war kurz davor, ihrem Beispiel zu folgen.

Gott sei Dank kam in genau diesem Moment der Kellner mit ihrer Bestellung. Schnell drückte Taylor ihrem Neffen den Keks in die Hand. Sofort war der Kummer vergessen, und sie hörte, wie Max zufrieden schmatzte.

„Also das besagt noch gar nichts", sagte sie entschlossen und tätschelte Carolins Hand.

„Doch", sagte Carolin unter Tränen. „Er zieht sich auch immer seinen besten Anzug an. Als ich ihn gefragt habe, wohin er geht, hat er behauptet, er hätte ein Meeting mit seinem Chef." Sie schniefte hörbar. Wortlos reichte ihr Taylor ein Taschentuch. Dankbar nahm Carolin das Tuch und schnäuzte lautstark hinein.

„Besser?"

Carolin nickte. „Als ich in seinem Büro angerufen habe, weil ich ihn bitten wollte, anschließend noch beim Supermarkt vorbeizufahren und für Max ein paar Windeln zu holen, hat mir seine Sekretärin gesagt, dass er bereits früher gegangen ist." Sie schluchzte erneut.

„Hier. Trink erst mal einen Schluck heißen Tee, dann geht es dir gleich wieder besser."

Artig nahm Carolin einen Schluck.

„Weißt du, ich glaube nicht, dass Paul der Typ Mann ist, der seine Frau betrügt. Dafür ist er doch viel zu bequem." Taylor nippte an ihrem Kaffee. Sofort breitete sich eine angenehme Wärme in ihrem Bauch aus.

„Glaubst du das wirklich?" Carolin sah hoffnungsvoll zu ihr hoch. Ihre Augen waren vom Weinen gerötet.

„Ja, sonst würde ich es nicht sagen", antwortete sie mit dem Brustton der Überzeugung. „Paul liebt dich und ist völlig vernarrt in seinen Sohn. Warum sollte er das alles aufs Spiel setzen?"

„Wofür es alle Männer tun – für guten Sex."

Taylor schwieg. Aus dem Augenwinkel sah sie, wie ein Mann das Café betrat. Irgendetwas an der Art, wie der Mann ging, kam ihr bekannt vor. Sie drehte den Kopf für einen Moment zur Seite, um den Mann genauer betrachten zu können.

Matt!

Instinktiv duckte sie sich. Er war in Begleitung einer attraktiven Frau mit einer modischen Kurzhaarfrisur und braunen Rehaugen. Taylors Herz klopfte beim Anblick der Frau und ihr Magen zog sich unschön zusammen. War die Frau Matts Freundin, die er vor ihr und den Kindern geheim zu halten versuchte? Will und Stella hätten ihr bestimmt von der neuen Freundin erzählt!

Matt sah geradezu unverschämt gut aus. Seine Haare waren sorgfältig gekämmt und er hatte sich frisch rasiert. Er trug die Lederjacke, die er an dem Abend in der Bar getragen hatte, und dazu eine helle Hose. Seinen Arm hatte er lässig um die Taille der Frau gelegt und führte sie an einen Tisch im hinteren Teil des Cafés.

„Taylor?" Carolin sah sie fragend an.

„Ähm, entschuldige. Ich dachte, ich hätte einen Bekannten gesehen."

„Ach so." Carolin fuhr fort. „Und was denkst du, was ich machen soll?"

„Wie machen?"

„Taylor, hast du mir überhaupt zugehört?"

„Ja, natürlich habe ich dir zugehört", antwortete sie zerstreut. Max wischte mit seiner klebrigen Hand über ihr Gesicht.

„Max, Schätzchen. Lass das!", ermahnte in Carolin.

Sie schielte unauffällig in Matts Richtung. Matt und die Frau unterhielten sich angeregt, was ihr einen leichten Stich versetzte. Sie zwang sich, wegzusehen. Matt war ihr Arbeitgeber und damit tabu.

„Was hältst du davon, wenn ich nächstes Wochenende bei euch vorbeikomme und auf den kleinen Mann hier aufpasse und du dir einen schönen Abend zusammen mit deinem Mann machst?!"

„Oh Taylor, das würdest du tun? Weißt du, ich traue mich immer gar nicht, dich zu fragen, schließlich hast du den ganzen Tag Kinder um dich herum … da willst du bestimmt nicht noch ein Kind abends haben, auf das du aufpassen musst."

„Hey. Hey. Hey. Max ist schließlich nicht irgendein Kind. Nicht wahr, mein Kleiner?" Sie gab ihrem Neffen einen dicken Schmatzer.

„Danke." Carolin nahm sie in den Arm. Sie roch nach Elisabeth Arden, einem Duft, den Carolin schon seit ihrer Zeit als Teenager benutzte.

„Nichts zu danken. Und du mach dir keine Gedanken. Ich bin mir sicher, dass es für Pauls Verhalten eine ganz einfache Erklärung gibt."

„Ich hoffe, du hast recht."

„Was meinst du, sollen wir weitergehen? Schließlich sind wir nicht zum Vergnügen hier. Ich habe wirklich keine Ahnung, was wir Mum und Dad zu Weihnachten schenken sollen." Sie setzte Max zurück in den Buggy, während Carolin sich anzog.

„Ich habe mich ein bisschen schlaugemacht und Ideen gesammelt. Dad würde sich riesig über eine Golftasche freuen, die alte ist völlig zerschlissen, und Mum könnte ein neues Bügeleisen gut gebrauchen. Ihr altes funktioniert nicht mehr richtig."

„Bitte schenk mir niemals ein Bügeleisen", bat Taylor. „Wenn es so weit ist, dass ich mich über ein Bügeleisen freue, dann bin ich ganz unten angekommen. Wollen wir Mum nicht lieber mit einem schönen Duft oder noch besser einem Wellnesswochenende beglücken?"

„Mhm, gar keine so schlechte Idee."

Max fielen die Augen zu und er blinzelte angestrengt dagegen an.

„Da ist jemand müde", kommentierte Taylor mit Fachkennerblick.

„Das war meine Hoffnung. Aber sprich es nicht aus, sonst merkt er es selbst noch und kämpft dagegen an." Carolin legte mit verschwörerischer Miene den Zeigefinger auf den Mund.

„Kein Problem!" Sie grinste.

Der Kellner kam zu ihnen geeilt und Taylor bezahlte die Rechnung. Auf dem Weg nach draußen warf sie einen unauffälligen Blick zur Seite, wo Matt saß. Er und seine Begleitung wirkten sehr vertraut, was ihr einen Stich versetzte. Die Köpfe der beiden waren dicht zueinander gebeugt und Matt hielt die Hand der Frau. Gerade als sie den Blick abwenden wollte, drehte Matt sich plötzlich um. Ihre Augen trafen sich. Für einen Wimpernschlag lang setzte Taylors Herz aus. Sie sah, wie Matts Augenbraue nach oben schnellte. Er nickte ihr zu. Sie erwiderte seinen Gruß, und bevor er noch etwas machen konnte, stürmte sie aus dem Café nach draußen, wo Carolin bereits mit Max auf sie wartete.

Dezember

9. Kapitel

Es war vier Tage bis Heiligabend. Taylor liebte diese Zeit des Jahres. Wo man hinsah, hingen Lichterketten in den Fenstern und verwandelten die Häuser in magische Orte. Der Duft von Weihnachten legte sich wie ein Parfum über die ganze Stadt. Trotz der Kälte, die überall herrschte, standen an jeder Straßenecke Chöre, die Weihnachtslieder sangen und Geld für einen guten Zweck sammelten. Die meisten Menschen waren in Spendierlaune, schließlich wollte jeder das Weihnachtsfest mit gutem Gewissen verbringen und so fielen die Münzen klingelnd durch die Schlitze der Blechbüchsen. Die voll besetzten roten Doppeldeckerbusse fuhren schnaufend vor Last durch die Straßen. Weihnachtsbaumverkäufer am Parkeingang warfen Rufe über die Köpfe der Menschen hinweg und priesen ihre Ware an. Es herrschte eine ausgelassene Stimmung.

In den letzten Tagen war Taylor nach Feierabend damit beschäftigt gewesen, die Geschenke für Weihnachten einzukaufen.

Für Olive hatte sie einen wunderschönen in Leder eingebundenen Filofax erstanden. Eigentlich völlig überholt in einer Zeit, in der es Smartphones gab, aber Olive war altmodisch, was ihre Terminplanung anbelangte. Das braun glänzende Leder mit der leichten Struktur war Taylor sofort ins Auge gesprungen. Olive würde begeistert sein.

Für Holly hatte sie sich etwas ganz Besonderes ausgedacht - eine lange Kette aus pinken Korallperlen im angesagten Boheme-Stil, an der ein goldenen Anhänger und eine graue Quaste baumelten. Die Farbe passte perfekt zu den zarten Pastelltönen, die Holly diesen Winter trug und die als absolutes Must-have galten.

Emily war am schwierigsten zu beschenken gewesen. Durch ihren Job als Flugbegleiterin brachte sie von überall aus der Welt kleine Andenken mit und war modisch gesehen immer auf dem neusten Stand. In einem kleinen Laden gleich um die Ecke hatte sie schließlich etwas Passendes gefunden für Emily – ein marokkanisches Windlicht, das wunderbar in Emilys Zimmer passen würde.

Natürlich hatte sie auch eine Kleinigkeit für die Kinder besorgt. Will würde ein Laserschwert aus einem der Star-Wars-Filme bekommen. Für Stella hatte sie einen wunderschönen Feenstab gekauft, der kleine Funken sprühte, wenn man ihn bewegte.

Das Golfbag für ihren Dad und der Gutschein für Mums Wellnesswochenende zusammen mit ihren Töchtern lagen bei Carolin.

Selbst für Rosie hatte sie eine Kleinigkeit erstanden – eine wunderschöne neue Kochschürze aus weißem Stoff, die mit Cupcakes bedruckt war. Sie hatte im Laufe der letzten Wochen herausgefunden, dass Rosie eine Schwäche für die zuckersüßen bunten Kuchen hatte.

Heute war der letzte Tag bei den Johnsons, bevor diese in die Weihnachtsferien nach Haworth fuhren, um dort die Ferien im Cottage der Familie zu verbringen. Stella und Will waren schon völlig aus dem Häuschen bei dem Gedanken, ihren Dad eine Woche lang ganz für sich zu haben. Selbst Will, der normalerweise selten seine Begeisterung für etwas offen zeigte, redete über nichts anderes mehr. Wenn sie den Geschichten der Kinder Glauben schenken konnte, musste es sich bei dem Cottage um einen geradezu magischen Ort handeln. Mrs Whitworth würde die Familie begleiten.

Zum Abschied am heutigen Tag hatte sie sich etwas Besonderes für Will und Stella ausgedacht. Die Vorbereitungen hatte sie bereits am Vortag getroffen und Rosie in ihre Pläne eingeweiht. Rosie war von ihrer Idee begeistert gewesen und hatte ihr sofort ihre Hilfe angeboten.

Nun saßen sie zusammen mit den Kindern in der Küche. Rosie hatte für die Kinder einen heißen Kakao gemacht und als kleine Zugabe ein paar Marshmallows darübergestreut, die nun in der Hitze zu einer süßen klebrigen Masse schmolzen. Für sich und Taylor hatte sie einen starken Kaffee aufgebrüht, der nun dampfend in Bechern vor ihnen auf dem Küchentisch stand. Im Hintergrund liefen leise Weihnachtslieder aus dem Radio. Es herrschte eine friedliche Stimmung und die Kinder tranken glücklich mit roten Gesichtern und glänzenden Augen den süßen Kakao.

„Will, Stella“, sagte sie feierlich und stellte ihren Kaffeebecher zurück auf den Tisch. Die Kinder sahen sie mit schokoladeverschmierten Mündern an. „Ich habe eine ganz besondere Überraschung für euch.“

„Was denn?“ Stella rutschte aufgeregt auf ihrem Stuhl hin und her. Will gab ihr einen Stups.

„Wie ihr vielleicht nicht wisst, sind Santa Claus und ich ziemlich gute Freunde“, fuhr sie fort.

Wills Kinnlade klappte nach unten. Sie grinste. „Als ich ihn gestern getroffen habe …“

„Du hast den Santa Claus gesehen?“, rief Will.

„Ich habe ihn nicht nur gesehen, ich habe sogar mit ihm gesprochen“, antwortete sie mit ernster Miene. Rosie zwinkerte ihr zu. „Und er hat mich um Hilfe gebeten!“

„Wow!“ Will war begeistert aufgesprungen. Stella schnappte nach Luft.

„Er hat mir etwas für euch mitgegeben.“ Sie bückte sich und holte die Mützen aus ihrer Tasche, die sie zuvor unter den Tisch geschoben hatte, sodass die Kinder sie nicht gleich entdeckt hatten.

„Mützen?“, fragte Will entgeistert.

Taylor nickte. „Allerdings! Aber das sind natürlich keine gewöhnlichen Mützen.“ Sie senkte ihre Stimme. „Das sind die Mützen der Backelfen.“ Sie deutete mit dem Zeigefinger auf das rot-goldene Emblem, das sie draufgemalt hatte. „Hier, das ist das weihnachtliche Siegel!“

„Der Backelfen!“ Stellas Augen weiteten sich.

„Genau. Leider sind zwei seiner Backelfen krank geworden, und Santa wollte euch nun fragen, ob ihr ihm helfen würdet, Kekse zu backen.“

„Nicht dein Ernst!“, raunte Will ehrfürchtig.

„Doch. Hier …“ Sie reichte ihm die größere der beiden Mützen. Die kleine setzte sie Stella auf. Sie passten perfekt. „Rosie, die uns ebenfalls unterstützt, war fleißig einkaufen und hat alles besorgt, was ihr der Weihnachtsmann aufgeschrieben hat.“

Rosie nickte mit verschwörerischer Miene und zog einen Bogen Papier hinter ihrem Rücken hervor, den sie am Abend zuvor fein säuberlich mit geschwungener Schrift bemalt hatte.

„Woa!“ Will war völlig aus dem Häuschen. Seine Wangen glühten und seine Augen leuchteten. Taylor lächelte. Es war schön, den kleinen Jungen so voller Begeisterung zu sehen.

„Und? Seid ihr dabei? Es wird ein gutes Stück Arbeit werden.“

„Jaaaaa!“, riefen die Kinder wie aus einem Munde.

„Gut!“ Taylor nickte zufrieden. „Dann lasst uns anfangen. Rosie, die Rührschüssel bitte.“ Sie schnippte mit den Fingern.

Knapp drei Stunden, vier Becher Kaffee und zwei Kakaos später waren sie fertig. Erschöpft ließ sich Taylor auf den Stuhl fallen. Vor ihr auf dem Küchentisch lagen Berge von fertigen Keksen, überzogen mit glänzendem Zuckerguss und Schokolade. Der Duft von Zimt, Koriander und Vanille war allgegenwärtig und schien jede Pore zu durchdringen. Die Kinder selbst sahen aus, als wären sie kopfüber in die Mehlsack gefallen. Wills Wangen, das T-Shirt, die Hose und selbst die Haare waren weiß gesprenkelt vom Mehl. Stella sah auch nicht besser aus, ihre kleine Stupsnase war weiß und sie musste niesen.

Sogar Rosie, die immer korrekt gekleidet war, hatte Mehl auf ihrer Kleidung und im Gesicht, was zweifellos von der kleinen Mehlschlacht stammte, die sie sich mit den Kindern geliefert hatte.

„In der Weihnachtsbäckerei, gibt's so manche Leckerei …", schmetterte Will gerade aus vollem Hals mit, als die Tür der Küche aufgerissen wurde. Matt stand in der Tür. Er trug einen grauen Anzug und hatte sich seine Aktentasche unter den Arm geklemmt. Sein Blick wanderte durch den Raum und blieb schließlich an Taylor hängen, die auf dem Stuhl saß. Mit ihren weiß gezuckerten Haaren, den roten Wangen und den glänzenden Augen sah sie absolut hinreißend aus.

„Daddy!" Stella rannte zu ihrem Vater. „Schau mal! Will und ich sind Gehilfen des Weihnachtsmanns und haben ihm geholfen, weil zwei Elfen krank geworden sind …", sprudelte sie hervor und klammerte ihre Arme um Matts Hals. Taylor konnte sich ein Lachen kaum verkneifen. Matts Mundwinkel zuckten ebenfalls verdächtig. „… und Taylor und Rosie haben uns dabei geholfen." Die Kleine strahlte über das ganze Gesicht.

Matts Blick fiel erneut auf sie. Sofort spürte sie das Kribbeln im Bauch, das sie immer bekam, wenn sie in Matts Nähe war. „Haben Sie sich das ausgedacht?" Der vorwurfsvolle Ton in seiner Stimme weckte sofort die Rebellin in ihr. *Dieser unsensible Klotz von Mann war dabei, ihre Überraschung kaputtzumachen.*

Taylor schüttelte energisch den Kopf. „Nein, der Weihnachtsmann persönlich hat mir den Auftrag gegeben." Sie betete, dass er wenigstens ein Mal seine Klappe halten würde.

Matt kratzte sich am Kopf. „Na, wenn es ein Auftrag vom Weihnachtsmann persönlich war, kann man wohl kaum Nein sagen!"

Erleichtert atmete sie aus.

„Dad, magst du mal probieren. Die hier habe ich gebacken." Will reichte seinem Vater stolz einen der Schokoladenkekse.

„Und ich habe die Schokolade drauf gepinselt“, krähte Stella dazwischen.

Matt nahm einen Bissen unter den wachsamen Augen von Will und Stella.

„Ich muss sagen, das ist der leckerste Keks, den ich jemals gegessen habe“, sagte er kauend. „Ich wusste gar nicht, dass ihr so gut backen könnt“, fügte Matt anerkennend hinzu. „Ich dachte immer, Rosie wäre unsere Backkönigin, aber jetzt …“ Er schenkte Rosie ein entschuldigendes Lächeln. Sofort ergoss sich eine flammende Röte über Rosies Gesicht.

„Ja, und sie haben sich noch dazu sehr geschickt angestellt.“ Taylor zwinkerte ihren beiden Schützlingen zu, die vor Glück strahlten.

„Sehr schön.“ Seine wunderschönen Augen hafteten auf ihr. Es kostete Taylor ihre ganze Kraft, seinem Blick standzuhalten. Was war nur los mit ihr? Dieser Mann hatte sie bis auf die Zehenspitzen gedemütigt. Trotzdem verspürte sie den unbändigen Drang, ihn zu küssen. Sie schluckte trocken.

Matt durchbrach die Stille zwischen ihnen. „Sie sind immer wieder für eine Überraschung gut.“

„Ist das jetzt etwas Gutes oder eher schlecht?“, fragte sie kess.

„Na ja. Zugegebenermaßen hätte ich alles dagegen gewettet, wenn man mir gesagt hätte, dass Sie eine gute Köchin und Bäckerin sind.“

„Und ich hätte nicht gedacht, dass Sie so ein liebender Vater sind“, schoss sie zurück. Im gleichen Moment bereute sie es. Seine Miene verfinsterte sich augenblicklich.

„Von Ihnen als Nanny hätte ich eigentlich erwartet, dass Sie nicht so schnelle und voreilige Schlüsse ziehen, bevor Sie Menschen nicht richtig kennen. Menschenkenntnis ist doch bestimmt die Grundvoraussetzung in Ihrem Beruf.“ Ein augenscheinlicher Seitenhieb gegen sie.

Sie ballte unbewusst die Hände zur Faust.

„Eigentlich bin ich nicht der Typ Mensch, der andere schnell verurteilt, aber manche Menschen benehmen sich einfach so eindeutig, dass sie einem keine andere Wahl lassen“, feuerte sie zurück. „Und was meine Menschenkenntnis anbelangt, lag ich bisher immer richtig.“

In der Küche herrschte Stille. Rosies Augen wanderten die ganze Zeit zwischen Matt und ihr hin und her wie bei einem Pingpong-Match. Selbst die Kinder spürten die Spannung, die im Raum lag, und waren mucksmäuschenstill.

„Jeder kann sich täuschen.“

„Ich nicht!“

„Dann habe ich wohl keine Chance mehr bei Ihnen.“ Er sah ihr direkt ins Gesicht. Ihre Wangen fühlten sich an, als ob jemand einen Bunsenbrenner drauf gerichtet hätte. Ihr Herz raste.

„Das ist doch völlig egal, was ich denke, schließlich sind Sie der Vater der Kinder und somit mein Boss“, presste sie hervor.

„Mir scheint, dass man am Norland College ziemlich strenge Regeln hat.“ Seine Augen schimmerten wie ein Bergkristall.

Taylor nickte mit zusammengepressten Lippen. „Ja, und das ist auch gut so.“

In diesem Moment kam Mrs Whitworth in die Küche gesegelt. Sie trug eines ihrer dunklen Kleider, das ihre schlanke Figur vorteilhaft zur Geltung brachte. Hätte nicht dieser traurige Ausdruck auf ihrem Gesicht gelegen, man hätte Mrs Whitworth glatt als hübsch bezeichnen können.

„Ach du meine Güte! Wie sieht es denn hier aus?“ Miss Whitworth schlug die Hände entsetzt über dem Kopf zusammen.

„Wir sind eine Weihnachtsbäckerei“, trällerte Stella.

„Eher eine Weihnachtsschweinerei.“ Mrs Whitworth deutete auf die Mehlspuren am Boden.

„Machen Sie sich keine Sorgen, Ma'am“, meldete sich Rosie zu Wort. „Sobald die Kinder im Bett sind, räume ich hier auf .“

„Wir räumen hier auf", unterbrach sie Taylor und schenkte Rosie ein Lächeln.

Stella stellte sich mit kindlicher Unschuld vor ihre Tante, einen der Kokosmakronen in der Hand haltend. „Möchtest du auch einen Keks probieren, Tante Milly?"

„Ich muss auf meine Figur achten." Mrs Whitworth spielte nervös an ihrem Blusenknopf.

„Milly, du bist schlank wie eine Gerte." Matt lächelte seine Schwägerin an. „Bitte tu den Kindern den Gefallen."

„Du alter Charmeur." Mrs Whithworth kicherte verlegen wie ein junges Mädchen. Verwundert bemerkte Taylor die zarte Röte auf ihrem Gesicht. Anscheinend war die gute Mrs Whitworth doch nicht so gefühlskalt, wie sie immer tat. Ihr Faible für ihren Schwager war nur allzu offensichtlich.

„Also gut. Welchen Keks würdest du mir empfehlen?" Mrs Whitworth flatterte mit den Augendeckeln.

„Den da!" Will hielt seiner Tante einen mit buntem Zuckerguss überzogenen Keks unter die Nase.

Geziert knabberte Mrs Whitworth daran. „Wirklich ausgezeichnet, Kinder." Sie schluckte betont.

„Matthew, ich würde gerne ein paar Dinge bezüglich unseres Urlaubs mit dir besprechen. Hättest du Lust, mich nach oben zu begleiten?" Mrs Whitworths Mundwinkel wanderten nach oben, was Taylor als den Anflug eines Lächelns deutete.

„Ähm, unser Urlaub?", fragte Matt stirnrunzelnd.

„Aber Darling, die Reise nach Haworth", flötete Mrs Whitworth.

Darling?! Hatte sie etwa eine wichtige Wendung im Verhältnis zwischen den beiden verpasst?

„Ach so", winkte Matt betont gleichgültig ab. „Ja klar."

„Rosie, würden Sie mir und Prof Johnson bitte einen Tee in den Salon bringen?" Der Ton, den Mrs Whitworth anschlug, ließ keine Zweifel zu, dass es sich um eine Anordnung und nicht um eine Bitte handelte.

„Selbstverständlich, Ma'am", sagte Rosie und machte sich an dem Regal zu schaffen.

„Danke für die leckeren Kekse." Matt verabschiedete sich. „Ich finde, der Weihnachtsmann kann stolz auf seine Gehilfen sein." Er gab Will einen zärtlichen Stups auf die Nase. Sein Blick wanderte zu Taylor, die noch immer auf ihrem Stuhl saß. Sofort kribbelten ihre Fingerspitzen.

„Dürfen wir mit nach oben kommen, Dad?", fragte Will.

Matt warf seiner Schwägerin einen fragenden Blick zu.

„Aber ja, obwohl ich glaube, dass euch das Gespräch langweilen wird. Nicht wahr, Matt?",

sagte Mrs Whitworth betont liebenswürdig und hakte sich bei Matt unter.

„Ja, ähm …", räusperte sich Matt verlegen. Sein Blick wanderte erneut zu Taylor.

„Ihr könnt doch Rosie und mich hier nicht alleine lassen", kam sie ihm zu Hilfe. „Wir müssen doch noch aufräumen und die Kekse in die Dosen legen."

„Okay", sagte Will schließlich. Die Enttäuschung war ihm deutlich anzumerken. Der Junge lechzte förmlich nach der Aufmerksamkeit seines Vaters, und es tat Taylor in der Seele weh, wie seine Tante ihn davon abhielt.

Lautlos formte Matt ein „Danke schön". Dann folgte er seiner Schwägerin nach oben.

Nachdem sie die Küche aufgeräumt hatten und Taylor sich von den Kindern verabschiedet hatte, ging sie zu Rosie.

„Das ist für dich." Sie reichte Rosie die rosa verpackte Schachtel mit der Küchenschürze.

Rosie winkte ab. „Ach Taylor, das wäre doch nicht nötig gewesen." Ihre glänzenden Augen straften ihre Worte Lügen.

„Ich weiß, aber ich habe Spaß daran, andere zu beschenken, und als ich das hier gesehen habe, musste ich es dir einfach kaufen." Sie lächelte. „Aber wehe, du machst es vor Weihnachten auf."

„Warte …" Rosie öffnete das kleine Wandregal und zog ein kleines Päckchen hervor. „Und das ist für dich."

„Ach Rosie, wie lieb von dir." Sie gab ihr einen Kuss auf die gerötete Wange.

„Ist wirklich nur eine Kleinigkeit", sagte Rosie bescheiden.

„Hör auf damit. Es geht doch nicht darum, wie groß oder teuer ein Geschenk ist. Alleine, dass du an mich gedacht hast, finde ich schön."

„Ich werde dich vermissen." Rosie senkte ihre Stimme. „Und die Kinder bestimmt auch. Die Armen müssen Weihnachten mit Mrs Whitworth verbringen."

Taylor kicherte leise. „Stimmt, das ist nicht unbedingt das, was ich mir unter einem gemütlichen Weihnachtsfest vorstellen würde. Du hattest übrigens recht mit deiner Vermutung, dass Mrs Whitworth ein Auge auf unseren Professor geworfen hat."

Rosie sah sich verstohlen um. „Ich glaube, dass sie den Professor gerne anstelle ihrer Schwester geheiratet hätte."

„Oh." Taylor schwieg.

„Schließlich war es Mrs Whitworth, die den Professor mit Mrs Whitworth-Johnson bekannt gemacht hat."

Taylor pfiff leise durch die Zähne. „Willst du damit sagen, dass unsere Mrs Whitworth als Erstes ein Auge auf den Professor geworfen hatte?"

Rosie nickte.

Mit einem Mal wurde ihr einiges klar. Das erklärte, warum Mrs Whitworth sich so bereitwillig um die Kinder kümmerte, obwohl sie Kinder laut ihrer eigenen Aussage eigentlich nicht mochte. Deshalb auch ihre anfängliche Ablehnung ihr gegenüber. Mrs Whitworth wollte den Professor für sich haben. Hatte sich Matt deshalb so eigenartig verhalten?

„Und der Professor?", fragte Taylor.

Rosie zuckte mit den Schultern. „Ich glaube nicht, dass der Professor ein Interesse an der Schwester seiner Frau hat. Letztendlich hat er sie damals für Mrs Whitworth-Johnson stehen gelassen."

„Mhm, klingt ganz danach." Sie hängte sich die Tasche über die Schulter. „Na ja, ist ja auch egal. Ist schließlich nicht mein Problem."

„Wirklich?" Rosie sah sie zweifelnd an.

„Wie meinst du das?"

„Ich hatte so den Eindruck, dass zwischen dir und dem Professor etwas läuft."

„So ein Quatsch. Wie kommst du denn darauf?" Sie senkte den Kopf, damit Rosie nicht sah, wie sie errötete.

„So wie ihr euch vorhin angesehen habt, hätte man fast die Funken sprühen gesehen", sagte Rosie sichtlich verlegen. „Und ich kann es dir nicht verdenken. Unser Professor ist schon ein schmuckes Kerlchen."

„Schmuck und sexy vielleicht - aber trotzdem: Nein", sagte sie entschieden. „Der Professor bringt mich mit seiner Art einfach zur Weißglut ..."

„Das habe ich gemerkt." Matt stand plötzlich hinter ihr.

Mit einem Ruck drehte sich Taylor um. „Wie lange stehen Sie schon hier?" Ihr wurde heiß und kalt bei dem Gedanken, dass er Rosies Bemerkung gehört haben könnte.

„Ich habe nur den letzten Satz gehört", sagte er entschuldigend.

„Gut. Man belauscht nämlich nicht das Gespräch von anderen Leuten."

„Ich habe Ihr Gespräch nicht belauscht", wies er ihren Vorwurf zurück. „Ich bin lediglich gekommen, um mich zu verabschieden, aber Sie waren so in Ihr Geplauder vertieft, dass Sie mich nicht gehört haben."

Rosie räusperte sich verlegen.

„Mhm." Taylor schwieg.

Matt drehte sich zu ihr. „Ich wollte Ihnen ein schönes Weihnachtsfest wünschen, bevor Sie gehen." Seine Stimme war weich und einladend.

„Danke, das ist nett von Ihnen", presste Taylor überrascht hervor.

„Ich muss kurz in die Küche …“, entschuldigte sich Rosie und sprintete los, als ob der Teufel hinter ihr her wäre.

Es herrschte verlegene Stille zwischen ihnen.

„Außerdem wollte ich Ihnen sagen, dass ich sehr froh bin, dass wir Sie gefunden haben und Sie sich um Will und Stella kümmern. Wir sind vielleicht nicht immer einer Meinung, aber unter dem Strich gesehen sind Sie das Beste, was Stella und Will in den letzten zwölf Monaten passiert ist. Die beiden scheinen Sie sehr zu mögen.“

„Ich mag die beiden auch.“

Matt nickte. „Wo werden Sie Weihnachten verbringen?“

„Im Haus meiner Eltern zusammen mit meiner Schwester, ihrem Mann und meinem Neffen Max.“ Sie lächelte zaghaft. Es war das erste Mal, seit sie ihn in der Bar getroffen hatte, dass sie sich normal miteinander unterhielten.

„Ich wusste gar nicht, dass Sie eine Schwester haben.

„Sie wissen vieles nicht von mir“, entgegnete sie.

Er verzog das Gesicht. „Da haben Sie recht. Ein Fehler, den es unbedingt zu korrigieren gilt. Als guter Chef sollte man schließlich wissen, was seine Angestellten so tun.“

Mit einem Schlag hatte er die Stimmung kaputtgemacht, indem er sie an ihre Stellung erinnert hatte. „Ich finde, es reicht, wenn Sie wissen, dass ich auf Ihre Kinder aufpasse“, entgegnete sie kühl. Sie schnappte sich ihre Tasche. „Wenn Sie mich jetzt entschuldigen würden, ich muss los, sonst verpasse ich meine Bahn.“

„Ich kann Sie nach Hause fahren bei diesem scheußlichen Wetter.“ Er deutete nach draußen. Es hatte angefangen zu schneien und ein kräftiger Wind trieb die weißen Flocken waagrecht durch die Straßen.

„Nein danke, nicht nötig“, wehrte Taylor ab. Der Gedanke, mit Matt in einem Auto zu sitzen, verursachte ihr Herzrasen.

„Ganz, wie Sie wollen.“ Seine Augen ruhten auf ihr.

„Auf Wiedersehen, Professor Johnson“, verabschiedete sie sich hastig. „Und schöne Weihnachten.“

„Das wünsche ich Ihnen auch."

Sie spürte seine Blicke im Rücken, als sie nach draußen ging, widerstand jedoch der Versuchung, sich umzudrehen.

22. Dezember

10. Kapitel

„Juhu!“, jubelte Taylor und riss den Arm in die Höhe. Leider vergaß sie dabei, dass sie ein Glas in der Hand hielt, und ein Schwall Punsch ergoss sich auf Hollys Jacke. Es war bitterkalt draußen und noch immer schneite es ohne Unterlass. Die weißen Schneeflocken in ihren Haaren sahen aus wie kleine Wattebällchen. Ihre Wangen waren von der Kälte und dem Punsch gerötet. Sie hatte sich einen karamellfarbenen Mantel übergezogen und ihre Füße steckten in braunen Ugg Boots.

„Hey! Pass gefälligst auf! Ich bin direkt hinter dir!“, schimpfte Holly, die ebenfalls ein Glas in der Hand hielt und sich in High Heels wackelig die Leiter hochkämpfte. Mit ihrem Leopardenmantel und den gestylten blonden Locken sah sie aus wie aus einem Modemagazin gesprungen.

„Entschuldigung!“ Taylor kicherte und erklomm das letzte Stück zur Dachterrasse.

„Brrrr, ganz schön kalt, findet ihr nicht?“, rief Emily, die sich hinter Holly die Leiter hochhangelte.

„Ach, stell dich nicht so an“, sagte Olive, die hinter Emily auf der Leiter stand. „Du tust ja gerade so, als ob wir uns mitten am Nordpol befänden. Außerdem haben wir ja diesen wunderbaren Heizpilz, der zwar sinnlos Strom vergeudet, aber irgendwie trotzdem toll ist.“ Sie grinste schief. Taylor knipste den Heizstrahler an, den Holly zu ihrem Einzug beigesteuert hatte. Seitdem waren sie nicht mehr von den Temperaturen abhängig, sondern konnten es sich, wann immer es ihre Zeit zuließ, hier oben gemütlich machen.

Tatsächlich war es ungewöhnlich kalt. Seit heute Morgen schneite es ohne Unterlass und der Schnee hatte sich wie eine weiße Decke über die Dächer von London gelegt.

Der Dachgarten der Portobello-Girls lag geschützt durch die umliegenden Häuser und bot einen geradezu fantastischen Blick über die Dächer von Nothing Hill.

Als sie in das Haus in der Portobello Road eingezogen waren, war die Dachterrasse ein kahler Ort ohne einen Zweck gewesen. Keiner der anderen Mieter nutzte diesen Teil des Hauses, und so hatten Olive, Emily, Cassie und Taylor es sich hier oben gemütlich gemacht.

Olive hatte eine Rattansitzgruppe bei eBay erstanden und in die Ecke gestellt. Cassie hatte eine Markise über die Sitzgruppe gespannt und die unzähligen Lichterketten, die Taylor dazu gekauft hatte, tauchten die Sitzgruppe in ein warmes Licht.

Emily, die für ihren grünen Daumen bekannt war, war für die Bepflanzung zuständig und hatte diverse Topfpflanzen aufgestellt. Sie hatte sogar versucht, eine Palme zu züchten, aber die war letzten Winter beim ersten Schnee jämmerlich eingegangen.

Emily zog die Kiste mit den Getränken und den Keksen nach oben aufs Dach. Der Flaschenzug von der Küche direkt nach oben war Jasons Werk. Nach dem letzten Sommer und einigen Partys hier oben war er es leid gewesen, ständig das schwere Zeug nach oben zu schleppen, und hatte sich kurzerhand diese Konstruktion ausgedacht.

Jason, dachte sie ein wenig wehmütig. Seit ihrer Trennung hatte sie kaum noch an ihn gedacht. Wenn sie nachts die Augen schloss, war es Matts Gesicht, das vor ihr auftauchte und ihr den Schlaf raubte.

„Gott, ist das schön!“ Holly breitete die Arme aus und drehte sich übermütig um die eigene Achse. „Ich kann mich nicht erinnern, dass ich London schon einmal so verschneit gesehen habe.“

Tatsächlich herrschte seit Tagen in ganz England ein Ausnahmezustand und Meteorologen berichteten in den Nachrichten von einem Jahrhundertwinter.

Unter ihnen lagen die Häuser von Notthing Hill. Aus den Schornsteinen stiegen weiße Rauchwolken in den dunklen Nachthimmel. Die Lichter der Häuser warfen ihre goldenen Schatten auf den jungfräulichen Schnee. Eine wohltuende Stille hatte sich mit dem Schnee über der Stadt ausgebreitet. Selbst das allgegenwärtige Rauschen der Autos verlor sich unter der eisigen Puderschicht.

„Wer möchte noch einen Schluck Weihnachtspunsch?“ Emily hob die Thermoskanne in die Höhe.

„Ich!“ Taylor streckte ihr das Glas entgegen.

„Du alte Schnapsdrossel“, sagte Olive. „Aber wenn ihr schon dabei seid, ich nehme auch noch ein Gläschen.“ Sie kicherten.

„Hallo? Und was ist mit mir?“ Holly kam zu ihnen durch den Schnee gestakst.

„Sag mal, hast du keine kalten Füße in den Schuhen?“ Taylor deutete auf Hollys Overknees.

„Wer schön sein will, muss leiden.“ Holly zuckte und hielt Emily ihr Glas unter die Nase.

„Meine Güte, ich stelle es mir wahnsinnig anstrengend vor, immer auf sein Styling achten zu müssen“, kommentierte Olive, deren Füße in praktischen Hunter-Stiefeln steckten. Olive sah in ihrem grünen Fellparka aus, als wollte sie jeden Moment zu einer Jagd in die Highlands aufbrechen. Ihre kurzen blonden Haare hatte sie unter eine dicke Strickmütze geschoben.

„Ach, daran gewöhnt man sich schnell“, sagte Holly leichthin.

„Weißt du, ich habe mich schon oft gefragt, warum du keinen Modeblog aufmachst. Ich bin mir sicher, dass du innerhalb kürzester Zeit Erfolg damit hättest, so wie du aussiehst. Außerdem sitzt du als Moderedakteurin an der Quelle“, sagte Olive und nahm einen Schluck Punsch.

„Ehrlich gesagt bin ich bisher überhaupt nicht auf die Idee gekommen. Ihr wisst doch, wie ungeschickt ich mit Computern bin. Ich wüsste noch nicht einmal, wie ich einen Blog einrichten sollte.“ Holly hatte tatsächlich zwei linke

Hände, wenn es um Technik ging. Allein durch ihre bloße Anwesenheit schienen Computer plötzlich ihren Geist auszugeben. Erst letzte Woche hatte sie die gesamte IT-Abteilung ihres Telefonanbieters bei einem Besuch lahmgelegt.

„Dabei kann ich dir helfen“, sagte Emily, für die das Benutzen eines Computers ebenso alltäglich war wie das Zähneputzen. „Mensch, Holly, das wäre doch eine super Sache und du könntest dich modetechnisch so richtig austoben.“

„Mhm, warum eigentlich nicht.“ Holly kratzte sich äußerst undamenhaft am Hinterkopf.

„Warte.“ Taylor zog ihr Handy aus der Jackentasche. „Dann fangen wir gleich mal an und machen ein Foto von deinem heutigen Outfit.“

„Nein, meine Haare sehen aus wie ein Krähennest und ich habe einen Glimmer“, protestierte Holly.

„Blödsinn, du siehst fantastisch aus. Wie eine Schneekönigin“, widersprach Olive.

„Und deinen leichten Silberblick finden Männer sexy!“ Taylor drückte auf den Auslöser.

„Silberblick“, kreischte Holly und fing an, hektisch an ihren Haaren zu zupfen. „Ich habe keinen Silberblick!“

Taylor grinste diebisch und betätigte erneut den Auslöser.

„Du Verräterin“, kreischte Holly.

„Das siehst du völlig falsch. Ich mache dich berühmt!“ Sie kicherte mit einem Blick auf das Display. „Du siehst aus wie eine von den Desperate Housewives.“

„Aber wir müssen auch ein Gruppenfoto machen“, sagte Olive und hakte sich bei Holly ein. „Neben dir sehe ich zwar aus wie eine Dorfpomeranze, aber ich bin ja auch nur eine unbedeutende Radiomoderatorin.“

„Na, nun mal nicht tiefstapeln. Ich habe gerade in der Zeitung gelesen, dass sich deine Sendung zu einer der beliebtesten in England entwickelt“, bemerkte Taylor trocken.

„Wirklich?“ Emily sah erstaunt zu Olive.

„Na ja, es läuft ganz gut, sagen wir so.“

„Das ist ja unglaublich!“, prustete Emily überrascht. „Warum erzählst du das nicht. Oh Gott, ich wohne mit einer Berühmtheit zusammen.“

„So, genug gequatscht“, unterbrach Taylor sie. „Mir friert langsam der Finger am Auslöser ein. Stellt euch lieber zusammen.“ Sie quetschte sich zwischen Holly und Olive und hielt die Kamera weit von sich weg. „Und lächeln!“

Es klickte.

„Lass mal sehen“, bat Emily.

Taylor hielt ihr das Display unter die Nase.

„Cool!“, rief Olive. „Das sieht aus, als ob wir uns in den Bergen auf einer Skihütte befinden würden.“

„Ich sehe aus wie der Weihnachtsmann“, sagte Emily und schüttelte den Kopf, sodass die weißen Flocken, die sich wie eine Haube darauf gelegt hatten, zu allen Seiten davon stoben.

„Hey.“ Taylor sprang einen Schritt zur Seite.

„Du bist wohl aus Zucker?!“ Olive lachte.

„Ich aus Zucker?!“ Taylor steckte das Handy in die Tasche. „Ich werde dir zeigen, wer hier aus Zucker ist.“ Ehe Olive wusste, wie ihr geschah, hatte ihr Taylor einen Schneeball an den Kopf geworfen.

„Na warte, das gibt Rache“, johlte Olive und warf einen Schneeball nach Taylor. Platsch! Die Kugel zerplatzte genau auf Taylors Kopf und kalter Schnee rieselte ihr in den Kragen.

„Treffer!“, jubelte Olive lachend und riss die Arme in die Luft.

„Ahhh!“ Taylor schüttelte sich heftig, damit der Schnee durchfiel. Kalte Tropfen liefen ihr über die warme Haut am Rücken. Sie griff mit beiden Händen in den Schnee, als sie ein weiterer Schneeball traf, diesmal war es Emily, die ihn geworfen hatte.

„Okay, das bedeutet Krieg!“ Taylor warf einen Schneeball auf Emily, die in Deckung ging. Der Schneeball verfehlte sein Ziel und traf Holly mitten auf der Brust.

Innerhalb von Minuten war eine wilde Schneeballschlacht im Gange.

„Ich gebe auf!“, keuchte Emily und ließ sich in den Schnee fallen. Taylor war über sie gebeugt und hatte einen Haufen Schnee in der Hand.

„Ha!“ Zufrieden ließ Taylor die Hand sinken.

„Ich habe eine Idee“, rief Olive, die ebenfalls von oben bis unten mit Schnee bedeckt war. Ihre Mütze hatte sie im Eifer des Gefechts verloren und in den Haaren hingen dicke Schneeklumpen. „Was haltet ihr davon, wenn wir einen Schneemann bauen?!“

„Coole Idee“, sagte Taylor und sprang auf.

„Au ja!“, jubelten Holly und Emily gleichzeitig.

Keine zehn Minuten später hatten sie einen beachtlichen Schneemann gebaut.

„Olive, wo ist deine Mütze?“, fragte Taylor. Ihre blauen Augen leuchteten im Schein der Lichter.

„Warte!“ Olive stürzte sich in den Schnee. „Hier!“ Triumphierend hob sie die Mütze hoch.

„Prima!“ Zufrieden betrachteten sie ihr Werk.

„Und das ist die Nase.“ Emily drückte einen Sektkorken in das Schneegesicht. „Lag noch von unserem Mittsommerfest hier oben.“ Sie grinste. Das Mittsommerfest war eine legendäre Party gewesen, die sich spontan ergeben hatte und bei der sie bis zum frühen Morgen auf dem Dach getanzt hatten.

„Auf unseren neuen Traummann!“, sagte Taylor und hob ihr Glas.

„Auf Mr Frost.“ Olive kicherte und hob ebenfalls ihr Glas.

„Auf dass wir alle unseren Mr Frost finden“, fügte Holly hinzu.

„Auf den Traummann!“ Emily setzte den Becher an die Lippen.

„Und jetzt noch ein Erinnerungsfoto“, sagte Taylor und dirigierte Emily, Holly und Olive zum Schneemann.

Klick. Klick. Klick.

Gerade als sie noch ein Foto machen wollte, klingelte wie aus heiterem Himmel das Handy.

Verdutzt schaute Taylor auf das Display. Eine unbekannte Nummer. Eigenartig! Es war kurz nach acht.

„Wer kann das sein?“ Sie runzelte die Stirn.

„Wenn du noch lange wartest, wirst du es niemals erfahren“, bemerkte Olive trocken.

„Taylor Young“, nahm sie das Gespräch an.

„Taylor.“ Es war Matts Stimme. Er räusperte sich, als ihm bewusst wurde, dass er sie mit ihrem Vornamen angesprochen hatte. „Ähm, Miss Young. Gott sei Dank, dass ich Sie noch erreiche.“

Olive, Holly und Emily sahen sie fragend an. Taylor zuckte mit den Achseln.

„Professor Johnson, was verschafft mir die Ehre um diese Uhrzeit?“ Sie kicherte albern. „Sie haben wohl Sehnsucht nach mir?“

„Was?“ Er klang verärgert. „Ähm, nein. Das ist nicht der Grund meines Anrufs.“

„Ups.“ Sie ließ sich auf das kalte Polster des Sessels fallen.

„Ich habe ein Problem.“

„Hoffentlich nichts Schlimmes?“ Ihr Herz schlug bis zum Hals. Instinktiv hielt sie die Luft an. Sie tauschte verwunderte Blicke mit Olive. „Ist mit den Kindern alles in Ordnung?“ Olive setzte sich mit besorgter Miene neben sie.

„Die Kinder sind gesund und munter. Es geht um meine Schwägerin. Sie ist ausgerutscht und hat sich das Bein gebrochen. Wir mussten sie ins Krankenhaus fahren …“ Taylor atmete erleichtert aus. Gott sei Dank war den Kindern nichts passiert. Taylor hob den Daumen hoch, um ihren Freundinnen zu signalisieren, dass alles in Ordnung war. Sie fragte sich allerdings, warum Matt sie anrief. „Die Ärzte müssen das Bein operieren.“ Er machte eine Pause.

„Das tut mir leid“, sagte sie aufrichtig. Mit einem Schlag war sie nüchtern.

„Ja, aber deshalb rufe ich nicht an." Sie hörte eine leichte Unsicherheit in seiner Stimme.

„Weshalb dann?" Olive schnitt eine Grimasse und Taylor konnte nur mit Mühe ein hysterisches Kichern unterdrücken.

„Ich brauche Sie hier."

„Was? Wozu?", hauchte sie verheißungsvoll.

„Hier in Haworth bei den Kindern."

„Ach. Aber … aber warum?", stotterte sie überrascht.

„Das Krankenhaus liegt ziemlich weit vom Cottage entfernt und ich kann die Kinder nicht alleine lassen. Bitte, könnten Sie für ein paar Tage nach Haworth kommen, bis das Schlimmste überstanden ist, und mir mit den Kindern behilflich sein?"

„Gibt es nicht jemand anderen, den Sie fragen könnten?", ließ sie ihn zappeln.

„Nein, sonst hätte ich sie bestimmt nicht angerufen." Sie wusste, wie viel Überwindung es ihn gekostet hatte, sie um diesen Gefallen zu bitten.

„Wann hatten Sie denn gedacht, dass ich komme?"

„Sobald wie möglich", kam es ohne Zögern.

Sie schwieg. In ihrem Kopf wirbelten die Gedanken. Haworth lag in West Yorkshire und war ein gutes Stück von London entfernt. Bei diesen Wetterbedingungen, die im Moment herrschten, würde die Fahrt mit Sicherheit fünf Stunden dauern. Sie hatte den Mini zwar mit Winterreifen ausrüsten lassen, aber angenehm würde es auf keinen Fall werden, sich bei Eis und Schnee über die Landstraßen zu quälen.

„Ich weiß, das ist viel verlangt … zumal Weihnachten ist, aber ich würde Ihnen den doppelten Lohn auszahlen." Er klang verzweifelt. Im Hintergrund hörte sie Stellas dünnes Stimmchen.

„Ich weiß nicht …" Sie zögerte. Sie deckte den Hörer mit der Hand ab. „Er will, dass ich nach Haworth fahre", flüsterte sie ihren Freundinnen zu.

„Haworth?" Olive runzelte die Stirn. „Ist das nicht dieses Kaff, in dem die Brontë-Schwestern gelebt haben?"

Taylor nickte mit zusammengepressten Lippen.
„Bei diesem Scheißwetter?“, rief Holly entsetzt.
Taylor spielte mit einer Haarlocke zwischen den Fingern.
„Heute ist es schon zu spät.“ Emily schüttelte den Kopf. „Und außerdem hast du Punsch getrunken. Du kannst jetzt nicht fahren.“
Taylor überlegte. Sie hatte das Glas Punsch, das ihr Emily eingeschenkt hatte, nicht angerührt und die Wirkung des ersten Glases war bereits verschwunden. Bis sie alles so weit fertig gepackt hatte und abfahrbereit war, würde noch locker eine Stunde vergehen. Sie musste ohnehin vorsichtig fahren.
Entschlossen nahm sie den Hörer wieder an ihr Ohr. „Einverstanden! Aber ich fahre heute noch los. Ich schätze, ich bin nicht vor drei Uhr bei Ihnen.“
„Was!“, schrien Holly, Emily und Olive wie aus einem Munde auf.
Taylor deutete ihnen an, ruhig zu sein.
„Gott sei Dank.“ Er atmete erleichtert aus. „Ich hatte schon Angst, Sie könnten Nein sagen.“
„Ich war ehrlich gesagt auch kurz davor“, gestand sie ihm. Emily tippte sich mit dem Zeigefinger gegen die Stirn und Olive rollte mit den Augen. „Ich tue das für die Kinder - nicht für Sie“, fügte sie noch hinzu.
„Danke, ich weiß Ihre Hilfe zu schätzen. Aber Sie sollten sich lieber erst morgen ins Auto setzen. Das Wetter ist ziemlich übel hier draußen und es schneit ohne Unterlass“, bat er sie.
Es rührte sie, dass er sich um sie sorgte. „Nein, wenn, dann jetzt, ehe ich es mir anders überlege“, sagte sie entschlossen.
„Gut, das ist Ihre Entscheidung. Ich schicke Ihnen die genaue Adresse per E-Mail.“
„Das wäre hilfreich. Den Rest erledigt mein Navi.“
„Das Cottage liegt ziemlich abgelegen. Ich zweifle, dass das Navi den Weg findet. Ich füge Ihnen eine genaue Wegbeschreibung bei.“
„Einverstanden.“
„Bitte fahren Sie vorsichtig.“ Er klang besorgt.

„Bis später!“ Lächelnd legte sie auf.

„Du willst wirklich nach Yorkshire fahren?“ Emily ließ keinen Zweifel daran, dass sie Taylor für völlig übergeschnappt hielt.

Taylor zuckte mit den Achseln. „Was soll ich machen? Den armen Mann in seinem Elend alleine lassen?!“

„Du bist wirklich zu gut für diese Welt“, sagte Olive. „Und was ist mit deiner Familie?“

„Die rufe ich gleich an. Die werden mich verstehen.“

„Na, ich wäre mir da nicht so sicher“, sagte Olive.

Ihre Mutter würde alles andere als begeistert sein, aber Taylor hoffte inständig, dass wenigstens Carolin Verständnis zeigte und sie verteidigen würde.

„Besondere Situationen erfordern besondere Maßnahmen.“ Taylor stellte ihren Becher zurück in den Korb. Es hatte aufgehört zu schneien. „Zumindest spielt das Wetter mit.“

Emily nickte. „Warte, wir begleiten dich nach unten!“

Taylor nickte und legte den Arm um ihre Freundinnen. „Schade, dabei hat der Abend so gut angefangen.“

11. Kapitel

Sie hatte London bereits vor Stunden hinter sich gelassen. Holpernd fuhr der Mini Cooper über die Landstraße in Richtung Haworth. Aus dem Autoradio plärrte Adele ihren neusten Hit. Das Lied lief schon zum dritten Mal, seit sie losgefahren war. Taylor wurde den Eindruck nicht los, dass sich der Radiomoderator schon lange schlafen gelegt hatte und das Musikprogramm in einer Endlosschleife abspielte.

Ihre Eltern waren alles andere als begeistert gewesen von der Idee, dass ihre Tochter in einer Nacht-und-Nebel-Aktion nach Haworth fuhr und Weihnachten bei einer fremden Familie verbringen würde. Sie hatte sich auf ihr Pflichtbewusstsein als Nanny berufen und darauf, dass zwei süße Kinder sie dringend brauchten, und so ihre Eltern milde gestimmt. Carolin hatte ziemlich enttäuscht geklungen, da sie fest mit Taylors Unterstützung gerechnet hatte. So war Carolin alleine der elterlichen Fürsorge ausgesetzt, was nicht immer von Vorteil war. Taylor schmunzelte bei dem Gedanken.

Es hatte wieder angefangen zu schneien und sie schaltete die Scheibenwischer ein. Quietschend wischten die Gummiblätter über das Glas und schoben den Schnee beiseite. Um sie herum war es stockdunkel. Rechts und links der Straße türmten sich hüfthohe Schneeberge und die Bäume sahen aus wie mit Puderzucker überzogen. Sie war seit knapp einer Stunde keinem anderen Auto mehr begegnet. Warum musste die Familie ausgerechnet ein Cottage in dieser gottverlassenen Gegend kaufen? Sie gähnte herzhaft. Seit einer Stunde kämpfte sie gegen die Müdigkeit und immer wieder fielen ihr die Augen zu.

Sie folgte dem Straßenverlauf nach rechts. Die Kurve war enger, als sie gedacht hatte, das Auto kam ins Schlingern. Taylors Hände krallten sich am Lenkrad fest.

Sie nahm den Fuß vom Gaspedal und der Wagen kam langsam auf der Fahrbahn zum Stehen. Erleichtert atmete sie aus. Sie schüttelte sich, als könnte sie die Müdigkeit abschütten, die an ihr haftete wie Mundgeruch. Der Kaffee, den Olive ihr vorsorglich gekocht hatte, war bereits vor 100 Kilometern ausgegangen.

Entschlossen legte sie die Handbremse ein und stieg aus. Sofort wurde sie von eisiger Kälte empfangen. Sie sog tief die Luft ein, um ihre Lungen mit frischer Luft zu füllen und ihre Lebensgeister zu wecken. Der Wind peitschte ihr ins Gesicht und die Eiskristalle stachen in die zarte Haut wie winzige kleine Nadelstiche. Schützend schlug sie die Arme vor der Brust zusammen und sprang auf der Stelle auf und ab. Innerhalb kürzester Zeit hatte sich eine dünne Schicht von Schneeflocken auf ihren Kopf gelegt.

Sie sah auf die Uhr. Es war zwei Uhr. Bisher war sie gut durchgekommen, und eigentlich hatte sie mit einer Ankunft gegen halb drei gerechnet. Sie sah die Landstraße entlang, wo sich bereits eine dichte Schneedecke auf dem Asphalt gebildet hatte. Der Winterdienst würde die Straße erst im frühen Morgengrauen räumen. So wie es aussah, würde sie länger brauchen.

Seufzend stieg sie zurück ins Auto und ließ den Motor an.

Ihr Handy brummte zornig auf dem Beifahrersitz. Stirnrunzelnd blickte sie auf das Display. Es war Matt.

„Hallo“, meldete sie sich zu Wort.

„Wo stecken Sie?“, blaffte er sie an.

„Ich bin auf der Höhe von …“ Sie suchte die Straße nach einem Hinweisschild ab. Nichts außer Schnee!

„Ich bin vor knapp einer halben Stunde an Bradford vorbeigefahren“, antwortete sie kühl. Was fiel diesem unverschämten Kerl ein? Erst jagte er sie mitten in der Nacht quer durch England, und nun besaß er die Frechheit, sie am Telefon anzuraunzen!

„Dann ist es nicht mehr weit. Sie müssen aufpassen, dass Sie die Abfahrt nicht verpassen.

Bei diesem Sauwetter dürfte die Straße zwischen den Bäumen kaum noch zu erkennen sein", warnte er sie. Sie wusste, dass er es nur gut mit ihr meinte, aber sie war müde und leicht gereizt.

„Ich bin kein Kleinkind. Also machen Sie sich keine Sorgen."

„Ich mache mir keine Sorgen um Sie, ich mache mir Sorgen um meine Nanny", kam es prompt zurück.

Blödmann! Taylor schluckte. Am liebsten hätte sie den Wagen auf der Stelle gewendet und wäre zurückgefahren. Aber letztendlich musste sie sich eingestehen, dass es dafür zu spät und sie zu müde war. Sie würde wohl oder übel die Nacht im Cottage verbringen. Morgen war schließlich auch noch ein Tag; sie schluckte ihren Ärger hinunter.

„Gut, ich fahre dann mal weiter. Wir wollen doch nicht, dass Ihre Nanny zu spät kommt", stichelte sie.

„Rufen Sie mich an, wenn Sie die Abfahrt erreicht haben. Ich komme Ihnen entgegen."

„Nicht nötig!" Sie drückte den Knopf zum Beenden des Gespräches. Wütend schmiss sie das Handy zurück auf den Beifahrersitz und legte den Gang ein. Langsam fuhr der Mini Cooper an.

Die letzte halbe Stunde war die Hölle gewesen. Der Schneefall hatte weiter zugelegt. Mittlerweile konnte sie die Straße kaum noch erkennen und der Scheibenwischer stöhnte quietschend unter der Last. Nur mühsam kam sie voran. Sie hatte die Landstraße bereits verlassen und fuhr über eine einspurige Straße in Richtung Haworth. Gelegentlich tauchte eines der Steinhäuser am Seitenrand auf, die für die Gegend rund um Yorkshire typisch waren. Ansonsten war sie allein unterwegs. Keine Menschenseele, kein Auto weit und breit. Sie kam sich vor wie in einem Endzeitfilm, nur dass sie diesmal die Hauptrolle spielte.

Sie verlangsamte ihr Tempo. Laut Matts Beschreibung musste hier irgendwo die Abzweigung zum Cottage sein. Sie kniff die Augen zusammen, um besser sehen zu können.

Tatsächlich entdeckte sie einen kleinen Weg, der rechts in ein Waldstück führte und zu beiden Seiten von einer hüfthohen Steinmauer begrenzt wurde. Das musste es sein!

Taylor setzte den Blinker und bog langsam auf den schmalen Weg ein. Es war stockduster. Keine Laterne, die den Weg beleuchtete. Selbst der Mond hatte sich hinter den dichten Wolken versteckt. Die Augen fest auf den Weg gerichtet, folgte sie dem schwachen Lichtkegel des Minis.

Rumms! Der Mini donnerte über ein Schlagloch unter der Schneedecke hinweg. Rumms! Erneut machte der Mini einen unschönen Satz. Taylor fluchte. Noch zwei dieser Schlaglöcher und die Stoßdämpfer des Minis würden einen ernsthaften Schaden nehmen, ganz abgesehen von ihren Bandscheiben.

Sie fuhr im Schneckentempo weiter. Endlich verließ der Weg den Wald und sie fuhr einen sanften Hügel hinab. Riesige Schneewehen türmten sich rechts und links des Weges. Der Untergrund des Weges war vereist, und trotz der Winterreifen hatte sie Mühe, die Spur zu halten.

Plötzlich machte der Weg eine Kurve, und ehe Taylor es verhindern konnte, kam der Mini vom Weg ab. Verzweifelt trat sie in die Bremse. Quietschend drehten die Reifen auf dem glatten Untergrund durch und der Mini raste direkt auf eine mannshohe Schneewehe zu.

Taylor schrie laut auf, ehe die Spitze des Minis in den weißen Berg tauchte und der Wagen abrupt zum Stehen kam.

Für einen Moment herrschte absolute Stille. Das Blut rauschte in ihren Ohren und ihr war schwindelig. Der Airbag war nicht aufgegangen. Leicht benommen bewegte sie ihre Arme und Beine und tastete ihr Gesicht mit den Händen nach Blutspuren ab. Sie hatte keine spürbaren Verletzungen und sie konnte kein Blut entdecken. Wie es aussah, hatte sie Glück gehabt und war mit einem Schreck davongekommen. Sie sah aus dem Vorderfenster. Vor ihr befand sich eine riesige Schneewand. Selbst die Tür war durch Schnee blockiert.

Der Motor war ausgegangen. Nur das Licht des Scheinwerfers brannte wie ein Feuer im weißen Schnee.

Taylor drückte den Startknopf für den Motor. Brummend sprang der Wagen an. Gott sei Dank, wenigstens funktionierte der Motor noch. Vorsichtig legte sie den Rückwärtsgang ein. Knirschend drehten sich die Räder über den Schnee, aber nichts passierte. Der Wagen hing fest. Sie versuchte es erneut, diesmal mit mehr Gas! Der Motor heulte laut auf. Jedoch ohne den gewünschten Erfolg. Der Mini bewegte sich keinen Millimeter von der Stelle.

Tränen brannten in ihren Augen. Sie war so ein gottverdammter Narr! Warum hatte sie sich nur auf diese Schnapsidee eingelassen, alleine, nachts im Schneetreiben nach Haworth zu fahren? Sie legte die Hände auf den Lenker und die ersten Tränen kullerten die Wangen herunter, als ein plötzlicher Lichtstrahl sie aufschrecken ließ. In weiter Entfernung kam ein einsamer Lichtpunkt direkt in ihre Richtung gewandert. Sie kurbelte das Fenster herunter und streckte den Kopf nach draußen. Sie legte die Hände wie einen Trichter vor ihren Mund und schrie aus Leibeskräften.

„Hilfe!“

Der Wind trug ihre Stimme durch die Nacht. Sie wartete.

„Taylor!“, kam es schwach zurück. Matt! Er hatte sie gefunden. Hastig wischte sie mit dem Handrücken die verräterischen Spuren weg. Sie drückte die Tür mit Kraft auf. Ungefähr fünfzig Meter entfernt kam eine einsame Gestalt auf sie zu gestapft. Erleichterung durchflutete sie, als sie seine Umrisse erkannte.

„Hier!“ Sie winkte. „Matt! Ich bin hier!“

Knirschend näherten sich Matts Schritte im Schnee im Lichtschein der Taschenlampe.

„Taylor, alles okay?“ Besorgt richtete er die Taschenlampe auf ihr Gesicht. Sie blinzelte geblendet und hielt die Hand zum Schutz vor die Augen. „Ja, aber wenn du die Taschenlampe nicht gleich runternimmst, bin ich allerdings erblindet.“

Er lachte heiser. „Zumindest hast du deinen Humor nicht verloren.“

„Danke. Du weißt gar nicht, wie froh ich bin, dich zu sehen.“

„Was ist passiert?“ Seine Augen glitten über den Mini.

„Ich habe die Kontrolle über den Wagen verloren und bin in der Schneewehe gelandet“, gab sie kleinlaut zu. „Und jetzt kriege ich ihn nicht mehr raus.“

„Aha.“ Nickend begutachtete er den Mini. „Am besten, du setzt dich rein, und wenn ich es sage, gibst du ganz langsam Gas. Einverstanden?“ Seine Stimme wirkte beruhigend auf sie. Erleichtert ließ sie sich auf den Fahrersitz nieder. Matt öffnete die Beifahrertür und positionierte sich im Türrahmen, den Blick nach hinten gerichtet.

Sie legte den Rückwärtsgang ein und drückte vorsichtig mit dem Fuß aufs Gaspedal. Sie sah aus dem Augenwinkel, wie Matt seine Muskeln anspannte und zu schieben begann. Knirschend setzten sich die Räder in Bewegung und eine Minute später war der Mini frei.

Erleichtert trat sie auf die Bremse.

Matt streckte seinen Kopf durch die geöffnete Tür.

„Was hältst du davon, wenn ich das letzte Stück fahre?“ Selbst in der Dunkelheit leuchteten seine Augen ihr hell entgegen.

Sie nickte völlig erschöpft. Ihr war kalt, und erst jetzt, nachdem die Anspannung nachließ, spürte sie die Nachwehen des Schrecks. Ihre Beine fühlten sich an, als wären sie mit Pudding gefüllt, und ihre Hände fingen an, unkontrolliert zu zittern. Matt warf ihr einen Seitenblick zu.

„Du frierst ja.“

„Es geht schon“, antwortete sie schwach. Sie war einem Weinkrampf nahe und völlig übermüdet.

Sie sah, wie Matt an seiner Jacke nestelte.

„Nein, du wirst erfrieren“, protestierte sie, als er ihr die Jacke über die Schultern legte.

„Mach dir keine Sorgen. Ich bin hier aufgewachsen, mir macht die Kälte nichts aus.“

Sie nickte.

„Geht's?“

„Ja, danke.“

Matt legte den Gang ein und fuhr langsam an. Taylor sackte in ihrem Sitz zusammen und starrte aus dem Fenster, wo die unbekannte Landschaft an ihr vorbeiflog. Plötzlich schreckte sie hoch. „Was ist mit den Kindern?“

„Eine gute Freundin ist zu Besuch und passt so lange auf die beiden auf.“ Er lächelte, ohne den Blick von der Straße zu nehmen. „Ganz schön verrückt von dir, so mitten in der Nacht hier aufzutauchen.“ Ohne es zu merken, war er wieder zum „Du“ übergegangen.

Sie war zu müde, um zu protestieren. „Du habst gesagt, es ist ein Notfall und ich bin schließlich Nanny. Eines der Gebote in Norland ist es, dass eine Nanny in allen Lebenslagen für ihre Schützlinge verantwortlich ist.“

„Du nimmst es ziemlich genau mit deinen Norland-Regeln?!“ Es war eine Feststellung, keine Frage.

„Ja, sie schützen mich davor, Fehler zu machen.“ Ebenso vor attraktiven Vätern, fügte sie im Stillen noch hinzu.

Sie schwiegen. Matt lenkte den Mini in eine Rechtskurve. „Da vorne ist es!“ Er deutete geradeaus, wo ein schwacher Lichtschein zu erkennen war.

Trotz der Müdigkeit richtete sie sich auf, um einen besseren Blick zu haben. Die dunklen Umrisse des Cottage tauchten vor ihr auf. Aus dem schiefen Schornstein stiegen weiße Rauchwölkchen in den schwarzen Himmel. Das Dach des Hauses war unter einer glitzernden Schneedecke begraben. Ein verwittertes Holzschild hing quietschend über der Einfahrt.

Owls Nest Cottage, las sie leise.

„Gibt es hier Eulen?“, fragte sie und deutete auf das Schild.

„Wir haben ein paar Schneeeulen, die es sich hier gemütlich gemacht und dem Cottage den Namen gegeben haben.“ Sie fuhren die schmale Einfahrt hoch. Eine Steinmauer verlief entlang des Weges und endete im Vorhof des Cottage.

Matt brachte das Auto im Innenhof zum Stehen. „Da wären wir.“

Neugierig sah sie aus dem Fenster. Das Cottage war aus Stein gebaut und zwischen dem Schnee blitzte das braune Reet des Daches hervor. Altes Fachwerk blitzte dunkel zwischen dem Mauerwerk durch. Riesige Rosenbüsche rankten entlang der Fassade.

Sie stiegen aus. Matt machte sich am Kofferraum zu schaffen.

„Meine Güte, hast du Backsteine reingepackt?“, ächzte er.

„Es ging so schnell. Ich habe einfach alles reingeworfen, was in meinem Kleiderschrank hing.“

Er schwieg, aber sie sah, wie seine Mundwinkel belustigt zuckten. Sie folgte ihm zum Eingang des Hauses. In einem Nebel aus Müdigkeit registrierte sie die wundervollen Schnitzereien entlang der Tür und das altmodische Schloss davor. Goldenes Licht fiel durch die Fenster auf den Schnee. Das Cottage sah aus wie ein verwunschenes Schlösschen inmitten einer unwirklichen Schneelandschaft.

Als sie eintrat, wurde sie von einer herrlichen Wärme und dem Duft von brennendem Kaminholz empfangen. Erleichtert zog sie Matts Jacke aus und reichte sie ihm.

„Vielen Dank.“

Er schenkte ihr ein Lächeln, mit dem er Steine zum Erweichen bringen konnte. In diesem Fall waren es ihre Knie, die nachgaben, und es hätte nicht viel gefehlt und sie wäre umgefallen.

„Woa!“ Mit einem Satz war er bei ihr und starke Arme hielten sie fest. „Ich schätze, es ist das Beste, wenn ich dich erst einmal aufs Sofa packe und dir einen Tee mache.“

Sie nickte schwach, und ehe sie protestieren konnte, hatte er sie auf den Arm genommen und trug sie den schmalen Flur entlang ins Wohnzimmer. Sie kuschelte ihren Kopf gegen seine Brust und sog seinen männlichen Duft ein.

Blinzelnd betrachtete sie die ungewohnte Umgebung. Die Wände waren aus naturbelassenem hellem, grobem Stein gebaut und entlang der weiß getünchten Decke verliefen die dunklen Stützbalken des Fachwerks.

Der honigfarbene Holzboden war mit Teppichen bedeckt. Das helle, mit bunten Kissen übersäte Sofa stand direkt vor dem großen Fenster, dessen Blümchenvorhänge zugezogen waren, um die Bewohner vor neugierigen Blicken zu schützen. Die Sitzecke wurde durch zwei Ohrensessel im Laura-Ashley-Stil und einem ausladenden Couchtisch ergänzt. Ein riesiger Kamin, in dem ein munteres Feuer flackerte, war in die Wand eingelassen.

Gemälde der wunderschönen wilden Landschaft hingen an den Wänden und unterstrichen den gemütlichen Landhausstil. Alles war geschmackvoll aufeinander abgestimmt und sie fühlte sich auf der Stelle wohl an diesem Ort. Herrschte in dem Haus in Kensington kühle Eleganz, so wurde das Cottage seinem Namen gerecht. Tatsächlich kam sie sich vor wie in einem warmen Nest.

Sanft entließ sie Matt aus seinen Armen. Mit einem Seufzer des Bedauerns ließ sie sich auf das weiche Sofa fallen und wurde sofort von einer Wolke aus Kissen umschlossen. *Herrlich!*

„Warte, ich helfe dir kurz“, sagte Matt und öffnete die Knöpfe ihres Mantels. Sie war zu erschöpft, um sich zu wehren, und so ließ sie es zu, als er sich vor sie auf den Boden kniete und ihr die nassen Stiefel auszog. Verstohlen betrachtete sie sein Gesicht. Er sah ebenfalls müde aus. Dunkle Schatten lagen unter seinen Augen wie gemalt und eine tiefe Falte hatte sich zwischen seinen Augenbrauen eingegraben. In seinen dunklen Haaren glänzten feuchte Tropfen. Er sah einfach unglaublich gut aus. Sie schluckte trocken. Ein unbeschreibliches Verlangen, ihre Arme um seinen Hals zu schlingen und ihn zu küssen, wallte in ihr auf. Was war nur los mit ihr? *Küsse niemals deinen Boss!* Wie oft hatte ihnen die Leiterin der Akademie diesen Spruch eingebläut, und nun lag sie hier auf seinem Sofa, in seinem Landhaus und errötete wie ein Backfisch, während er ihr ihre Sachen auszog. Es war einfach lächerlich!

„Möchtest du einen Tee?“ Er sah sie besorgt an.

„Kaffee wäre mir lieber." Sie lächelte schwach. „Nur wenn es keine Umstände bereitet."

„Gib mir fünf Minuten", bat er sie und breitete eine Decke über sie aus.

„Danke." Sie nickte und ließ den Kopf auf die Kissen fallen.

„Kein Problem." Sie sah Matt hinterher, wie er im Flur verschwand.

Müde sah sie ins Feuer. Ihr Gesicht glühte und langsam kroch die Wärme in ihre steifen Glieder. Träge streckte sie sich wie eine schläfrige Katze.

Nur einen Moment die Augen schließen, war das Letzte, was sie dachte, dann war sie eingeschlafen.

23. Dezember

12. Kapitel

„Meinst du, sie ist tot?", piepste eine Kinderstimme.

„Sieht tot aus", eine zweite. „Warte, ich weiß, wie man das testen kann."

Dann – ohne Vorwarnung zog jemand unsanft ihr Augenlid nach oben.

„Hey." Mit einem Ruck öffnete Taylor die Augen. Wills große dunkle Augen sahen sie erschreckt an.

„Sie lebt", jubelte Stella im Hintergrund.

Grunzend richtete sie sich auf. Sie war total durcheinander. *Wo war sie?* Hilflos und noch ein wenig desorientiert sah sie sich um. Jemand (Matt?) hatte sie in das Schlafzimmer gebracht. Die Wände des kleinen Raums waren hell verputzt, dazwischen verliefen die hellbraunen Balken des Fachwerks. Der Schräge der Decke nach zu urteilen, befand sich das Zimmer im Dachgeschoss des Hauses. Links von ihrem Bett war ein Kamin, in dem ein Feuer brannte, das dem Raum seine mollige Wärme schenkte. Bilderrahmen standen aufgereiht auf dem Kaminsims. Der Boden war mit flauschigen Teppichen bedeckt.

In dem Zimmer herrschte eine behagliche Atmosphäre. Ihr Blick glitt nach unten. Im gleichen Moment stellte sie erschreckt fest, dass sie bis auf ihre Unterhose und den BH nichts anhatte. Der Gedanke, dass Matt sie ausgezogen und halb nackt gesehen hatte, ließ sie auf der Stelle erröten. Sie würde ein Wörtchen mit ihrem Arbeitgeber reden müssen!

Stella kicherte leise.

„Hey, ihr beiden", begrüßte sie ihre Schützlinge, die am Bettrand standen und sie mit großen erwartungsvollen Augen musterten.

„Taylor!“ Mit einem Satz sprang Stella zu ihr ins Bett und kuschelte sich an ihre geliebte Nanny.

Sanft streichelte ihr Taylor über das lockige Haar. „Na, Sternchen, das nenne ich mal eine Überraschung!“

„Dad hat gesagt, du bist mitten in der Nacht gekommen“, hörte sie Will sagen.

„Ja, das ich richtig. Euer Dad hat mich angerufen und mir von Tante Millys Unfall erzählt und dass er meine Hilfe braucht“, erklärte sie geduldig. Sie klopfte auf die Bettkante. „Komm, setz dich zu uns“, forderte sie Will auf.

Zögerlich setzte er sich und schob seine Hand unter Taylors.

„Ich freue mich jedenfalls, dass ich hier bei euch bin“, sagte sie.

„Ich mich auch“, murmelte Stella.

„Wo ist denn euer Vater?“ Sie sah sich um, als könnte er sich hinter dem Schrank versteckt haben.

„Ins Krankenhaus gefahren. Er hat gesagt, wir sollen dich nicht wecken, weil du so müde bist!“ Will grinste.

„Na, das hat ja prima geklappt.“ Sie lachte fröhlich. Ihr Magen knurrte lautstark. „Ich glaube, ich brauche ein Frühstück. Wie ist es mit euch? Habt ihr schon gegessen?“

„Ja, Tante Cecilia hat uns Pancakes gemacht“, sagte Will mit schelmischem Grinsen.

„So, so. Und wo ist Tante Cecilia jetzt?“

„Unten in der Küche. Sie hat gesagt, sie will warten, bis du aufwachst“, erklärte Will.

„Wie spät ist es eigentlich?“

„Kurz vor zehn!“

„Meine Güte, schon so spät? Na, dann will ich mich mal beeilen. Wo finde ich das Badezimmer?“ Ihre Augen glitten unruhig durch den Raum.

„Dahinten!“ Stella deutete auf die kleine Tür gleich neben dem Kamin.

„Gut. Dann geht schon mal nach unten und sagt eurer Tante, dass ich mich beeile.“ Sie gab Stella einen Klaps auf den Po.

„Okay." Stella hüpfte mit einem Sprung aus dem Bett. Will folgte ihr. Kurz vor der Tür blieb er stehen.

„Taylor?"

„Ja?"

„Ich bin froh, dass du hier bist und nicht Tante Milly." Ehe sie antworten konnte, hatte er sich umgedreht und war verschwunden.

Lächelnd stieg sie aus dem Bett. Der Teppich war so flauschig, dass ihre Zehen darin versanken wie in einer weichen Schneedecke. Sie ließ ihren Blick durch das Zimmer wandern auf der Suche nach ihren Sachen. Matt hatte den Koffer neben die Zimmertür gestellt.

Matt! Sofort tanzte sein Gesicht vor ihren Augen und ihr ganzer Körper fing an zu kribbeln. Der Matt-Effekt, wie sie es mittlerweile heimlich nannte. Sie brauchte nur an ihn zu denken und ihr ganzer Körper war in Aufruhr und ihre Hormone spielten völlig verrückt.

Seufzend öffnete sie den Koffer und zog ihre Kosmetiktasche und frische Unterwäsche hervor.

Sie warf einen Blick aus dem kleinen Fenster. Es hatte aufgehört zu schneien. Die Landschaft vor dem Haus sah aus, als hätte man sie über Nacht mit einer Schicht aus Zuckerguß überzogen. Die Äste der Bäume bogen sich wie borstige Schnurrbärte unter der Last des Schnees und hoch am Himmel zog ein einsamer Raubvogel seine Kreise. Vielleicht könnte sie mit den Kindern einen Spaziergang ins benachbarte Haworth machen und ein paar Weihnachtseinkäufe tätigen. Sie hatte Matt die Geschenke für die Kinder mitgegeben, damit er sie unter den Weihnachtsbaum legen konnte. Trotzdem wollte sie noch ein paar Kleinigkeiten besorgen.

Das Badezimmer war genau so, wie sie es sich vorgestellt hatte. Der winzig kleine Raum war in die Dachschräge eingelassen, und sie musste sich bücken, um sich nicht den Kopf zu stoßen. In das Dach war nachträglich ein modernes Fenster eingebaut worden, durch das diffuses Sonnenlicht fiel.

Die Wände waren aus Stein wie die übrigen Räume. Die Duschkabine war an die Steinmauer angepasst und bot gerade so viel Platz, dass ein Erwachsener darin stehen konnte. Fasziniert betrachtete Taylor die Sitzbadewanne aus Zink, die im hinteren Teil des Zimmers in einer Nische stand. In der Wand dahinter befand sich ein kleines Fenster, auf dessen Absatz ein Windlicht und Blümchen standen.

Sie kam sich vor wie in einer Puppenstube. Alles wirkte so winzig und doch in sich perfekt aufeinander abgestimmt. Lächelnd trat sie vor den weißen Waschtisch und betrachtete sich im Spiegel.

Die lange Nacht hatte Spuren im Gesicht hinterlassen. Eine tiefe Schlaffalte verlief quer über ihre Wange und ihre Wimperntusche hatte sich unter die Augen gelegt. Sie sah aus wie ein verschlafenes Pandabärchen. Nichts, was man nicht mit einer heißen Dusche und etwas Make-up beseitigen konnte.

Summend stellte sie das Wasser in der Dusche an.

Nachdem sie geduscht und sich umgezogen hatte, ging sie die Treppe nach unten. In ihrer Müdigkeit gestern Nacht hatte sie die Küche nur am Rande wahrgenommen.

Der gemütliche Raum befand sich direkt an das Wohnzimmer angeschlossen, nur durch einen Durchgang getrennt, in dem ein Sessel und ein Bücherregal standen. Gut gelaunt trat sie ein. Eine rundliche Frau mit lebhaften Augen, braunen Haaren und lachendem Mund saß mit den Kindern an einem ovalen Tisch in der Mitte der Küche.

Weiße Fenster umrahmten das Zimmer, sodass man von jeder Position aus nach draußen sehen konnte. Die Einrichtung entsprach dem modernen Landhausstil. Weiße Holzmöbel, weiß verputzte Steinwände und ein rustikaler Herd. Gleich neben der Kochecke befand sich ein riesiger Kamin, und darüber war ein Regal angebracht, in dem das blau-weiße Geschirr aufgereiht stand.

Auch hier waren die Balken des Fachwerks sichtbar und verliefen in gleichmäßigen Abständen über die Decke und entlang der Wände. Es war die Küche eines Hobbykochs mit unzähligen Töpfen und Zubehör, die an Haken oberhalb des Herdes angebracht waren. Kräutertöpfe standen sorgfältig aufgereiht in der Fensterbank. Es war herrlich warm und duftete nach frisch gebackenem Brot.

„Ah, wie ich sehe, haben die Kinder Sie erfolgreich geweckt", empfing sie die Frau.

„Ja, ich kann mich nicht erinnern, wann ich das letzte Mal so gut geschlafen habe", gestand sie lächelnd. Tatsächlich fühlte sie sich trotz des wenigen Schlafs ausgeschlafen und erfrischt.

„Möchten Sie eine Tasse Kaffee? Ich habe extra frischen aufgesetzt." Die Frau stand auf.

„Ich bin Taylor." Sie streckte ihr die Hand entgegen.

„Hi. Ich heiße Cecilia, Cecilia Nox. Ich bin schon seit Jahren Matthews Nachbarin." Sie deutete zum Küchenfenster. „Mein Haus befindet sich keine zehn Gehminuten von hier entfernt."

„Sie leben alleine hier?" Taylor ließ sich neben Stella auf den Stuhl nieder.

Cecilia nickte. „Ja, mein Mann ist vor knapp zwei Jahren gestorben. Seitdem bewirtschafte ich die Farm alleine."

„Mhm. Das tut mir leid zu hören", sagte sie aufrichtig. Sie schätzte Cecilia auf Mitte vierzig. Zu jung, um ihr Leben alleine in dieser Einsamkeit zu verbringen.

„Ist schon gut. Weißt du, mein Mann war dreiundzwanzig Jahre älter als ich. Ich wusste, als ich ihn geheiratet habe, dass ich wahrscheinlich nur eine begrenzte Zeit mit ihm haben würde. Allerdings hatte ich mir schon ein paar Jahre mehr erhofft." Cecilia reichte ihr den dampfenden Becher Kaffee.

Sie schwieg.

„Wenn wir wenigstens Kinder gehabt hätten, aber auch das war uns leider nicht vergönnt. Deshalb genieße ich es, wenn Matt ab und zu vorbeikommt und ich auf die kleinen Racker ein wenig aufpassen kann." Sie wuschelte Will durch seine Haare. „Nicht wahr, mein Großer?"

„Ja“, bestätigte Will brav mit einem Kopfnicken.
„Ich wäre auch dieses Mal eingesprungen, aber meine Mutter ist zu Besuch. Sie hatte vor ein paar Wochen eine Hüftoperation und kann sich noch nicht so gut bewegen, und deshalb ist sie auf meine Hilfe im Haus angewiesen.“
Taylor nickte und nahm einen Schluck aus dem Becher. „Ich denke, dass Prof Johnson deine Hilfe zu schätzen weiß.“
„Matthew hat mir erzählt, dass du am Norland College ausgebildet wurdest?“
„Ja, auch wenn man es nicht sieht. Normalerweise tragen wir unsere Uniform, aber in der Eile habe ich sie in London vergessen.“
Cecilia lachte laut auf. „Ich denke nicht, dass das für Matthew ein Problem darstellt.“
„Wahrscheinlich nicht.“ Sie grinste.
Von draußen war das Geräusch eines heranfahrenden Autos zu hören.
Will war aufgesprungen und rannte zum Fenster.
„Das ist Dad!“
„Na, dann will ich mal meine Sachen zusammenpacken“, sagte Cecilia und stellte ihren Becher in die Spüle. „Meine Mutter wartet bestimmt schon sehnsüchtig auf mich. Sehen wir uns morgen in der Kirche?“
„Ähm, keine Ahnung? Vielleicht?“ Taylor konnte sich nicht daran erinnern, wann sie das letzte Mal in einer Kirche gewesen war. Sie war bereits als Jugendliche mit voller Überzeugung aus der Kirchengemeinde ausgetreten.
Cecilia sah sie nachdenklich an. „Du solltest mitkommen. Der Pfarrer ist ein netter Mann und die Andacht an Heiligabend ist wunderschön.“
Die Haustür wurde aufgeschlossen und eine kühle Brise wehte zu ihnen in die Küche.
„Hallo, ich bin wieder zu Hause!“, begrüßte sie Matts klangvolle Stimme aus dem Flur. Seine Schritte näherten sich.
„Wie ich sehe, ist Miss Young auch zum Leben erwacht.“ Matt trat in die Küche.

Sein Gesicht war von der Kälte gerötet und seine Haare waren zerzaust. Er trug Jeans und eine dicke Winterjacke darüber. Um den Hals hatte er lässig einen Schal gewickelt. Taylor fragte sich, ob er sie absichtlich mit ihrem Nachnamen ansprach, nachdem er sie gestern Nacht geduzt hatte.

„Hallo, Cecilia." Er gab seiner Nachbarin zur Begrüßung einen Kuss auf die Wange.

Cecilia lachte. „Matt, wie geht es Milly?"

„Die Operation ist gut verlaufen und sie kann schon wieder die Schwestern mit ihren Sonderwünschen terrorisieren." Er grinste und auf seinen Wangen bildeten sich zwei Grübchen. Zum Anbeißen süß, wie sie fand.

Er sah zu ihr.

Ertappt senkte sie den Blick.

„Das klingt ganz nach Milly." Cecilia schmunzelte.

„Ich muss nachher noch in die Stadt." Matt zog seine Jacke aus. „Ein paar Vorräte für die Feiertage einkaufen. Eigentlich wollten Milly und ich gestern alles besorgen, aber durch ihren Unfall sind wir nicht mehr dazu gekommen. Schließlich wollen wir zu Weihnachten nicht hungern. Wenn du willst, kann ich dich also auf dem Weg bei dir absetzen."

Cecilia winkte ab. „Nein danke, ein bisschen frische Luft wird mir guttun."

„Miss Young, hätten Sie Lust, uns beim Einkaufen zu begleiten?"

„Natürlich gerne!", sagte sie freudig. Sie war noch nie in Haworth gewesen und freute sich darauf, die Gegend ein wenig kennenzulernen. Haworth war für seine malerische Altstadt und die urigen Häuser berühmt.

„Gut, dann würde ich sagen, wir machen eine kleine Einkaufsliste und dann geht es los." Er klatschte in die Hände. „Will, Stella, ihr könnt euch schon mal anziehen."

Wie kleine Wiesel sausten die zwei los. Taylor sah ihnen verwundert hinterher. Hier in Haworth wirkten die beiden Kinder deutlich entspannter und gelöster als in der steifen Umgebung des Hauses in Kensington.

Taylor blieb sitzen und trank in Ruhe ihren Kaffee, während Matt Cecilia nach draußen begleitete.

Die Sonne schien hell durch die Fenster und ein Vogel zwitscherte sein einsames Lied. Vor ihr ausgebreitet lag die Landschaft von Yorkshire mit seinen sanften Hügeln. Taylor stellte sich vor, wie es hier wohl im Sommer aussehen musste. Hier war es ruhig und geruhsamer im Vergleich zum quirligen Portobello. Vielleicht war es doch keine schlechte Idee gewesen, hierherzukommen?

Sie hörte, wie sich Matts Schritte näherten.

„Und … wie haben Sie geschlafen?" Er blieb vor ihr stehen. Seine Augen streichelten sie liebevoll. Taylors Herz fing an zu hämmern. Sie wendete ihren Blick ab.

„Ausgezeichnet." Sie versuchte ihre Befangenheit mit einem Lächeln zu überspielen. „Das Bett ist herrlich weich." Urplötzlich fiel ihr die Tatsache ein, dass er sie ausgezogen hatte, und sie spürte, wie eine heiße Welle langsam den Hals hochstieg. „Es tut mir leid, dass ich gestern eingeschlafen bin. Hast du mich …" Eine flammende Röte ergoss sich über ihr Gesicht. Unbewusst war sie zum Du übergegangen.

Er schmunzelte. „Ja … du ähm, Sie haben so friedlich ausgesehen. Ich habe es einfach nicht übers Herz gebracht, Sie zu wecken."

„Dann haben Sie mich …" Sie deutete auf ihr T-Shirt. „… ausgezogen?"

Er räusperte sich. „Aber Sie können mir vertrauen. Ich habe nichts gesehen, was mir nicht bekannt wäre." Er grinste schief.

„Vielleicht, aber trotzdem bestimme immer noch ich, wer mich ausziehen darf und wer nicht", schnappte sie zurück.

„Sie nehmen sich immer, was Sie wollen …"

„Nicht immer, nur, wenn ich Lust darauf habe."

„Taylor …", fing er an. „Findest du es nicht ein wenig albern, dass wir so förmlich miteinander reden?" Seine Augen suchten erneut die ihren. „Schließlich verbringen wir das Weihnachtsfest miteinander.

Wollen wir nicht einfach noch einmal von vorne anfangen und das, was zwischen uns geschehen ist, vergessen?"

Meinte er den Kuss? Sie fragte sich, wie sie diesen absolut einzigartigen Kuss einfach vergessen sollte. Sie dachte Tag und Nacht an nichts anderes mehr, seit er sie geküsst hatte. Das war auch einer der Gründe gewesen, warum sie mit Jason Schluss gemacht hatte. Es war ihr falsch vorgekommen, Jason zu küssen und dabei an Matt zu denken, auch wenn sie wusste, dass ihr geheimer Wunsch niemals in Erfüllung gehen durfte. Sie war eine Norland-Nanny und die Gebote des Norlands waren ihr heilig.

Sie hatte das Gefühl, in seinen blauen Augen zu ertrinken wie in einem Meer. Sie nickte stumm, unfähig, zu sprechen.

„Gut. Mein Name ist Matthew, aber meine Freunde nennen mich Matt!" Er reichte ihr lächelnd die Hand. Sofort spürte sie kleine elektrische Schläge an den Stellen, wo sich ihre Haut berührte.

„Taylor Susan Young." Sie sah, wie Matt bei der Erwähnung ihres zweiten Namens belustigt die Augenbraue nach oben zog. „Susan ist ein Erbstück, das ich meiner lieben Patentante zu verdanken habe", beantwortete sie seine stille Frage lächelnd.

„Freut mich sehr, deine Bekanntschaft zu machen." Er hielt noch immer ihre Hand fest umschlossen.

„Mich auch", sagte sie aufrichtig.

Polternd kamen die Kinder die Treppe heruntergerannt.

„Ah, da seid ihr ja." Taylor zog verlegen die Hand zurück. Matts Augen ruhten noch unverwandt auf ihr. Hastig wendete sie sich ab.

„Na, seid ihr auch warm genug angezogen?" Sie betrachtete ihre Schützlinge in den Winterjacken.

Stella nickte. Will strahlte über das ganze Gesicht. Er hatte die Hand seines Vaters genommen. Es war offensichtlich, dass er es genoss, seinen Vater bei sich zu haben.

„Wie eine richtige Familie", sagte Stella und reckte den Kopf in die Höhe. Wills Lächeln erstarb.

Taylor schluckte und warf Matt einen Hilfe suchenden Blick zu.

„Nein, mein Sternchen. Taylor ist dein Kindermädchen. Deine Mummy kann niemand ersetzen."

„Schade." Stella nickte bedauernd und schob ihre kleine Hand in Taylors. „Kannst du wirklich nicht unsere Mummy werden?"

„So einfach ist das nicht", sagte sie sichtlich verlegen. Sie spürte Matts Blick auf sich ruhen.

„Warum nicht?", bohrte Stella weiter.

Sie ging in die Hocke und strich Stella eine Strähne aus dem Gesicht. „Weil dazu müssten dein Daddy und ich zusammen sein. Aber weißt du, ich habe dich trotzdem ganz, ganz doll lieb."

„Ich dich auch!" Stella umarmte sie. Ihre Augen brannten. Sie schluckte und sah zu Matt, der stumm neben Will stand. Etwas lag in seinem Blick, was sie nicht deuten konnte.

„Na kommt, dann lasst uns gehen, wir sind schon spät dran", sagte Matt schließlich. Nachdenklich folgte ihm Taylor nach draußen.

Der Schnee hatte die Landschaft über Nacht mit einer glitzernden Decke überzogen. Sanfte Hügel erhoben sich zu beiden Seiten der Straße. Ein breiter Bach querte die Fahrbahn. Holpernd fuhr der Rover über die Steinbrücke, die den Bach überspannte. Vereinzelt stachen Bäume aus der Schneelandschaft hervor und reckten ihre kahlen Äste in den eisblauen Himmel. Krähen zogen krächzend ihre Kreise in der Luft. Schneebedeckte Weidenflächen, die von steinernen Mauern umschlossen waren, säumten die Straße.

„Dahinten liegt Cecilias Haus." Matt deutete auf ein steinernes Farmhaus, das entfernt auf einem Hügel lag.

„Ganz schön einsam", sagte Taylor.

„Hat sie dir erzählt, dass sie einen kleinen Verlag leitet?"

„Nein." Sie schüttelte den Kopf.

Er nickte, die Augen auf die Straße gerichtet. „Ihr Mann war Verleger und hatte einen kleinen Verlag in London, dessen Leitung Cecilia nach seinem Tod übernommen hat. Die beiden haben sich bei einer ihrer Buchpräsentationen kennengelernt. Cecilia war die Lektorin des Autors."

„Ich hatte mich schon gefragt, ob sie noch arbeitet oder von der Rente ihres Mannes leben kann", antwortete Taylor. „Sie sprach vorhin von einem Farmbetrieb."

„Ja, sie haben ein paar Schafe und drei Kühe, um die sie sich kümmert." Der Rover bog rechts ab. Eine Schafsherde trottete gemütlich die Straße entlang. Matt verlangsamte das Tempo und fuhr im Schritttempo hinter der Herde her.

„Wir können nur hoffen, dass die Schafe nicht auch nach Haworth wollen", kommentierte er lachend. „Sonst sind wir bis heute Abend noch nicht da." Ein Schäferhund lief bellend an ihnen vorbei und scheuchte die Schafe vor sich über den Weg.

„Daddy, kann ich auch einen Hund haben?", fragte Will. Er hatte das Gesicht gegen die kühle Scheibe gepresst und verfolgte den Hund mit den Augen.

„Mein Schatz, das geht leider nicht. Dafür müssten wir hier wohnen. Schließlich würde sich ein Hund in London mit all den Autos nicht wohlfühlen."

„Tante Cecilia könnte auf ihn aufpassen", fragte Will.

„Nein, Tante Cecilia muss auf ihre Mutter aufpassen und hat selbst genug zu tun."

Matt drückte auf die Hupe.

Die Schafe stoben blökend zur Seite und gaben den Weg für den Rover frei.

„Warum lebst du eigentlich nicht hier draußen, wenn du die Gegend um Haworth so liebst?" Sie warf ihm einen flüchtigen Seitenblick zu.

„Laura wollte nicht aufs Land ziehen. Sie fand, dass die Kinder in der Stadt groß werden sollten."

„Und du?"

Er zuckte mit den Achseln. „Lauras Eltern und Milly wohnen nun mal in London. Ich wollte den Kindern nicht noch die Familie ihrer Mutter nehmen."

Sie blickte schweigend nach draußen.

„Angenommen, du wärst frei. Was würdest du machen, wenn du hier leben könntest? Die Universität und damit dein Job sind schließlich fünf Stunden entfernt."

„Mein Traum ist es, irgendwann mal ein Buch zu schreiben." Sie sah, wie seine Kaumuskeln arbeiteten.

„Einen Roman?"

„Nein, ich dachte eher an ein philosophisches Buch." Er lächelte verlegen. Taylor fand, dass er wie ein kleiner Junge aussah. „Cecilia liegt mir immer wieder in den Ohren, dass ich meinen Traum verwirklichen soll. Aber bis dahin hätte ich keine finanziellen Sicherheiten und mit zwei Kindern …" Er warf einen Blick auf den Rücksitz, wo Will und Stella miteinander herumalberten. Er senkte die Stimme. „Die beiden haben schon genug mitgemacht, ich möchte nicht, dass ihnen etwas fehlt."

Wie aus dem Nichts tauchte in der Ferne die Ruine eines ehemaligen Farmhauses auf, vor der ein riesiger Baum stand. Das Erstaunliche an dem Baum waren die roten Blätter, die dort an den Ästen hingen. Sie hatte schon von Bluteichen gehört, die auch bis spät in den Winter ihre Blätter behielten, aber noch nie zuvor hatte sie einen dieser Bäume in Wirklichkeit gesehen. Man sagte den Bäumen magische Kräfte nach. Das Rot der Blätter stach wie Blut zwischen dem Schnee unnatürlich hervor.

„Schaut mal, Kinder", rief Taylor nach hinten. „Da drüben ist ein ganz seltener Feenbaum."

Sie sah im Rückspiegel, wie Will und Stella sich reckten, um einen Blick auf den Feenbaum zu werfen. „Den haben bestimmt die Feen dort gepflanzt. Wisst ihr noch, was ich euch über Wunschblätter erzählt habe?"

„Die Feen schicken den Menschen die Blätter, damit sie ihre Wünsche darauf schreiben können", sagte Will mit ernster Miene.

„Genau!" Taylor nickte. „Was ist eigentlich mit deinem Wunsch passiert, Stella?"

„Welcher Wunsch?", wollte Matt wissen.

„Na, der Wunsch, den Stella auf das Wunschblatt geschrieben hat, weswegen sie ins Wasser gefallen ist."

„Ach, das war also der Grund!" Er schmunzelte.

„Die Feen haben es geholt und meinen Wunsch erfüllt." Stella strahlte.

Taylor schmunzelte in sich hinein. Sie selbst hatte das Wunschblatt unter Stellas Kissen entdeckt und heimlich entfernt.

„Ich habe mir gewünscht, dass Taylor Weihnachten mit uns feiert."

„Dann bist du also schuld, dass ich hier bin." Taylor lachte.

Stella nickte stolz.

„So ist das mit Wünschen. Man muss ganz fest an sie glauben, dann gehen sie in Erfüllung", sagte Taylor ernst. Aus dem Augenwinkel bemerkte sie, wie Matt bei ihrem letzten Satz zusammengezuckt war.

„Dann wünsche ich mir das Foto von Mummy, das Taylor uns gezeigt hat", sagte Will mit ernster Miene.

Taylor zuckte ertappt zusammen. Sie hatte das Bild durch Zufall gefunden, als sie für Will und Stella ein Kinderbuch gesucht hatte. Beim Herausziehen der Bücher aus dem Regal im Wohnzimmer waren ihr mehrere Fotos entgegen gepurzelt. Die Ähnlichkeit zwischen Will und der Frau auf dem Foto war einfach unglaublich, woraus sie geschlossen hatte, dass es sich dabei um ein Foto von der Mutter der Kinder handeln musste.

Matthews Frau war zweifellos eine Schönheit gewesen. Langes Haar, das in weichen Wellen auf die Schultern fiel. Lebhafte blaue Augen, die selbstbewusst in die Kamera blickten. Will hatte die gleichen feinen Gesichtszüge wie ihre Mutter geerbt. Stella war eine Mischung aus beiden Eltern.

Gesichtsform und Nase stammten von ihrer Mutter. Die Augen hatte sie von ihrem Vater geerbt.

Taylor knabberte an ihrer Unterlippe, eine Unart, die sie sich nicht abgewöhnen konnte. Matts Lippen waren zu einem Strich zusammengepresst und sein Blick war düster.

„Entschuldige, ich hätte dich fragen müssen", sagte sie zerknirscht, als sie Matts genervten Blick auffing.

„Allerdings." Er nickte, ohne die Augen von der Straße zu nehmen. „Du hattest nicht das Recht, dich einzumischen. Schließlich bin ich der Vater und bestimme darüber, wie ich meine Kinder erziehe."

„Es tut mir leid, aber ich habe den Sinn nicht verstanden, den Kindern Fotos von ihrer Mutter vorzuenthalten. Die Kinder vermissen ihre Mutter, und Fotos helfen ihnen, den Schmerz zu lindern und etwas Trost zu finden", flüsterte sie, sodass die Kinder sie nicht hören konnten.

„Wie so häufig ist deine Ansicht eine andere als meine", antwortete er knapp.

„Es tut mir wirklich leid. Bitte lass uns nicht streiten." Sie ärgerte sich über sich selbst. Sie hatte eigenmächtig gehandelt, und das war unverzeihlich.

„Das war auch nicht meine Absicht", entgegnete er versöhnlich und fuhr sich durch die Haare.

„Ich gelobe Besserung und werde dich beim nächsten Mal fragen", sagte sie zerknirscht.

„Das wäre nett, denn ich habe meine guten Gründe für diese Entscheidung, auch wenn du sie nicht kennst." Er umklammerte das Lenkrad so fest, dass seine Knöchel auf dem Handrücken weiß hervortraten. Taylor fragte sich, was das für Gründe sein könnten. Schließlich war Laura seine Frau gewesen und sie hatten zwei gemeinsame Kinder.

Sie legte ihre Hand auf seinen Arm. „Bitte sei mir nicht mehr böse. Es war bisher so ein schöner Tag, und es täte mir wirklich leid, wenn ich ihn durch meinen dummen Fehler verdorben hätte."

„Nein, schon in Ordnung. Vielleicht …“ Er machte eine nachdenkliche Pause. „… waren meine Beweggründe auch gar nicht die richtigen.“

Sie sah ihn überrascht an. „Meinst du das ernst?“

„Ja. Ich war ziemlich verletzt nach Lauras Tod und …“ Er brach ab. „Ist ja auch egal warum. Auf jeden Fall bin ich dir nicht mehr böse.“

Sie nickte nachdenklich. Was hatte er mit verletzt gemeint? Wäre nicht eher betroffen oder traurig das richtige Wort?

Vor ihnen tauchten die Umrisse von Haworth am Fuße des Hügels auf.

„Gott, wie entzückend!“ Sie deutete mit den Fingern auf die pittoresken Häuser. „Das sieht ja aus wie im Film.“

Das kleine Dorf lag eingebettet am Hang. Die Schieferdächer schimmerten weiß-silbern im Sonnenlicht und kleine Rauchwölkchen hingen wie Schafe über den Häusern. Im Sommer war die Gegend um Haworth von saftigem Grün geprägt, nun war alles von einer samtigen weißen Decke überzogen.

„Warte ab, bis wir im Dorf selbst sind. Man hat das Gefühl, dass die Uhren dort stehen geblieben sind.“ Matt grinste amüsiert.

„Ich kann es kaum abwarten“, sagte sie und klatschte begeistert in die Hände.

Keine fünf Minuten später hatte Matt den Rover geparkt und sie schlenderten die alte Dorfstraße von Haworth hoch. Die Straße war mit Kopfsteinpflaster bedeckt und die Räder der Autos ratterten an ihnen vorbei.

Die malerischen Häuser standen dicht aneinandergereiht entlang der Straße, und der Bürgersteig war so schmal, dass man kaum zu zweit nebeneinander gehen konnte, ohne nicht mit seinem Nachbarn zusammenzustoßen. Keine modernen Bauten störten die alte Kulisse. Lediglich die Waren in den Schaufenstern waren neu und deuteten darauf hin, dass man sich im einundzwanzigsten Jahrhundert befand.

„Ich komme mir vor wie Jane Austen beim Einkaufen." Taylor lachte und zeigte auf eines der Gebäude, über dessen Eingang ein verwittertes Holzschild mit „Rose und Co, Apotheke" darauf stand. „Hättest du etwas dagegen, wenn ich mal kurz dort hineinschauen würde?", fragte sie Matt. „Ich suche noch ein Mitbringsel für meine Mutter und Schwester. Die beiden waren nicht gerade erfreut, dass ich Weihnachten arbeite und nicht zu Hause feiere."

Matt runzelte die Stirn. „Das war ziemlich egoistisch von mir, dich hierherzubitten", sagte er.

„Nein, das ist schon in Ordnung. Schließlich handelte es sich um einen Notfall, und du hast mich eingestellt, damit ich dir bei den Kindern helfe. Meine Familie versteht das, sie wissen, wie ernst ich meinen Job nehme." Sie betraten den Laden.

Ein lautes Klingeln wie eine plötzlich angestimmte Orgel empfing sie. Taylor hatte noch nie in ihrem Leben etwas Vergleichbares wie dieses Geschäft gesehen. Dunkle Regale verliefen entlang der Wände, voll gestellt mit Drogeriebedarf und Arzneimitteln. Kosmetikartikel in pastellfarbenen Schachteln gesellten sich zu kleinen Glasfläschchen mit Aufschriften wie Kamille, Salbei oder Arnika ebenso wie zu Tempotaschentüchern. Vor dem Verkaufstresen war ein Tisch aufgebaut, auf dem silberne Etageren blitzten, auf denen Seifen ausgestellt waren, die aussahen wie Kuchenstücke oder Cupcakes. Der Duft von Vanille hing in der Luft und stammte zweifellos von den Kerzen, die neben der altmodischen Kasse brannten. An der Decke des Raumes hing ein imposanter Kristall-Leuchter, in dem sich das Licht tausendfach brach.

„Das ist ja ein wahres Paradies. So ein Geschäft findest du nicht einmal in Portobello", rief Taylor verzückt. Sie nahm eine der Seifen in die Hand, um daran zu schnuppern. Sofort hatte sie einen zarten Lavendelduft in der Nase. „Genauso eine hatte meine Großmutter", erklärte sie Matt. „Sie hat die Seife in kleine Stücke geschnitten und zur Wäsche gelegt.

Granny hat stets behauptet, dass es nichts Besseres gibt als ein gutes Stück Lavendelseife.“ Sie lächelte bei dem Gedanken an ihre Großmutter.

„Es ist immer wieder erstaunlich, wie sehr unser Gehirn bestimmte Gerüche mit Erinnerungen und Gefühlen verbindet“, sagte Matt. „Für mich ist Lavendelduft sofort mit meinem Urlaub als Jugendlicher in der Provence verbunden. Wir waren genau in der Zeit dort, als die Lavendelfelder geblüht haben und die ganze Luft davon erfüllt war.“ Er schmunzelte.

Ihr Blick fiel auf eine Reihe mit Schneekugeln mit den unterschiedlichsten Motiven.

„Gott, sind die süß! So eine hatte ich als Kind“, rief sie fasziniert.

Die Verkäuferin kam herbeigeeilt. „Kann ich Ihnen behilflich sein?“

Taylor nickte. „Dürfte ich mir diese Kugel einmal anschauen?“ Sie deutete auf eine ganz besonders schöne Kugel, in der die Silhouette von Haworth zu sehen war, und darüber flog ein Miniatur-Santa-Claus mit seinem Schlitten.

„Aber natürlich!“ Die Frau nahm die Kugel aus der Vitrine und hielt sie Taylor vor die Nase.

Die Kugel war wirklich bezaubernd. Jedes Detail der Figuren war liebevoll ausgearbeitet und die Stadt und der Schlitten mit den Rentieren fast naturgetreu nachgebildet. Sie schüttelte die Kugel vorsichtig und gluckste mit geradezu kindlicher Freude, als sie das Schneetreiben im Glas bewunderte.

„Gefällt es Ihnen?“

„Die Kugel ist absolut bezaubernd. Ich habe so etwas Schönes noch nie gesehen“, gestand sie der Frau.

„Die Schneekugeln sind mit der Hand gefertigt. Mein Großvater macht die Figuren in den Kugeln selbst. Sehen Sie hier …“ Sie drehte eine der Kugel um und deutete auf das eingravierte Schriftzeichen. „Das sind die Initialen meines Großvaters.

Früher haben wir mehr von den Kugeln verkauft, aber heutzutage stehen die Leute auf das moderne Zeugs und wollen nicht mehr so viel Geld für Handarbeit ausgeben." Bedauern lag im Gesicht der Frau.

Sie nickte. Tatsächlich war der Preis auf der Rückseite der Kugel horrend und sprengte ihre Preisvorstellungen deutlich. Zaghaft reichte sie der Verkäuferin die Kugel. „Wirklich ein besonders schönes Stück."

Die Frau stellte die Schneekugel wieder zurück in die Vitrine.

„Warum kaufst du sie nicht, wenn sie dir so gut gefällt?", flüsterte ihr Matt ins Ohr, sodass die Verkäuferin ihn nicht hören konnte.

„Hast du den Preis gesehen? Das ist ein Sammlerstück, das ich mir nicht leisten kann."

„Tayloooor!" Will rief nach ihr. Sie eilte zu den Kindern, die vor einem der großen Regale standen, in dem altertümliche Glasschütten mit Süßigkeiten standen.

„Kann ich das haben?" Stella streckte ihre Hand nach einer Kette aus Zuckerbonbons aus.

Taylor wollte Matt fragen, aber der war gerade in ein Gespräch mit der Verkäuferin vertieft. Stella sah sie mit großen bittenden Augen an.

„Einverstanden." Stella strahlte sie an. Sie gab einer zweiten Verkäuferin ein Zeichen. „Und was möchtest du, Will?"

„Kann ich die Pfeife haben?" Er zeigte auf eine blaue Zuckerpfeife.

„Na klar." Taylor bat die Verkäuferin, ihr beides einzupacken und dazu noch für jeden eine kleine Tüte mit rot-weißen Zuckerstangen. Nachdem sie bezahlt hatte, wartete sie mit den Kindern in der Tür auf Matt.

Stella und Will lutschten fröhlich an ihren Zuckerstangen, und Taylor hoffte insgeheim, dass Matt ihr die kleine Sünde verzeihen würde, aber schließlich war morgen Weihnachten.

Matt kam zusammen mit der Verkäuferin auf sie zu.

„Sie haben wirklich eine entzückende Familie", hörte sie die Frau sagen. Normalerweise wäre es ihr peinlich gewesen, als die Ehefrau bezeichnet zu werden.

Einer der Gründe, warum sie stets darauf achtete, ihre Uniform zu tragen, damit es nicht zu unliebsamen Verwechslungen kam und sie die Mutter der Kinder in eine peinliche Situation brachte. Aber in diesem Fall fühlte sie sich auf eigenartige Weise geschmeichelt. Matt schien es ebenfalls nicht zu stören, denn er nickte lächelnd.

„Die Kinder sind Ihnen und Ihrer Frau wirklich wie aus dem Gesicht geschnitten", fuhr die Frau unbekümmert fort.

Verblüffung breitete sich auf Matts Gesicht aus. „Finden Sie?"

„Absolut." Die Frau nickte mit dem Brustton der Überzeugung. Ihr Blick fiel auf Taylor, die gleich neben der Tür stand.

„Oh, Ihre Frau steht unter dem Mistelzweig. Sie müssen Sie küssen!"

Erschreckt sah Taylor nach oben. Tatsächlich hatte sie den Mistelzweig, der über dem Türrahmen angebracht war, nicht bemerkt.

„Sie haben absolut recht. Ein schöner Brauch, dem ich gerne nachkomme." Mit einem Schritt war Matt bei ihr, und ehe sie es verhindern konnte, hatte er seinen Arm um ihre Taille geschlungen und zog sie zu sich heran. Sie war wie elektrisiert, als seine Lippen die ihren berührten. Die Welt um sie herum verschwamm. Es fühlte sich genauso an wie beim ersten Mal, als er sie in der Bar geküsst hatte. Süß und leidenschaftlich zugleich. Sie konnte nicht mehr denken, alles, was sie konnte, war, ihn zu küssen. Dann war der Moment vorbei. Atemlos entließ er sie aus seinen Armen. Ihr Herz hämmerte gegen ihre Brust und ihre Augen flatterten.

Matt hatte ein unwiderstehliches schiefes Grinsen auf dem Gesicht. Mehrere Kunden im Laden starrten sie mit offenem Mund an. Eine rundliche Frau kicherte hysterisch.

Taylors Wangen fühlten sich an, als würden sie in Flammen stehen.

„So möchte ich auch mal von dir geküsst werden", hörte sie eine Frau zu ihrem Mann sagen.

„Tja, dann können wir ja gehen", sagte Matt sichtlich gut gelaunt. „Vielen Dank, ohne Sie wäre ich nicht in den Genuss dieses Kusses gekommen." Er reichte der verdutzten Verkäuferin die Hand.

Taylors Beine fühlten sich an wie aus Pudding, als sie den Laden verließen.

Nach ihrem Besuch in dem Geschäft schlenderten sie weiter zum Marktplatz, wo mehrere fliegende Händler ihre Stände aufgebaut hatten und ihre Waren anpriesen. Matt lud sie zu einem Glas Weihnachtspunsch ein und die Kinder bekamen ein Glas heißen Apfelsaft. Dazu aßen sie Bratwürstchen, die so fettig waren, dass ihnen das Öl von den Lippen tropfte. Gesättigt und leicht beschwingt kauften sie eine riesige Tanne, die so perfekt geformt war, als hätte sie jemand gezeichnet. Gemeinsam mit den Kindern schleppten sie den Baum zum Rover.

Schweigend nahm sie auf dem Beifahrersitz Platz und starrte auf die vorbeifliegenden Landschaft, während sich Matt mit den Kindern unterhielt. Sie hörte nur mit einem Ohr zu. In Gedanken war sie bei dem Kuss. Als der Rover vor *Owls Nest* hielt, glühten ihre Wangen von der frischen Luft und dem Kuss.

13. Kapitel

Während Matt sich daranmachte, den Baum gleich neben dem Kamin im Wohnzimmer aufzustellen, bereitete sie das Abendessen für die Familie vor. Summend schnitt sie das Brot und deckte den Tisch.

Draußen war es bereits dunkel und der Mond kroch hinter den Wolken hervor.

Stellas Mund schien nicht stillzustehen. Unaufhörlich plapperte die Kleine und unterhielt beim Abendessen alle Anwesenden. Will war stiller als gewöhnlich und hörte seiner Schwester mit ernstem Gesichtchen zu. Lächelnd betrachtete sie die Kinder und Matt.

So muss es sich anfühlen, wenn man eine Familie ist. Sie dachte an die Worte der Verkäuferin von heute Mittag. Tatsächlich hatte sie den kleinen Ausflug genossen – bis zu Matts Kuss. Er hatte sie mit dem Kuss überrumpelt und hatte ihre mühsam aufgebaute Abwehr zum Einstürzen gebracht. Seitdem war ihr ganzes System in Aufruhr. Sie war unfähig gewesen, noch einen klaren Gedanken zu fassen. Immer und immer wieder hatte sie die Szene in ihrem Kopf wiederholt. Sie redete sich ein, dass er sie nur aus einer Laune heraus geküsst hatte. Dieser Kuss hatte nichts zu bedeuten – zumindest für ihn.

Er ist dein Boss! Wie ein Mantra wiederholte sie den Satz stumm in ihrem Kopf, so als ob er die Gefühle verdrängen könnte, die der Kuss bei ihr ausgelöst hatte. Verwirrung, Glück, Angst und Freude zugleich.

Nachdem sie fertig waren, räumte Taylor den Tisch ab und wusch das Geschirr. Stella und Will hatten sich die Geschirrhandtücher geschnappt und halfen ihr beim Abtrocknen des Geschirrs. Matt war zum Telefonieren ins

Arbeitszimmer im ersten Stock gegangen. Er wollte sich bei Milly nach ihrem Wohlbefinden erkundigen. Summend stellte sie die Teller ins Regal, begleitet von Matts leiser Stimme im Hintergrund.

Taylor sah aus dem Fenster, wo der Mond die Landschaft in sein silbriges Licht tauchte. Es sah wunderschön aus – fast unwirklich. Der Ruf einer einsamen Eule nach ihrem Gefährten erfüllte die Luft. Sie dachte an London, wo der Verkehr niemals zu ruhen schien und der Schnee mittlerweile schwarz von den Abgasen der Autos die Gehwege säumte. Hier draußen war die Natur noch unberührt. Mit einem Mal fragte sie sich, ob sie die richtige Entscheidung getroffen hatte, in der Stadt zu leben. Sie liebte das quirlige Portobello-Viertel, aber manchmal sehnte sie sich nach der Ruhe, wie man sie nur in Gegenden wie dieser fand.

Stella fielen fast die Augen zu und sie gähnte herzhaft. Auch Will sah müde aus.

„Ich denke, es wird Zeit, ins Bett zu gehen." Sie stellte das letzte Glas ins Regal.

„Liest du uns noch eine Gute-Nacht-Geschichte vor?", fragte Will.

„Natürlich. Was haltet ihr davon, wenn ich euch die Geschichte vom Grinch vorlese, oder kennt ihr die schon?"

Stella und Will schüttelten den Kopf.

„Gut, dann husch, husch nach oben."

An Taylor gekuschelt saßen sie zu dritt auf dem Sofa. Will und Stella lauschten andächtig ihrer Stimme, während sie ihnen vorlas. Im Kamin prasselte ein Feuer und eine schläfrige Wärme hatte sich im Zimmer ausgebreitet.

Sie sah, wie Stellas Augen immer wieder zufielen, und auch Will machte den Eindruck, als würde er mit offenen Augen schlafen.

„Und der Grinch sah traurig auf die fröhlichen Menschen unten im Dorf", sagte sie und klappte das Buch zu.

„Aber die Geschichte ist doch noch gar nicht zu Ende!", protestierte Will.

„Den Rest lese ich euch morgen vor, schließlich ist Weihnachten. Vielleicht sehen wir ja Santa Claus auf seinem Schlitten."

Wills Augen weiteten sich.

Sie schmunzelte. „Meine Eltern haben mit mir und meiner Schwester immer einen Spaziergang am Weihnachtsabend gemacht, damit wir Ausschau nach Santa Claus und seinem Schlitten halten konnten. Und tatsächlich, an einem Heiligen Abend vor ein paar Jahren war es dann so weit und ich habe die Bekanntschaft von Santa Claus gemacht. Natürlich nur ganz kurz, denn schließlich hat er eine Menge zu tun."

„Und wie ist Santa Claus?", wollte Will wissen.

„Ein netter alter Mann mit weißen Haaren und einem guten Humor." Sie grinste.

„Und hast du Rudolph gestreichelt?" Stella gähnte.

„Natürlich musste ich ganz vorsichtig sein, denn Rentiere sind scheue Wesen. Ich habe mich auf Zehenspitzen zu ihm geschlichen und sein Fell gestreichelt." Stella und Will hingen an ihren Lippen. „Es fühlt sich an, als würde man eine Wolke streicheln. Weich und ganz warm. Fast so wie der Bauch dieser kleinen Motte." Sie kitzelte Stella, die laut giggelte. „Na und du natürlich auch", sagte sie und kitzelte Will, der ebenfalls in lautes Kichern ausbrach.

„So und jetzt geht es ab ins Bett. Los, ihr Süßen." Sie gab den beiden Kindern einen Stups. „Wer zuerst oben ist, hat gewonnen." Sofort tobten die Kinder los. Sie folgte ihnen beschwingt.

Abend 23. Dezember

14. Kapitel

Matt hatte den Weihnachtsbaum in sicherer Entfernung vom Kamin aufgebaut.

Taylor kuschelte sich auf das Sofa und blickte nachdenklich in die Flammen. Sie hatte ein paar Tannenzweige auf das Holz geworfen und ein würziger angenehmer Tannenduft breitete sich im Wohnzimmer aus. Für einen Moment schloss sie die Augen. Unmittelbar tauchte Matts Gesicht hinter ihren geschlossenen Lidern auf. Sein markantes Gesicht, seine kristallblauen Augen, die ihr Herz zum Stolpern brachten, und sein Mund, der ihr eine nie gekannte Süße geschenkt hatte. Bei dem Gedanken an den Kuss fingen die Schmetterlinge in ihrem Bauch wieder an zu flattern und sie wurde von einer seltsamen Unruhe ergriffen. Von allen Männern, die es auf dieser Welt gab, warum musste es ausgerechnet der Vater ihrer Schützlinge sein, der ihr Herz berührte? Das Norland-Versprechen war für alle Nannys bindend, solange sie im Dienst des College standen. Es wäre inakzeptabel, wenn jemand davon erführe. Während ihrer Zeit im College hatten ihnen die Leiterinnen häufig die Geschichte einer ehemaligen Schülerin erzählt, die nach einem erfolgreichen Abschluss am College in eine Familie gekommen war und sich auf eine Affäre mit dem Hausherrn eingelassen hatte. Die Affäre war aufgeflogen, und die Nanny hatte nicht nur den Mann, sondern auch noch ihren Job verloren. Es wurde gemunkelt, dass man sie als Verkäuferin bei *Mark&Spencer* gesehen hätte.

„Taylor."

Überrascht öffnete sie die Augen und blickte geradewegs in Matts Gesicht.

„Matt." Sie richtete sich auf.

„Wie ich sehe, hast du es dir gemütlich gemacht."

„Entschuldige, wenn du möchtest, kann ich auch gehen. Ich dachte …“

„Pst“, unterbrach er sie lächelnd. „Ich war nur verwundert, dich hier anzutreffen.“

„Ach so.“ Sie sah zu ihm hoch.

„Möchtest du ein Glas Rotwein?“ Seine Stimme klang verlockend weich.

„Warum eigentlich nicht.“

„Gut.“ Sie sah, wie er in die Küche ging und sich am Schrank zu schaffen machte. Bewaffnet mit einer Flasche Wein und zwei Gläsern kam er zurück zu ihr.

Sie hatte erwartet, dass er sich auf dem Sessel gegenüber niederlassen würde, aber stattdessen nahm er neben ihr auf dem Sofa Platz. Sie beobachtete, wie er mit geübten Griffen die Flasche öffnete und einschenkte.

Lächelnd reichte er ihr das Glas. „Auf einen schönen Abend.“

„Auf einen schönen Abend.“ Sie nippte am Glas. Der Wein schmeckte ausgezeichnet nach dunklen Beeren mit einem Hauch von Eichengeschmack, der zweifellos von den Fässern stammte, in denen der Wein gelagert war. Sie leckte sich mit der Zunge über die Lippen. „Ein sehr guter Wein.“

„Freut mich, dass er dir schmeckt.“ Er selbst hatte auch einen Schluck genommen und lehnte sich, das Glas noch immer in der Hand haltend, auf dem Sofa zurück. „Ich habe den Tag heute sehr genossen.“ Seine Augen ruhten auf ihrem Mund. Sofort fing ihr Körper an zu kribbeln.

„Ich auch“, gab sie zu. „Haworth ist wirklich ein entzückendes Örtchen und *Owls Nest* ist ein absoluter Traum. Ich kann verstehen, dass du hier deine Ferien verbringen wolltest.“

„Ja, ich liebe diesen Ort. Ich war schon als Kind von der Landschaft und den Menschen, die hier leben, fasziniert.“

„Dann gehört deiner Familie das Cottage?“

Er nickte. „Das Haus ist seit Jahrhunderten in Familienbesitz und diente den Johnsons als Sommerresidenz. Ich bin hier auf die Welt gekommen." Er schmunzelte.

„Wirklich?"

„Ja. Eigentlich wollte mein Vater, dass ich in einem Krankenhaus geboren werde, aber meine Mutter hat darauf bestanden, dass ihr Sohn genau an diesem Ort das Licht der Welt erblicken sollte. Ich habe meine ersten Jahre hier in *Owls Nest* verbracht. Wir sind erst später nach London gezogen." Er trank einen Schluck Rotwein.

Sie spielte nervös an ihrem Glas. Sie war sich seiner Nähe nur allzu bewusst. Wenn sie die Hand ausstreckte, hätte sie ihn berührt. „Und wo leben deine Eltern jetzt?"

„In Bath. Meine Mutter sagt, dass ihr das milde Klima besser bekommt. Außerdem verbindet sie mit *Owls Nest* zu viele Erinnerungen an meinen Vater." Schweigend blickte Matt in die Flammen. Sie fragte sich, was er gerade dachte. Sie nahm einen Schluck Rotwein - eine Übersprunghandlung, da sie nicht wusste, was sie sagen sollte.

„Mein Vater ist kurz nach meiner Hochzeit mit Laura gestorben", fuhr er mit tonloser Stimme fort. „Der Krebs hat ihn umgebracht." Seine Hände umklammerten das Weinglas derart fest, dass sie fürchtete, das feine Glas könnte brechen. Auf seiner Stirn hatte sich eine tiefe Falte zwischen den Augenbrauen gebildet.

„Das tut mir wirklich leid." Sie legte behutsam ihre Hand auf seinen Arm. Der Gedanke, dass ihre Eltern eines Tages sterben würden, war bis heute unvorstellbar. Auch wenn sie sich häufig mit ihnen rieb, so waren sie immer die solide Basis in ihrem zum Teil recht turbulenten Leben gewesen. Häufig, wenn sie früher Liebeskummer hatte, war sie zu ihren Eltern geflüchtet, und auch heute noch suchte sie ihren Rat.

„Taylor."

Wie in Zeitlupe drehte sich Matt zu ihr. Sein Gesicht war keine Handbreit mehr von ihr entfernt. Seine Augen suchten die ihren. Die Schmetterlinge in ihrem Bauch, die in seiner Gegenwart eine Art Eigenleben zu entwickeln schienen, flatterten aufgeregt mit den Flügeln. Sie hatte das Gefühl, im Meer seiner Augen zu versinken. Im Hintergrund knackte das Holz im Kamin, während sich das Feuer durch seinen Kern fraß. Er streckte die Hand aus und seine Finger liebkosten ihr Gesicht. Sie ließ ihn gewähren und hielt dabei die Luft an. Dort, wo er sie berührte, lief eine brennende Spur durch ihr Gesicht.

„Du bist wunderschön", flüsterte er. „Ich könnte dich die ganze Zeit einfach nur ansehen."

Seine Finger fuhren kitzelnd den Schwung ihrer Lippen nach. Oh mein Gott! Gleich würde er sie küssen, und sie war nur allzu gewillt, seinem Wunsch nachzugeben. Sie musste sich wehren, solange sie noch konnte. Es durfte nicht sein - sie war eine Norland-Nanny!

Norland-Absolventinnen ließen sich nicht mit ihren Klienten ein, das würde den Ruf des Colleges nachhaltig schädigen. *Aber wie?* Ihr Herz schlug wie ein Presslufthammer gegen ihre Brust, und jede Zelle ihres Körpers sehnte sich nach seinen Berührungen. All ihre sorgfältig eingeübten Abwehrmechanismen schienen in seiner Gegenwart zu scheitern. Adrenalin raste durch ihren Körper und versetzte sie in Aufruhr. Die Sehnsucht nach seinen Lippen schmerzte sie fast.

Reden, durchfuhr es sie. Reden eignete sich hervorragend, um ein wenig Distanz zwischen ihnen zu schaffen.

„Ich mochte schon immer gerne am Kamin sitzen", faselte sie. *Oh mein Gott.*

Seine Mundwinkel zuckten belustigt.

„Meine Eltern haben auch einen Kamin bei sich im Haus." *Gut so! Mach weiter. Hör nicht auf!*

„Meine Schwester Carolin hat auch einen Kamin bei sich.“ In ihrem Kopf herrschte absolutes Vakuum. Verzweifelt suchte sie nach Worten. „In meiner WG haben wir keinen Kamin.“ *Oh mein Gott, er musste sie für völlig bescheuert halten.*

Seine Lippen waren immer noch gefährlich nahe. Hastig griff sie nach ihrem Glas und wäre fast damit gegen seinen Kopf gestoßen. Sie setzte das Glas wie eine Verdurstende an die Lippen und trank es in einem Zug leer.

„Ähm, der Wein ist wirklich gut!“

Matts Gesicht verzog sich zu einem breiten Grinsen. *Lachte er über sie?*

„Cecilia hat etwas von einer Weihnachtsmesse erzählt …“ Sie starrte angestrengt in die Flammen, darauf bedacht, ihm nicht in die Augen zu sehen. Sie wusste, sobald sie in seine Augen sah, würde die mühsam aufgebaute Distanz zwischen ihnen wieder zusammenbrechen.

„Ja, es ist eine alte Tradition, dass die Familie zur Weihnachtsmesse in die Kirche geht. Das ganze Dorf ist dort versammelt. Die Kinder führen ein Weihnachtsspiel auf und Pastor Flemming hält eine flammende Rede. Im Anschluss gibt es meist einen Schluck Punsch.“ Er prostete ihr zu.

„Punsch?! In der Kirche?!“ Taylor schüttelte ungläubig den Kopf.

„Ja, Pastor Flemming vertritt die Ansicht, dass das Abendmahl in verschiedenen Formen eingenommen werden kann.“ Matt grinste sie schief an. „Allerdings könnte ich mir vorstellen, dass er sich damit selbst einen kleinen Gefallen tut. Pastor Flemming ist den weltlichen Genüssen ebenso zugeneigt wie den geistlichen.“ Er zwinkerte ihr zu. Taylor konnte sich ein Grinsen nicht verkneifen.

„Eine sehr fortschrittliche Sichtweise, die nur wenige seiner Kollegen teilen dürften.“ Sie zog die Beine an und schlug sie unter ihrem Po wie eine Meerjungfrau zusammen, den Ellbogen auf die Rückenlehne des Sofas gestützt.

„Ja, Pastor Flemming ist erstaunlich modern, wenn man bedenkt, was für ein Dorf Haworth ist.“ Matt fuhr sich mit den Fingern wie ein Kamm durch die Haare. Dabei fiel ihm eine Strähne ins Gesicht. Nur mühsam widerstand Taylor dem Drang, ihm die Strähne hinter das Ohr zu schieben. Stattdessen nahm sie einen weiteren Schluck aus ihrem Glas. Ihr war leicht schwindelig. Sie durfte sich nicht von ihren Gefühlen leiten lassen. Schließlich war sie nicht hierhergekommen, um mit Matt eine Affäre anzufangen. Sie war hier, weil sie ihrer Pflicht als Nanny nachkam. Ihre Schützlinge brauchten sie. Sobald Mrs Whitworth aus dem Krankenhaus entlassen war, würde sie abreisen.

Sie spürte seinen Blick auf sich ruhen. Nervös spielte sie mit ihrem Glas und Wein schwappte auf ihre Hose.

„Mist!“ Sie wischte mit dem Handrücken über die Stelle. Der Fleck vergrößerte sich zusehends.

„Warte.“ Matt war aufgesprungen und eilte in die Küche. Sekunden später war er wieder da. „Lass mich mal machen.“ Er kniete sich vor ihr auf den Boden und fing an, mit dem Tuch über die Stelle auf ihrer Hose zu tupfen. Ihr wurde heiß und kalt unter seinen Berührungen.

„So müsste es gehen.“ Zufrieden ließ er von ihr ab. Der Fleck war bis auf einen leichten Schatten fast verschwunden.

„Danke für deine Hilfe“, sagte sie hölzern, unfähig, sich zu bewegen.

„Gern geschehen." Lächelnd sah er zu ihr hoch. Anstatt seinem Blick auszuweichen, starrte sie ihn an. Seine Augen verhakten sich in ihren. Sie konnte ihr Spiegelbild in seinen Pupillen flackern sehen. Ihre Haare schimmerten wie flüssiges Gold und ihr Mund war leicht geöffnet. Sie sah aus wie eine Nymphe. Er beugte sich zu ihr und seine Hände umfingen ihr Gesicht. Ein Zittern lief durch ihren Körper. Als sich sein Mund diesmal näherte, wehrte sie sich nicht. Sie schloss die Augen und überließ sich ihren Gefühlen. Es gab nur noch Matt und sie. Als seine Zunge ihre Lippen teilte, setzte ihr Herz einen Schlag lang aus und es war um ihre Fassung geschehen. Sie schlang die Arme um seinen Hals und zog ihn an sich heran. Ihr Körper bog sich ihm drängend entgegen. Sein Kuss wurde fordernder, und seine Hand ging auf Wanderschaft entlang des Rückens, bis sie auf ihrer Hüfte liegen blieb. Ein lustvolles Stöhnen entwich ihrer Kehle, als seine Lippen sie freigaben. Alles drehte sich. Orientierungslos blinzelte sie. Es gab nur noch einen Gedanken - sie wollte ihn mit all ihren Sinnen fühlen.

Seine Hand glitt unter ihr T-Shirt und schob es langsam hoch. Sofort richteten sich ihre Brustwarzen auf, als wollten sie ihn locken. Sie war wie Wachs in seinen Händen und nichts und niemand hätte sie in diesem Moment stoppen können. Ihre Hormone hatten endgültig das Kommando übernommen.

Plötzlich hielt er inne und liebkoste sie mit seinen Blicken. Mit angehaltenem Atem folgte sie seinem Blick, bis sich ihre Augen wieder trafen.

„Du bist unglaublich", sagte er mit rauer Stimme. Ein Lächeln breitete sich auf ihrem Gesicht aus. Mit einer einzigen Handbewegung öffnete er den Verschluss ihres BHs. Als sich sein Mund über ihre Brust senkte, stöhnte sie lustvoll auf. Er lachte heiser.

„Gleiches Recht für alle!", flüsterte sie und zog an seinem T-Shirt. Ihre Augen weiteten sich vor Begierde, als sie seinen nackten Oberkörper sah. Er sah genauso aus, wie sie ihn sich in ihren Träumen vorgestellt hatte. Seine Haut schimmerte golden im Schein der Flammen. Muskelstränge liefen wie gemalt über seine Brust. Er hatte die Figur eines Triathleten, stellte sie überrascht fest. Kein störendes Fett oder Wohlstandsbäuchlein, stattdessen zeichnete sich ein Sixpack unter der Haut ab.

Andächtig fuhr sie mit der Hand die feinen Linien seiner Muskeln nach bis zu dem dunklen Flaum, der von der Brust zum Bauchnabel verlief, um dann in seiner Jeans zu verschwinden. Seine Bauchdecke zitterte, als sie ihn berührte, und in seinen Augen schimmerte das Verlangen.

Sie küssten sich erneut, und mit dem Kuss verschwand das letzte bisschen Widerstand, das ihr noch geblieben war.

Nur diese eine Nacht, war das Letzte, was sie dachte, bevor die Welt um sie herum versank.

Sie lag in seinen Armen und lauschte dem Schlagen seines Herzens. Bumm. Bumm. Bumm. Sein Atem wiegte sie sanft hin und her. Sie hatten sich leidenschaftlich geliebt und noch immer spürte sie seine Hände und seine Lippen auf ihrer Haut. Es war kein gewöhnlicher Sex gewesen, sondern vielmehr ein Akt der totalen Harmonie zweier Körper. Es war, als wären ihre Körper füreinander gemacht worden. Alles passte perfekt, und als es so weit war, waren sie beide zum Höhepunkt gekommen. Sie hatte jede Sekunde davon genossen, aber nun war es vorbei und mit dem Ende war die Ernüchterung da. Das, was sie erlebt hatten, war eine Illusion dessen gewesen, was nie sein würde. Matt war ihr Chef, der Vater ihrer Schützlinge, und damit tabu für sie.

Vorsichtig, um ihn nicht zu wecken, hob sie den Kopf. Das Feuer im Kamin war bereits heruntergebrannt, trotzdem ging noch immer eine angenehme Wärme von der Glut aus. Matt hatte die Augen geschlossen. Ihr Blick glitt liebevoll über sein Gesicht. Sie widerstand der Versuchung, ihn zu küssen, aus Angst, ihn zu wecken. Stattdessen versuchte sie sich jedes kleine Detail einzuprägen, damit sie es abrufen konnte, wenn sie wieder in Portobello war. Die Zeit mit ihm war gezählt. Sie hatte das oberste Norland-Gesetz gebrochen und würde mit den Konsequenzen leben müssen. Gleich nach Weihnachten würde sie ihre Chefin anrufen und sie bitten, eine Nachfolgerin für sie zu suchen. Der Gedanke, die Kinder zurückzulassen, quälte sie. Sie hatte die beiden in ihr Herz geschlossen. Hätte sie eigene Kinder gehabt, sie hätte sie sich genau so gewünscht. Will, der seine Schwester auf rührende Weise zu schützen versuchte, und Stella, die ihren großen Bruder vergötterte und das Herz am rechten Fleck hatte. Matt schmatzte leise im Schlaf. Sie kuschelte sich erneut an ihn und schloss die Augen.

Sekunden später war sie eingeschlafen.

„Guten Morgen, Schlafmütze", begrüßte sie Matts Stimme fröhlich. Blinzelnd öffnete sie die Augen. Verschwommen sah sie Matt, der über ihr gebeugt stand und einen dampfenden Becher in der rechten Hand hielt. Seine Haare glänzten feucht vom Duschen und er hatte sich lediglich ein Handtuch um die Hüften geschlungen. Er sah unglaublich sexy aus. Draußen dämmerte es bereits und fahles Licht fiel ins Zimmer. Das Feuer im Kamin war längst heruntergebrannt.

„Oh Gott!" Mit einem Ruck richtete sie sich auf. „Wie spät ist es?" Sie fuhr sich durch die zerzausten Haare.

„Keine Sorge, es ist erst kurz vor halb sieben. Du hast noch ein paar Minuten, bis die Kinder aufwachen. Ich hätte dich früher geweckt, aber du hast so friedlich ausgesehen." Seine Augen ruhten auf ihren nackten Brüsten. Egal. Matt beugte sich zu ihr und gab ihr einen Kuss. „Fröhliche Weihnachten."

Für einen Augenblick hatte sie vergessen, welcher Tag heute war. Sie schluckte. Eigentlich wäre das der Zeitpunkt, um ihm zu sagen, dass das, was zwischen ihnen vorgefallen war, keine Zukunft hatte. Aber dann fing sie seinen glücklichen Blick auf und brachte es nicht übers Herz. Heute war Heiligabend und ihr Geständnis konnte warten.

Morgen. Morgen wäre auch noch ein Tag. Heute würde sie die wenigen Stunden, die ihr noch mit ihm und den Kindern blieben, genießen.

Er reichte ihr den Becher mit Kaffee. „Das sollte helfen. Meine Kollegen behaupten immer, ich würde den besten Kaffee auf der Welt zubereiten."

Unter seinen wachsamen Augen nahm sie einen Schluck aus dem Becher.

Tatsächlich schmeckte der Kaffee köstlich. Stark und mit einem Schuss Milch, so wie sie es mochte. Sie stellte den Becher auf den Couchtisch. Matt ließ sich wie selbstverständlich neben ihr aufs Sofa fallen. Sofort hatte sie seinen ureigenen Duft nach Hölzern und Gras in der Nase und ihr Puls schnellte in die Höhe. Sie schluckte trocken. In seiner Nähe hatte sie das Gefühl völliger Geborgenheit, als hätte jemand ihr Herz in Dämmmaterial gepackt, damit ihm nichts passieren konnte.

Matt lächelte sie unbefangen an.

„Du siehst zum Anbeißen aus, weißt du das." Sanft schob er eine Strähne aus ihrem Gesicht. „So herrlich wild." Er küsste sie voller Verlangen. Ihr Körper reagierte sofort und reckte sich ihm entgegen.

„Matt, wir sollten ...", keuchte sie erregt. Zu mehr kam sie nicht, denn Matt versiegelte ihren Mund mit seinen Lippen.

Als sie das nächste Mal die Augen öffnete, waren sie beide nackt und völlig außer Atem. Oben im ersten Stock regte sich etwas. Panik keimte in ihr auf.

„Die Kinder", flüsterte sie alarmiert. Mit einem Satz war sie aufgestanden und zog sich Matts T-Shirt und ihre Unterhose über. „Wir sehen uns zum Frühstück." Sie schnappte sich ihre Sachen und eilte auf nackten Füßen die Treppe nach oben vorbei am Kinderzimmer, wo sich Will und Stella leise miteinander unterhielten.

Mit klopfendem Herzen schloss sie die Badezimmertür hinter sich und ging zum Waschbecken. Ihr Ebenbild lächelte ihr zaghaft aus dem Spiegel entgegen. *War es möglich?* Sie strich sich erstaunt mit der Hand über die geröteten Wangen. Sie sah aus, als hätte jemand ein Licht von innen bei ihr angeknipst. Ihre Augen leuchten fast unnatürlich hell und ihre Haare sahen aus wie nach einem Spaziergang am Meer. Wild und zerzaust. Die Wangen waren von einer zarten Röte überzogen. Sie leckte sich mit der Zunge über die vom Küssen geschwollenen Lippen. So sieht also eine Frau aus, die geliebt wird. Sie dachte an all die süßen Worte, die er ihr ins Ohr geflüstert hatte. Sie hatten sich leidenschaftlich geliebt, und er hatte Gefühle in ihr geweckt, die sie bis zu dieser Nacht nicht gekannt hatte. Sex war für sie immer eine Art Spiel gewesen, eine Selbstbestätigung. Aber nun war dieses Spiel zu einem Spiel mit dem Feuer geworden, und sie war dabei, sich zu verbrennen.

Was hast du getan, flüsterte sie ihrem Spiegelbild entgegen.

24. Dezember

15. Kapitel

Als sie nach unten kam, saßen die Kinder bereits am Frühstückstisch und unterhielten sich angeregt mit ihrem Vater. Stella erzählte kindlich eine Geschichte, dabei flatterten ihre Hände wie kleine Vögelchen in der Luft. Will kaute fröhlich sein Frühstück.

„Guten Morgen", begrüßte sie die Kinder. Sie warf Matt einen flüchtigen Blick zu. Er hatte sich umgezogen. Seine schlanken Beine steckten in einer dunklen Stoffhose und dazu trug er ein weißes Hemd. „Guten Morgen, Matt."

Er schenkte ihr ein Lächeln, das ihr Herz zum Schmelzen brachte.

„Guten Morgen, Taylor", sagte er betont deutlich, wie ein Schauspieler, der seinen Text ablas. „Hast du gut geschlafen?" Wieder ein breites Grinsen.

„Ähm, ja, mit kleinen Unterbrechungen. Und du?" Sie blinzelte, darum bemüht, dass die Kinder von ihrem kleinen Wortspiel nichts mitbekamen.

„Ein bisschen kurz vielleicht." Seine Augen funkelten vergnügt. „Möchtest du einen Kaffee? Du siehst ein wenig müde aus." Unverschämtes Grinsen.

„Kaffee wäre prima." Sie legte den Kopf leicht schräg. „Wobei … als ich das letzte Mal ein Getränk von dir angenommen habe, hat es schlimm geendet", konterte sie.

„Du meinst bestimmt ‚schön' geendet, nicht ‚schlimm', oder?" Seine Mundwinkel zuckten. Will und Stella starrten die beiden Erwachsenen verständnislos an.

„Überraschend würde es eher treffen", entgegnete sie frech.

„Man könnte auch sagen: Sensationell", führte er ihr kleines Wortgefecht fort. „Milch dazu?"

„Gerne." Sie nickte.

„Das schreit nach einer Wiederholung." Demonstrativ nahm sie den Löffel in den Mund und leckte genüsslich den Milchschaum ab.

Matts Augen weiteten sich lustvoll. „Ich hätte nichts dagegen einzuwenden."

„Ich schätze, wir werden uns noch eine Weile gedulden müssen." Er machte eine unauffällige Kopfbewegung in Richtung der Kinder, die gerade dabei waren, eine riesige Portion Cornflakes in sich hinein zu schaufeln. „Du ahnst ja nicht, was man alles bei einer Folge ‚Heute kommt der Weihnachtsmann' erledigen kann …"

Sie zog belustigt die Augenbraue nach oben. „Ich als das Kindermädchen deiner Kinder möchte dir dringend von dieser Maßnahme abraten." Sie grinste. „Es wird sich bestimmt eine Gelegenheit bieten."

„Dann werde ich mich wohl dem Rat der Fachkraft beugen müssen."

„Na, ihr beiden", sagte Taylor und strubbelte Will durch seine Haare. „Wie habt ihr geschlafen?"

„Gut", trötete Stella vorlaut. „Aber weißt du denn gar nicht, dass heute Weihnachten ist?" Sie sah ihr Kindermädchen mit großen Augen an.

„Wirklich?!" Taylor schlug theatralisch die Hände über dem Kopf zusammen. „Aber das hatte ich ja völlig vergessen."

„Du willst uns nur veräppeln." Will grinste, der ihr kleines Spiel durchschaut hatte.

„Vielleicht." Sie schmunzelte.

„Aber der Baum ist ja noch gar nicht geschmückt", protestierte Stella und deutete auf die Tanne vor dem Kamin.

„Na, dann muss ich das schleunigst ändern", sagte Taylor. Sie sah Matt im stummen Einverständnis an. „Was haltet ihr davon, wenn ihr nach dem Frühstück eure Tante Milly im Krankenhaus besucht und ich in der Zwischenzeit den Baum schmücke. Ihr müsst wissen, dass ich ziemlich gut im Baumschmücken bin!"

„Och, ich will nicht in das doofe Krankenhaus", maulte Will.
„Aber es ist Weihnachten, und ich denke, deine Tante Milly wäre ziemlich traurig, wenn sie eure lieben Gesichter nicht zu sehen bekommen würde", sagte Taylor und lächelte ihm aufmunternd zu. „Wenn ihr wieder nach Hause kommt, gibt es zur Belohnung auch eine leckere Tasse heißen Kakao mit Marshmallows und Keksen. Ist das ein Angebot?"
„Au ja und du liest uns die Geschichte zu Ende vor", bettelte Stella.
„Abgemacht", sagte Taylor und hielt Stella die Hand zum Einklatschen entgegen.
„Abgemacht." Stella nickte und klatschte ein.
„Prima", mischte sich Matt in das Gespräch. „Und vor dem Abendessen besuchen wir die Weihnachtsmesse."
„Was gibt es eigentlich zu essen?" Taylor hatte sich bis jetzt keine Gedanken über das Abendessen gemacht.
„Cecilia und ihre Mutter haben uns zum Abendessen eingeladen. Wenn du nichts dagegen hast, würde ich die Einladung gerne annehmen", erzählte Matt.
„Gott sei Dank." Sie lachte erleichtert. „Ich dachte schon, ich müsste kochen."
„Warum?", wollte Matt wissen.
„Ich mag eine gute Nanny sein, aber was das Kochen anbelangt, bin ich eine echte Niete."
„Und ich dachte immer, ihr Nannys könnt alles."
„Wir können vieles …" Sie warf ihm einen verheißungsvollen Blick zu. „Manchmal vollbringen wir sogar kleine Wunder, aber kochen gehört bei mir nicht dazu."
„Oje, dann werden wir an den Feiertagen wohl hungern müssen", sagte Matt traurig.
„Das tut mir wirklich leid. Ich könnte leckere Pfannkuchen machen oder Spag Bol."
„Spag Bol?" Matt runzelte die Stirn.
„Spaghetti Bolognese", klärte sie ihn auf.
„Lecker!" Will leckte sich über die Lippen. „Spag Bol ist viel besser als der olle Truthahn, den Tante Milly immer macht."

„Ich glaube nicht, dass Spag Bol …“ Matt betonte die beiden letzten Worte. „… das Richtige an Weihnachten ist.“

„Du bist ein ganz schöner Spießer“, neckte sie ihn.

„Aber ein netter“, kam es zurück. Seine Augen streichelten sie liebevoll.

Taylor zuckte gleichgültig mit den Achseln. „Das kann ich nicht beurteilen. Ich kenne dich ja kaum.“

„Dann sollten wir das schleunigst ändern.“ Matt grinste sie unverschämt an.

Eine verräterische Röte huschte über ihr Gesicht.

„Na gut, dann würde ich sagen, ihr lasst euch mit dem Abendessen überraschen. Nicht wahr, Sternchen?!“ Er gab Stella einen Kuss auf die Nase.

„Mein Daddy ist der beste Koch auf der Welt“, piepste Stella und schenkte ihrem Vater einen stolzen Blick.

„Dann bin ich mal gespannt, was ein Professor für Philosophie so alles zaubern kann.“ Taylor klimperte mit den Augendeckeln.

„Wunderbar. Dann marsch nach oben und ab in die Klamotten. Schließlich haben wir noch eine Kleinigkeit vor.“

Die Kinder rannten los. Matt wartete, bis sie aus dem Blickfeld verschwunden waren. Dann schlang er seinen Arm um ihre Taille und küsste sie. Gäbe es eine Skala von eins bis zehn, dachte sie, als er sie aus seinen Armen wieder entließ, dann wäre der Kuss von Matt eine glatte Elf.

„Wir sehen uns später.“ Mit diesen Worten stolzierte er aus dem Wohnzimmer.

Nachdem Matt mit den Kindern losgefahren war, schaltete Taylor das Radio ein. In dem eingestellten Sender liefen alte Weihnachtsjingles. Summend machte sich Taylor daran, die Kiste mit dem Christbaumschmuck auszupacken. Bei ihren Eltern wurde der Baum bereits am ersten Dezember geschmückt. Die ganze Familie traf sich an diesem Tag, trank zusammen Kaffee und später Punsch. Man scherzte und lachte viel. Es wurden kluge Ratschläge gegeben, zum Beispiel, dass die Kugel rechts unten besser aussehen würde, wenn man sie einen Ast weiter oben hängen würde, oder die Engel sehen zerrupft aus oder der Baum ist leicht schief, vielleicht sollte man ihn besser noch ein Stückchen abschneiden. Am Ende waren jedoch alle mit dem Ergebnis zufrieden und man lobte den wunderschönen Baum. Fast jedes Jahr sagte Taylors Mutter, dass dies der schönste Baum sei, den sie jemals gesehen habe.

Schmunzelnd nahm Taylor die Lichterkette aus der Kiste und fing an, sie um die Äste zu wickeln. Bis Max geboren wurde, hatten ihre Eltern immer echte Bienenwachskerzen angezündet, aber seit der kleine Mann auf der Welt war, war man zu elektrischen Lichterketten übergegangen. Wahrscheinlich war es bei den Johnsons der gleiche Grund.

Gut gelaunt sang sie mit melodischer Stimme das Lied aus dem Radio mit, als das Handy klingelte.

„Taylor Young“, meldete sie sich.

„Hi, Taylor, wie geht es unserer Supernanny?“, begrüßte sie Olives Stimme verschlafen.

„Hi, Olive, wieso bist du denn schon wach?“ Sie konnte förmlich sehen, wie Olive mit zerknautschtem Gesicht und verwuschelten Haaren auf dem Bett saß. Wahrscheinlich trug sie einen ihrer übergroßen Pyjamas und dazu dicke Wollsocken. Olive gehörte zu der Sorte Frau, die immer kalte Füße hatten. Deshalb hatte ihr Taylor erst letztes Jahr ein Paar Hausschuhe geschenkt, die mit kuschligem Fleecefell gefüttert waren und auf deren Oberseite den Besitzer lustige Elchgesichter anlachten.

„Ich fahre heute zu meiner Tante", stöhnte Olive. „Bestimmt werde ich die nächsten zwei Tage wieder mit gut gemeinten Ratschlägen überhäuft und gemästet wie eine Weihnachtsgans."

„Ich finde, es gibt schlimmere Schicksale", entgegnete sie trocken.

„Nein, das glaube ich nicht, denn morgen kommt meine ganze bucklige Verwandtschaft zu Besuch und will sich mit mir unterhalten. Seit meine Tante hinter vorgehaltener Hand verkündet hat, dass ich im Radio eine Sexsendung moderiere, bin ich eine kleine Sensation innerhalb der Familie."

Taylor giggelte vergnügt. „Das kann ich mir vorstellen."

„Nein, kannst du nicht!", jammerte Olive weiter. „Seit mein sechsundsechzig jähriger Onkel mir ins Ohr geflüstert hat, welche Sexpraktiken er bevorzugt, habe ich Albträume."

Taylor prustete laut los.

„Sehr witzig." Es raschelte am anderen Ende der Leitung, und Taylor hörte, wie Olive einen Schluck -wahrscheinlich Kaffee - trank. „Und wie geht es dir?"

„Prima. Die Fahrt nach Haworth war ziemlich abenteuerlich." Sie erzählte Olive mit knappen Worten, wie sie völlig übermüdet von der Straße abgekommen war und Matt sie gerettet hatte.

„Du kennst doch diese Theorie bestimmt, dass sich Frauen häufig in ihre Retter verlieben. Nicht, dass dir das passiert."

Sie schwieg.

„Taylor?!"

„Ähm, ja." Sie knabberte nachdenklich an ihrem Fingernagel. Eine Angewohnheit, die sie eigentlich schon vor Jahren abgelegt hatte.

„Wenn ich dich nicht so gut kennen würde, würde ich behaupten, dass du dich verknallt hast."

Sie schwieg noch immer.

„Oh mein Gott!", kreischte Olive. „Du hast dich verliebt!"

Hektisch sah sie sich um, als könnte jemand verstehen, was Olive gesagt hatte. „Schrei nicht so. Nein, habe ich nicht."

„Blödsinn! Ich kenne dich gut genug, um zu wissen, wann du lügst.“

„Du hörst dich an wie meine Mutter, die dieses Radar eingebaut hat, mit dem sie immer sofort merkt, wenn mit mir etwas nicht stimmt.“

„Ich bin deine beste Freundin und noch dazu moderiere ich eine Kummerkastensendung.“

„Ach Olive, ich habe einen Riesenfehler gemacht“, gestand sie. „Ich habe mit Matt geschlafen.“

„Du hast was?“ Taylor konnte förmlich sehen, wie Olive die Stirn runzelte.

„Ich habe mit Matt geschlafen“, sagte sie kleinlaut.

„Aber hast du mir nicht erzählt, dass es ein Gesetz bei euch Nannys gibt, das besagt, dass ihr euch niemals mit den Vätern eurer Kinder einlassen sollt?“

„Ja.“

„Bist du denn in ihn verliebt?“

„Das Gleiche hat mich meine Mutter auch schon gefragt.“

„Und?“

„Ich fürchte ja.“ Sie seufzte.

„Und was willst du jetzt tun?“

„Sobald Weihnachten vorbei ist, werde ich abreisen und die Agentur bitten, mich zu versetzen“, sagte sie mit fester Stimme.

„Aber liebst du ihn denn?“

Sie schwieg. Liebte sie Matt wirklich oder war sie verknallt? „Ich weiß es nicht“, antwortete sie ehrlich. „Wenn ich mit ihm zusammen bin, hört sich die Welt auf zu drehen, aber wenn ich alleine bin, habe ich meine Zweifel.“

„Mhm, das hört sich gar nicht gut an.“

„Danke, das hat jetzt wirklich geholfen“, entgegnete sie trüb.

„Was würde passieren, wenn deine Agentur mitbekommt, dass du mit Matt eine Affäre hast?“

„Sie würden mich direkt entlassen. Olive, Norland ist das beste College und bekannt für seine gut ausgebildeten Nannys. Die würden es niemals akzeptieren. Die haben viel zu viel Angst, dass das an die Öffentlichkeit kommt und der Ruf des Norlands einen dunklen Fleck bekäme." Sie schluckte. Ihr Blick fiel auf die Uhr. Es war bereits spät. Wenn sie fertig sein wollte, bevor Matt mit den Kindern zurückkam, müsste sie sich beeilen.

„Du, ich muss Schluss machen. Matt und die Kinder sind bei ihrer Tante, Mrs Whitworth, in der Klinik, und ich habe versprochen, den Baum in der Zwischenzeit zu schmücken."

„Wissen die Kinder, dass du mit ihrem Vater …?"

„Nein", sagte Taylor entschieden.

„Ich wünschte, ich könnte dir helfen, aber im Moment fällt mir auch nichts ein, um diese vertrackte Situation zu lösen", gestand Olive.

„Ich weiß, deshalb habe ich beschlossen, die wenigen Stunden, die mir noch mit Matt bleiben, einfach zu genießen."

„Na, ob das die Lösung ist … ich weiß nicht."

„Ist es nicht, aber es hilft mir."

Olive schwieg.

„Mach dir bitte keine Gedanken. Ich bin ein großes Mädchen. Ich komme klar", sagte sie betont fröhlich.

„Wenn was ist, ruf mich an. Du hast ja meine Nummer."

„Das mache ich", versprach sie. „Wann kommst du zurück?"

„Direkt am Tag nach Weihnachten."

„Gut." Sie nickte. „Dann sehen wir uns. Stell schon mal ne Flasche Wodka für mich in den Kühlschrank. Ich schätze, die werde ich brauchen."

„Alkohol ist auch keine Lösung."

„Das vielleicht nicht, aber er hilft."

„Okay, bis nächste Woche."

„Ja, bis dann und grüß deine Tante von mir." Sie legte auf.

Zwei Stunden später war der Baum fertig geschmückt. Zufrieden betrachtete sie ihr Werk. Die Nordmanntanne war wunderschön gewachsen, und sie hatte darauf geachtet, die goldenen und roten Kugeln gleichmäßig zu verteilen. Dazwischen hatte sie Engel, liebevoll geschnitzte Holzfigürchen und rot-weiße Fliegenpilze gehängt. Die unzähligen Lichter sahen aus wie winzige Irrlichter, die sich auf die Tannenzweige gesetzt hatten.

Die drei Weihnachtsstrümpfe für Matt und die Kinder, die am Boden der Kiste gelegen hatten, hatte sie an die Haken gehängt, die eigens zu diesem Zweck am Kamin angebracht worden waren.

Sie fröstelte leicht. Das Feuer im Kamin war bereits vor Stunden erloschen und die Kälte kroch langsam durch die Ritzen des alten Hauses. Sie legte ein paar neue Scheite in den Kamin und entfachte ein Feuer. Fünf Minuten später züngelten die Flammen gierig am Holz und eine wohlige Wärme breitete sich im Wohnzimmer aus. Sie warf einen Blick auf ihre Armbanduhr. Es war bereits spät am Nachmittag und Matt und die Kinder würden jeden Augenblick zurück sein.

Es wurde Zeit, sich für den Abend umzuziehen.

Sie hatte den Koffer in aller Eile gepackt und einfach hineingestopft, was ihr zwischen die Finger gekommen war. Holly (wer sonst?!) hatte darauf bestanden, etwas Festliches mitzunehmen. Mit spitzen Fingern hob sie das Kleid aus dem Koffer und zog es über. Der feine Stoff schmiegte sich wie eine zweite Haut an ihren schlanken Körper. Pailletten in der gleichen Farbe wie der Stoff waren raffiniert auf das Kleid gestickt, sodass der Betrachter den Eindruck bekam, sie wären über das Kleid gegossen worden. Skeptisch betrachtete sie sich im Spiegel. Die zartrosa Farbe des Stoffs schmeichelte ihrem Teint und brachte ihre Augen zum Leuchten. Die Spagettiträger betonten ihre wohlgeformten Schultern und die dezente Raffung entlang der Naht oberhalb ihres Busens betonte die Rundungen vorteilhaft. Sie hatte die Haare frisch gewaschen und so lange mit dem Glätteisen bearbeitet, sodass sie in schimmernden Wellen über die Schulter fielen. Ihre Augen hatte sie mit einem dunklen Lidstrich und Wimperntusche betont. Die Lippen glänzten verführerisch in einem zarten Apricotton. Sie drehte sich zur Seite, um sich von allen Seiten zu begutachten. Ein zufriedenes Lächeln legte sich auf ihr Gesicht. Sie sah aus wie eine blonde Aphrodite.

Sie war kaum fertig, als sie Stimmen von unten hörte. Matt war mit den Kindern zurück. Sie schlüpfte in ihre Schuhe. Sie hatte die goldenen Slings eigens für das Kleid gekauft. Sie hatte nicht widerstehen können, als sie die eleganten Schuhe im Schaufenster gesehen hatte, und ohne mit der Wimper zu zucken den horrenden Preis bezahlt. Leichtfüßig eilte sie die schmale Steintreppe nach unten.

„Bitte, bitte, bitte, Daddy, ich will den Weihnachtsbaum sehen“, hörte sie Stella betteln.

„Natürlich, mein Spätzchen“, ertönte Matts sanfte Stimme. „Aber wir müssen erst einmal Taylor fragen.“

„Ich bin schon da“, rief sie und blieb auf der untersten Treppenstufe stehen.

„Taylor!“ Matt starrte sie mit offenem Mund an. Seine Augen glitten über ihr Kleid und streichelten sie. Der Stoff schmiegte sich an ihre schmale Taille und betonte jede Kurve. Sie sah umwerfend aus.

„Gefällt es dir?“ Sie drehte sich keck um die eigene Achse.

„Ob es mir gefällt?“ Der bewundernde Ausdruck auf seinem Gesicht sagte mehr als tausend Worte. „Du siehst einfach unglaublich aus …“

„Wie eine Prinzessin“, lispelte Stella.

„Richtig hübsch“, stimmte Will ihr zu und schenkte Taylor das gleiche schiefe Grinsen wie sein Vater.

„Danke, ihr Lieben. Ich hatte schon Angst, dass es ein bisschen dick aufgetragen ist.“

„Selbst wenn, du kannst es dir leisten.“ Matts Hand glitt wie zufällig über ihren Arm. Sofort prickelte ihre Haut und eine heiße Welle wanderte vom Hals nach oben. Noch nie zuvor hatte ihr Körper auf einen Mann reagiert wie auf Matt.

„Die Kinder“, warnte sie ihn leise, als sie Wills Blick auffing, wie er sie musterte. Sie wollte nicht, dass Will und Stella Verdacht schöpften, dass zwischen ihr und ihrem Vater etwas lief. Die beiden hatten genug durchgemacht, und eine kurzfristige Affäre würde die Verlustängste, unter denen sie litten, nur noch mehr verstärken. Stella und Will brauchten eine feste Partnerin an der Seite ihres Vaters, die ihnen die Liebe und Aufmerksamkeit einer Mutter schenken konnte und eine Konstante in ihrem Leben darstellte.

Matt zwinkerte ihr zu.

„Ich will auch so ein Kleid.“ Stella zupfte an ihrem Kleidersaum.

„Mhm, ich bin mir sicher, du hast auch ganz schöne Kleider bei dir im Schrank. Was hältst du davon, wenn wir nach oben gehen und uns mal umschauen.“ Sie tippte Will mit dem Finger auf die Brust. „Und du, junger Mann, solltest dich auch umziehen. Schließlich wollen wir in der Kirche doch einen guten Eindruck hinterlassen.“ Sie lächelte.

„Ich habe einen Vorschlag zu machen. Ich kümmere mich um Will und du hilfst Stella. Wir Männer müssen zusammenhalten." Will sah überrascht zu Matt hoch. „Was meinst du, mein Großer?"

Will nickte und schnappte sich wortlos Matts Hand.

„Aber vorher möchte ich noch den Weihnachtsbaum sehen", bettelte Stella.

Taylor schüttelte den Kopf. „Nein, nein, nein. Den Baum gibt es erst später zu bewundern, wenn es dunkel ist." Sie gab ihr einen sanften Stupser. „So und nun Abmarsch nach oben."

„Och." Stella ließ den Kopf hängen.

„Taylor hat recht", pflichtete ihr Matt bei. „Der Baum sieht im Dunkeln am schönsten aus."

„Wie geht es deiner Schwägerin?", fragte Taylor beiläufig auf dem Weg ins Kinderzimmer.

„Besser. Sie beklagt sich über das schlechte Essen und scheucht die Schwestern den ganzen Tag durch die Flure. Ihre Zimmernachbarin scheint eine ganz nette Frau zu sein, mit der sie sich gut versteht. Sie lässt dich herzlich grüßen."

„Danke. Um wie viel Uhr wolltest du nach Haworth fahren?"

Matt blickte auf seine Uhr. „Ich würde sagen, wenn wir in einer halben Stunde abfahren, sind wir pünktlich da."

Taylor nickte. Verstohlen betrachtete sie sein markantes Profil. Es kostete sie all ihre Kraft, ihm nicht um den Hals zu fallen und ihn auf der Stelle zu küssen. Stattdessen folgte sie Stella ins Kinderzimmer.

16. Kapitel

Es hatte wieder angefangen zu schneien, als der Rover auf dem Parkplatz der altehrwürdigen Kirche von Haworth vorfuhr. Sie waren doch später als geplant losgekommen. Das Telefon hatte unaufhörlich geklingelt, zumeist waren es Verwandte, die Matt und den Kindern schöne Weihnachten wünschen wollten.

Stella hatte noch dazu gebockt, als sie das Kleid anziehen sollte, das ihre Tante ihr gekauft hatte. Sie musste ihre ganze Überredungskunst einsetzen, um Stella davon zu überzeugen, dass sie in dem dunkelrot schimmernden Satinkleid bezaubernd aussah. Ein glitzernder Weihnachtsstern, den Taylor kurzerhand als Haarspange umfunktionierte, hatte schließlich die Kleiderkrise beendet.

Gemeinsam Hand in Hand schritten sie die ausgetretenen Stufen zur Kirche hoch. Über dem Eingang des Haupthauses, in dem sich die Kapelle befand, waren bunte Christbaumkugeln angebracht worden und ein mächtiger Weihnachtsengel mit einer Harfe im Arm schaukelte quietschend im Wind.

Die Kirche war ein altehrwürdiges Backsteingemäuer aus dem vorherigen Jahrhundert mit hohen Torbögen und bleiverglasten Fenstern. Entlang der Torbögen ringelten sich Girlanden aus Tannenzweigen und vor dem Altar war eine große Krippe aufgebaut worden. Die Luft war angefüllt mit dem schweren Duft des Weihrauchs.

Die meisten Einwohner hatten sich bereits in der Kirche versammelt. Dem Anlass entsprechend waren alle festlich gekleidet.

Taylors Herz schmolz dahin, als sie Matt und Will Hand in Hand den langen Gang zum Altar hinunterschreiten sah. Will strahlte über das ganze Gesicht, während Matt mit einem leichten Kopfnicken bekannte Gesichter begrüßte. Wohlwollende Blicke folgten den beiden, bis sie sich in einer der vorderen Reihen setzten. Sie und Stella folgten ihnen dicht. Im Vorbeigehen bemerkte sie, wie einige der Besucherinnen hinter vorgehaltener Hand etwas flüsterten. Wahrscheinlich zerrissen sie sich gerade die Mäuler, wer sie war. Haworth war eine Kleinstadt und ihr Auftritt in der Kirche sorgte für die nächsten Tage für Gesprächsstoff. Mit einem Mal wünschte sie sich, sie wäre zu Hause geblieben. Unbewusst blieb sie stehen. Stella sah sie fragend an. Hilfe suchend wanderten ihre Augen durch die Reihen, bis sie auf Matt haften blieben. Er lächelte ihr warmherzig zu und alle Zweifel waren verflogen. Sie straffte den Rücken, reckte das Kinn und ging weiter.

Der Gottesdienst war kurzweilig und sie genoss die festliche Stimmung in der Kirche. Matt hatte darauf bestanden, dass sie sich auf den freien Platz neben ihn setzte. Kaum hatte der Gottesdienst angefangen, spürte sie seine warme Hand auf ihrer.

Es wurde gesungen und am Ende sprach der Pastor den Segen für die ganze Gemeinde zusammen aus. Wie Matt schon gesagt hatte, gab es für die Erwachsenen ein Glas Punsch und für die Kinder Früchtepunsch zum Abschied. Viele der Einwohner kannten Matt schon, seit er ein kleiner Junge war, und begrüßten ihn freudig.

Sie hielt sich die ganze Zeit im Hintergrund, ganz, wie es sich für eine anständige Nanny gehörte. Trotzdem hörte sie, wie Matt zum wiederholten Male auf sein attraktives Kindermädchen angesprochen wurde. Der Unterton in den Stimmen war deutlich zu hören. Jeder hier im Dorf hatte Laura gekannt, und da war es nur allzu natürlich, dass ihre Anwesenheit massenhaft Raum für Gerüchte bot. Taylor war froh, als sie wieder im Autos saßen und Haworth langsam im Hintergrund verschwamm.

Shepards Cottage lag auf einer kleinen Anhöhe inmitten von Weidelandschaften. Wo im Sommer saftig grüne Wiesen standen, war nun eine geschlossene Schneedecke und nur einige karge Astspitzen lugten dazwischen durch. Die kleine Herde Schafe, die ihr Zuhause bei Cecilia hatten, standen dicht aneinandergedrängt im Stall, der durch ein immergrünes Wäldchen vom Haus abgetrennt war.

Shepards Cottage war kleiner als *Owls Nest Cottage* und mutete zwischen den kargen Bäumen wie ein Hexenhäuschen an.

Als sie eintraten, herrschte mollige Wärme und Bratenduft hing in der Luft. Cecilia und ihre Mutter begrüßten sie herzlich. Für die Kinder war *Shepards Cottage* wie ein zweites Zuhause, und es dauerte nicht lange und sie hatten es sich auf dem weichen Schafsfell vor dem Kamin mit Spielzeug, das Cecilia extra für sie aufbewahrte, gemütlich gemacht. Die Erwachsenen nahmen auf der kleinen Sitzecke rund um den Kamin im Wohnzimmer Platz. Cecilia reichte heißen Eggnog und Kekse dazu. Es herrschte ein lockerer Umgangston in entspannter Atmosphäre. Cecilias Mutter stellte sich als eine rüstige ältere Dame mit einer guten Portion Humor heraus. Es wurde gescherzt und gelacht, und als das Abendessen auf den Tisch kam, glänzten Taylors Augen glücklich.

Cecilia hatte den Tisch liebevoll mit kostbarem englischem Porzellan, mit den typischen rot-weißen Landschaftsmotiven darauf, gedeckt. Schwere Bleikristallgläser und Stoffservietten mit Monogramm rundeten das Bild ab. Von der Decke hing ein alter Kerzenleuchter, der den Raum in ein warmes Licht tauchte. Man unterhielt sich über Literatur und Matt gab kleine Anekdoten aus seinem Universitätsalltag zum Besten. Will und Stella lauschten den Erwachsenen mit rotwangigen Gesichtchen und genossen die Gesellschaft. Immer wieder wurde ihr Herz von Stolz erfüllt, wenn ihr Blick auf Will und Stella fiel. Eine Mutter konnte sich nicht anders fühlen - voller Liebe und Dankbarkeit. Nachdem sie fertig gegessen hatten, schenkten sich die Erwachsenen noch ein Glas Rotwein ein und die Kinder kuschelten sich mit einem Becher heißen Kakao auf das Sofa.

Taylor half Cecilia, den Tisch abzuräumen, alldieweil Matt sich angeregt mit ihrer Mutter unterhielt.

„Ich habe Matt schon lange nicht mehr so glücklich gesehen“, sagte Cecilia und reichte Taylor einen frisch gespülten Teller.

Taylor spürte, wie sie errötete. „Mhm.“

Cecilia zog eine Augenbraue nach oben. „Er hat eine harte Zeit hinter sich.“ Sie stellte das Glas zum Abtropfen auf die Spüle.

„Es ist immer schrecklich, wenn man einen geliebten Menschen verliert.“

Cecilia legte den Kopf leicht schräg. „Noch schlimmer ist es, wenn man herausfindet, dass der Mensch, den man geliebt hat, nicht der war, für den man ihn gehalten hat.“

Taylor zog als stumme Frage die Augenbraue hoch.

Es dauerte, bis Cecilia antwortete. „Das musst du Matt schon selber fragen. Aber ich freue mich, dass er in dir endlich eine Frau gefunden hat, die ihn wieder zum Lachen bringt.“

„Ähm, ich bin lediglich die Nanny von Will und Stella, und wäre der Unfall nicht passiert, dann wäre ich in London bei meiner Familie", wehrte sie Cecilias Verdacht ab. Niemand sollte von ihrer kleinen Affäre wissen, schließlich würde sie in wenigen Tagen beendet sein und sie würde für immer aus Matts Leben verschwinden.

„Kindchen, ich bin zwar nicht mehr ganz jung, aber noch jung genug, um zu wissen, was ich weiß. Du brauchst dich nicht vor mir zu verstecken. Dass Matt in dich verliebt ist, sieht man doch auf den ersten Blick, und du leuchtest, als hättest du eine Tausend-Watt-Birne verschluckt."

War es so offensichtlich, dass sie bis über beide Ohren in Matt verliebt war?

„Außerdem lieben dich die Kinder. Selbst Will, der nur schwer aus sich herauskommt, scheint ganz vernarrt in dich zu sein, und ich kann es ihm nicht verdenken. Mit deiner frischen unbekümmerten Art tust du den dreien gut." Sie beugte sich vor und tätschelte ihre Hand.

Sie versuchte es mit einem Lächeln abzutun.

„Liebst du Matt?"

Die Frage kam völlig überraschend. Sie schluckte trocken. „Matt ist ein toller Mann, aber …" Sie suchte nach den passenden Worten.

„Was hält dich dann davon ab?" Cecilias stechend blaue Augen ruhten forschend auf ihr.

„Ich bin eine Norland-Nanny. Matt hat mich eingestellt, damit ich mich um seine Kinder kümmere", entgegnete sie fast trotzig. „Liebe stand nicht im Vertrag!"

„Lass dir eins gesagt sein: In der Liebe und im Krieg ist alles erlaubt. Als ich meinen Arthur kennengelernt habe, haben mich all meine Freundinnen und meine Familie für verrückt erklärt. Einen Mann, der einsam auf dem Land lebt und noch dazu knapp fünfundzwanzig Jahre älter ist als ich. Du kannst dir nicht vorstellen, was damals in meinem Bekanntenkreis los war. Trotzdem haben wir geheiratet und es waren die glücklichsten Jahre in meinem Leben." Sie sah wehmütig aus dem Fenster, wo sich die Nacht über die Landschaft gesenkt hatte. „Nie wieder hat mir ein Mann mehr gegeben als mein Arthur. Ich möchte keine Sekunde mit diesem wundervollen Mann missen."

Taylor starrte angestrengt auf ihre Zehnspitzen. „Ich habe gesehen, wie uns die Leute in der Kirche angesehen haben. Es würde nicht funktionieren."

„Ach Kindchen, das ist doch Blödsinn. Die Leute hier zerreißen sich sogar das Maul, wenn ihnen ein Schaf vor die Füße scheißt. Ich hatte dich eigentlich als ein bisschen selbstbewusster eingestuft. In kurzer Zeit haben sie alles vergessen und du bist plötzlich eine von ihnen. So sind wir Dorfbewohner nun mal, wir tratschen gerne und wissen, was hinter den geschlossenen Türen unserer Nachbarn los ist, aber am Ende des Tages halten wir alle zusammen."

„Ich bin selbstbewusst, aber ich bin eine Norland-Nanny. Ich kann mir keinen Skandal erlauben." Sie wusste, wie patzig sie in Cecilias Ohren klingen musste.

„Ein Skandal ... pah!" Die ältere Frau verzog das Gesicht. „Was ist schon ein Skandal gegen die Liebe?!"

„Na, was gibt es hier Wichtiges zu besprechen?" Matts Kopf tauchte im Türrahmen auf. Seine Augen suchten sie. „Wir warten schon auf euch."

„Gar nichts. Einfach ein kleiner Plausch unter Frauen", sagte Cecilia und tätschelte Taylor mütterlich die Hand. „Wir sind gerade fertig geworden. Nicht wahr, Taylor?!" Cecilia zwinkerte ihr zu.

Sie nickte, immer noch damit beschäftigt, Cecilias Worte zu verdauen.

Matt kam einen Schritt auf sie zu. „Findest du nicht, dass Taylor die wundervollste Nanny auf der Welt ist?"

„Charmant und äußerst gut aussehend noch dazu. Aber das ist dir bestimmt auch schon aufgefallen", neckte ihn Cecilia. Fast mühelos hatte Cecilia die Tonlage des Gesprächs geändert und ihm eine unbefangene Leichtigkeit gegeben.

„Ach echt?" Seine Augen funkelten vergnügt. „Ich finde, sie hätte sich ruhig etwas mehr Mühe mit ihrem Kleid geben können." Er sah sie verliebt an.

„Du Mistkerl." Spielerisch knuffte Taylor ihn in die Seite.

„Ich denke, wir sollten langsam aufbrechen. Die Kinder sind schon eingeschlafen und der Schneefall hat wieder zugelegt." Er schlang seinen Arm um ihre Taille. Verstohlen sah sie zu Cecilia, die sie wissentlich anlächelte.

„Ich kann euch das Gästezimmer herrichten und ihr bleibt einfach über Nacht", schlug Cecilia vor.

„Nein, das ist lieb von dir, aber du weißt, wie sehr die Kinder sich auf die Bescherung freuen. Ich habe ein paar Decken im Auto, und wenn ich langsam fahre, ist es mit dem Rover kein Problem."

„Na gut, das kann ich verstehen. Dann begleite ich euch noch nach draußen."

Stella und Will lagen aneinandergekuschelt auf dem Sofa. Cecilias Mutter hatte vorsorglich trotz der Wärme im Zimmer eine Decke über die beiden gelegt. Matt war nach draußen gegangen und hatte schon mal den Wagen angeworfen, damit die Heizung lief. Vorsichtig schob Taylor ihre Arme unter die schlafende Stella und trug sie nach draußen. Der warme Kinderkörper kuschelte sich unbewusst an sie. Wie weiße Blütenblätter fiel der Schnee auf ihre Haare und der Mond tauchte sie in ein milchiges Licht. Es war bitterkalt und bei jedem Atemzug zog sie eine weiße Fahne hinter sich her. Behutsam legte sie Stella auf den Rücksitz und schnallte sie an. Matt folgte mit Will, der verschlafen blinzelte.

„Es war sehr schön. Vielen Dank für deine Gastfreundschaft.“ Sie umarmte die ältere Frau.

„Denk noch mal über meine Worte nach“, flüsterte ihr Cecilia ins Ohr.

Taylor nickte lächelnd. Sie ließ sich neben Matt auf den Beifahrersitz fallen. Langsam fuhr der Rover los.

Der Schneefall hatte zugenommen und der Scheibenwischer hatte alle Hände voll zu tun, die Schneemassen, die sich auf dem Glas sammelten, zur Seite zu schieben. Sie lehnte den Kopf gegen die kalte Fensterscheibe und musterte Matt hinter halb geschlossenen Augenlidern. Matt hatte den Blick fest auf die Straßen gerichtet, während die Kinder auf dem Rücksitz schliefen. Seine Gesichtszüge wirkten entspannt. Taylor dachte an Cecilias Worte. War Matt wirklich in sie verliebt oder war sie für ihn bloß eine Affäre? Was hatte Cecilia mit ihrem Satz zu Matts verstorbener Frau sagen wollen? Fragen über Fragen. Ihr schwirrte der Kopf vom Alkohol und langsam breitete sich eine schläfrige Trägheit in ihr aus. Sie gähnte herzhaft.

„Müde?“ Matt warf ihr einen prüfenden Seitenblick zu.

„Ein wenig“, gestand sie lächelnd.

„Hat dir der Abend bei Cecilia gefallen?“

„Es war wirklich wunderschön und Cecilia ist eine hervorragende Köchin. Ich habe mich königlich amüsiert.“

„Cecilia und ich sind seit einer halben Ewigkeit miteinander befreundet. Der Tod ihres Mannes hat ihr schwer zugesetzt, und eine Zeit lang hatte ich Angst, sie könnte sich etwas antun, aber irgendwie hat sie es geschafft. Sie hat mir ziemlich geholfen, als Laura letztes Jahr gestorben ist.“ Seine Stimme klang rau.

„Es muss schrecklich für dich gewesen sein …“

„Du kannst dir nicht vorstellen, wie schlimm es war.“ Er verzog schmerzlich das Gesicht.

„Daddy, sind wir gleich da?“ Stella war aufgewacht und blinzelte verschlafen. Taylor drehte sich um und reichte ihr die Hand. „Gleich, mein Spätzchen.“

„War Santa Claus schon da?“ Will hatte ebenfalls die Augen aufschlagen.

„Ich weiß nicht, aber vielleicht seht ihr ihn ja, wenn ihr nach draußen schaut.“

Das war das Signal für die Kinder. Sofort waren die zwei hellwach und starrten angestrengt in die Dunkelheit. Sie schmunzelte bei dem Anblick der zwei lieben Gesichter. Gleichzeitig versetzte es ihr einen Stich, dass sie die beiden nicht mehr sehen würde, wenn sie um eine Versetzung bat. Ein Windstoß rüttelte an der Tanne direkt vor ihnen.

„Seht nur … da vorne.“ Sie deutete auf einen Baum. „Da hat sich was bewegt!“ Die Kinder reckten die Hälse.

„Wo? Wo?“

„Da, bei der Tanne. Ich glaube, ich habe einen roten Zipfel gesehen.“ Eine Schneewolke segelte durch die Luft. „Seht ihr ihn?“

Will schüttelte enttäuscht den Kopf.

„Ich. Ich. Ich kann den Weihnachtsmann sehen!“, quietschte Stella aufgeregt.

„Wirklich?“ Matt lächelte.

„Dahinten, Daddy!“ Stella zeigte mit ihrer kleinen Hand auf einen Baum, dessen Äste sich schwer unter der Schneelast bogen. Tatsächlich sah es im Mondlicht aus, als würde sich dahinter etwas bewegen.

„Jetzt sehe ich es auch!“, rief Will aufgeregt.

„Seht ihr, ich habe euch doch gesagt, dass der Weihnachtsmann um diese Uhrzeit noch unterwegs ist.“ Sie schmunzelte.

„Danke!“, hauchte Matt lautlos und seine Augen strahlten vor Zuneigung. Sie warf ihm verstohlen einen Kuss zu.

Der Rover fuhr in die Auffahrt zum Cottage. Der frische Schnee hatte die alten Spuren weggewischt und in sein jungfräuliches Weiß getaucht. Die Bäume rings um das Cottage ragten wie dunkle Schatten in den Himmel. Rauch stieg aus dem Kamin und das alte Gemäuer schimmerte silbern. Eine Eule flog durch das Motorengeräusch aufgeschreckt hoch und segelte elegant über den Rover hinweg. Leise heulte der Wind in den Bäumen. Noch nie hatte Taylor ein Gefühl von Weihnachten gehabt wie in dieser unberührten Landschaft. Ergriffen schaute sie aus dem Fenster. Selbst Stella und Will schienen die Besonderheit des Moments ebenfalls zu spüren. Im Wagen herrschte absolute Stille, als Matt vor *Owls Nest Cottage* anhielt.

„Komm auf meinen Arm, Spätzchen", sagte sie. Sofort schlang Stella ihre Arme um ihren Hals. Matt trug Will ins Haus.

Vorsichtig setzte Taylor das kleine Mädchen auf den Boden.

„Wartet kurz!" Sie schlüpfte aus den Pumps und eilte ins Wohnzimmer, um die Lichterkette am Christbaum anzuknipsen.

„Ihr könnt kommen!" Keine Minute später standen Matt und die Kinder im Wohnzimmer und bestaunten den Baum. Taylor war von Stolz erfüllt, als sie die glücklichen Gesichter ihrer Schützlinge sah. Mit großen Augen bewunderten die beiden die goldenen Kugeln und die tausend Lichter entlang der Zweige. Matt stellte sich dicht hinter sie. Seine Arme umschlangen ihre Taille und seine Hände ruhten auf ihrem Bauch.

„Der Baum ist wunderschön geworden", flüsterte er ihr ins Ohr. „Ich danke dir." Er hauchte ihr einen Kuss auf das Ohrläppchen. Sofort rieselte ihr ein wohliger Schauer den Rücken herunter.

„Habt ihr schon Kekse und Milch für Santa Claus bereitgelegt?", fragte Taylor die Kinder.

Stella schüttelte müde den Kopf.

„Warum?", fragte Will.

„Wisst ihr das denn nicht?" Taylor sah den kleinen Jungen verwundert an.

„Nein."

„Aber das gibt es doch nicht! Der Weihnachtsmann ist die ganze Nacht unterwegs und hat bestimmt Hunger und Durst. Von den Elfen weiß ich, dass er eine ganz besondere Schwäche für Kekse und Milch hat." Sie lächelte, als sie die weit aufgerissenen Augen von Will und Stella sah.

„Ich hol die Kekse", rief Will und stürmte in die Küche.

„Ich die Milch!" Wie der Blitz sauste Stella hinter ihrem Bruder her.

Keine zwei Minuten später waren die beiden wieder zurück und stellten feierlich den Teller mit den Keksen und das Glas Milch auf den Kaminsims.

„So ist es gut." Taylor nickte zufrieden. „Und jetzt wird es Zeit, dass wir ins Bett gehen, damit Santa Claus kommen kann."

„Möchtest du auch noch ein Glas Wein?" Matt zog sie an sich. Er hatte eine Flasche Wein auf den Tisch im Wohnzimmer gestellt und dazu zwei Gläser. Die Kinder lagen oben in den Betten und schliefen. Draußen heulte der Wind und trieb die Schneeflocken am Fenster vorbei.

„Mhm", eigentlich hatte ich schon genug für heute." Sie täuschte ein Gähnen vor und rekelte sich.

„Ach, komm schon, heute ist Weihnachten." Er gab ihr einen Kuss auf die Nasenspitze. Sie spürte seine Körperwärme, die Energie, die von ihm ausging, und seine Männlichkeit. Eine berauschende Mischung.

„Überredet." Sie lachte.

Er lächelte wissend. „Gut." Er schenkte die Gläser voll.

„Ich möchte dir noch mal danken, dass du hergekommen bist und dich so rührend um Will und Stella kümmerst …" Er machte eine Pause. „Und deshalb …" Er zog ein kleines Päckchen hinter seinem Rücken hervor.

„Für mich?!" Sie sah ihn mit großen Augen an.
Er nickte.
Mit klopfendem Herzen nahm sie ihm die Schachtel aus der Hand. Ihre Hand zitterte, als sie das rote Satinband öffnete. Vorsichtig nahm sie den Deckel ab.
„Matt!" Ihre Augen schimmerten feucht vor Rührung.
„Ich dachte mir, so hast du immer eine Erinnerung an dein erstes Weihnachten in *Owls Nest* ."
„Oh, Matt, die ist absolut entzückend." Vor ihr lag die Schneekugel, die sie in dem kleinen Geschäft in Haworth so bewundert hatte.
„Doch", sagte Matt nachdenklich. „Du bist mehr für die Kinder, als ich es jemals zu hoffen gewagt habe. Es ist nicht leicht, Kindern die Mutter zu ersetzen."
„Das würde ich mir niemals anmaßen", entgegnete sie. „Ich bin ihre Nanny und liebe meinen Beruf, aber ich würde es nicht wagen, einer Mutter ihren Platz wegzunehmen."
„Du nimmst niemandem den Platz weg, Laura ist tot." In seinen Worten lag die Endgültigkeit, und die Fröhlichkeit, die bis eben auf seinem Gesicht gelegen hatte, war verschwunden.
Rede mit ihm! Sag ihm, dass es so nicht weitergehen kann!
„Matt, ich …" Sie stockte. Ihr Pulsschlag schnellte nach oben. „Ich muss mit dir reden. Es geht um meinen Job …" Doch dann fiel ihr Blick auf die Schneekugel und sie brachte es nicht übers Herz.
„Pst! Nicht heute Abend." Er zog sie dichter. So dicht, dass sie seinen Atem auf ihrer Haut spüren konnte. „Reden können wir noch morgen." Dann verschloss er ihre Lippen mit seinem Mund. Sie versank in seinen Armen und mit ihr all die Bedenken, die sie quälten. Sein Kuss wurde fordernder und seine Hände gingen auf Wanderschaft. Sie vergaß all ihre Bedenken, wollte nur noch ihn. Sie bäumte sich ungeduldig auf.
„Du bist so unfassbar schön." Seine Stimme war kaum mehr ein Flüstern. Er tastete nach dem Reißverschluss ihres Kleides und mit einer einzigen Bewegung ging ihr Kleid zu Boden.

Sie schauderte, als sie nur in BH und Unterhose vor ihm stand. Ihre rosa Brustwarzen schimmerten keck durch die zarte Spitze ihres BHs. Seine Finger glitten über ihre nackte Haut wie eine Feder, die sie streichelte. Langsam schob er ihre Träger beiseite und öffnete den Verschluss des BHs. Seine Augen weiteten sich lustvoll, als der zarte Stoff von ihr abglitt und zu Boden fiel.

„Du bringst mich noch um meinen Verstand" Er bedeckte ihren Hals mit winzigen Küssen hinunter bis zu ihren schweren Brüsten.

Durch ihn ermutigt, knöpfte sie sein Hemd auf und schob es beiseite. Mit der Zunge malte sie die Linien seiner Muskeln nach bis zu seinem Bauchnabel. Sie ging in die Knie und öffnete den obersten Knopf seiner Hose. Dabei beschrieb ihre Zunge kleine Kreise um seinen Bauchnabel. Als die Hose zu Boden ging, hörte sie ihn stöhnen. Sie wanderte mit dem Mund entlang der dunklen Linie, nahm den Stoff seiner Unterhose zwischen die Zähne und zog sie nach unten.

„Was machst du nur mit mir?", fragte er mit belegter Stimme. Sie sah, wie sich sein Brustkorb heftig hob und senkte. Seine Haut glänzte golden im Licht und seine Augen schimmerten wie das Meer an einem Sonnentag. Er sah aus wie ein griechischer Gott.

„Alles!" Sie lachte heiser und fing an, seinen Körper zu erkunden.

25. Dezember

17. Kapitel

Blinzelnd öffnete sie die Augen. Draußen dämmerte es bereits. Genüsslich rekelte sie sich. Ihr Körper fühlte sich herrlich zerschunden an. Die letzte Nacht war einfach unglaublich gewesen. Noch nie hatte sie derart intensiven Sex erlebt wie mit Matt. Es war, als ob er sämtliche Sinne gleichzeitig bei ihr berührte und ihren Körper wie ein Instrument zum Klingen brachte.

Vorsichtig, um ihn nicht zu wecken, rollte sie sich zur Seite und betrachtete sein schlafendes Gesicht. Ein Ausdruck tiefen Friedens lag auf seinem Gesicht. Der dichte Wimpernkranz umrandete seine Augen. Hinter seinen geschlossenen Lidern bewegten sich die Pupillen hin und her. Seine Lippen lagen locker aufeinander und sein Atem war tief und entspannt. Ein Lächeln huschte über sein Gesicht, und sie fragte sich, was er wohl träumte. Dachte er an sie?

Übermorgen wurde Mrs Whitworth aus dem Krankenhaus entlassen. Somit war morgen ihr letzter gemeinsamer Tag mit Matt, dann würde sie zurück nach London fahren und ihre Kündigung einreichen. Zweifel befielen sie. War ihre Entscheidung wirklich die richtige?

Matt grunzte leise im Schlaf. Mit ihrem Finger fuhr sie zart die Konturen seiner Lippen nach. Dann beugte sie sich zu ihm und bedeckte seinen Mund mit ihren Lippen.

Als sie ihn freigab, blickten seine blauen Augen sie verschlafen an. Ein Lächeln spielte um seinen Mund.

„Guten Morgen, Schlafmütze“, begrüßte sie ihn zärtlich. Blinzelnd sahen sie einander an mit dem Wissen an die letzte Nacht.

„Hallo.“ In seinem Blick lag so viel Zärtlichkeit, dass es ihr den Hals zuschnürte bei dem Gedanken, ihn zu verlassen. „Wie hast du geschlafen?“

„Wie ein Murmeltier. Hast du mir was ins Glas getan?" Sie lächelte.

„Mist, jetzt hast du mich erwischt." Er grinste. Mit einer flinken Bewegung hob er sie auf sich drauf. Ihre Körper passten sich perfekt aneinander an. Sie spürte seine harten Muskeln unter sich.

„Dachte ich es mir doch", entgegnete sie. „Ich schlafe sonst nie so gut bei Fremden." Der letzte Satz war ihr herausgerutscht. Sein Lächeln verlor sich schlagartig.

„Gab es viele Männer vor mir?" Seine Augen verhakten sich in ihre.

Sie legte den Kopf auf die Seite. „Es gab ein paar Männer in meinem Leben. Warum fragst du?"

„Ich teile nicht gern!" Seine Stimme klang hart. Er richtete sich im Bett auf.

„Wer hat gesagt, dass du teilen musst?" Ihr Puls schnellte in die Höhe. Sie verstand seine Reaktion nicht, ebenso wie die Anspielungen auf seine Ehe. Etwas musste vorgefallen sein, dass Matt derart empfindlich reagierte.

„Ich habe dich nie gefragt, ob du noch frei bist." Er starrte sie nur an.

„Ich bin ein freier Mensch und kann tun und lassen, was ich möchte." Sie wusste genau, worauf er hinauswollte, aber ihr gefiel die Art und Weise nicht, wie er es sagte.

„Das ist nicht das, was ich wissen wollte!" Sein Mund war nicht mehr als ein Strich.

„Du hast mich gefragt, ob ich frei bin, und das habe ich mit Ja beantwortet. Wenn du wissen willst, ob ich einen Freund habe, dann lautet meine Antwort ‚Nein'. Es gibt einen Mann, mit dem ich mich ab und zu treffe …" Sie senkte den Blick. „… aber das hat nichts zu bedeuten."

„Was soll das heißen?"

„Matt, ich bin als die Nanny deiner Kinder hierhergekommen", antwortete sie tonlos. Das Blut rauschte in ihren Ohren. „Das mit uns war nicht geplant."

Er schwieg. Sie konnte sehen, wie er seine Hände zur Faust ballte.

„Was willst du mir damit sagen?“, presste er hervor.

„Matt, du weißt selbst, dass das mit uns beiden keine Zukunft hat. Ich bin eine Norland-Nanny, und du bist ein Witwer, der mich engagiert hat, um auf seine Kinder aufzupassen.“ Sie wusste, wie sehr ihn ihre Worte verletzten, aber sie hasste es noch mehr, zu lügen. „Die letzten zwei Nächte waren einfach wunderschön. Aber die Sache zwischen uns hat keine Zukunft.“ Hektische Flecken hatten sich in ihrem Gesicht gebildet und jeder Muskel ihres Körpers war angespannt. Ihre Worte hingen schwer in der Luft. Die Leichtigkeit zwischen ihnen war verschwunden. Hatten sie eben noch wie zwei Liebende nebeneinander im Bett gelegen, so starrten sie sich nun an wie zwei Gegner.

„Dann ist das für dich nur eine kurze Affäre?“ Seine Augen funkelten gefährlich.

„Ja!“ Das war gelogen. Die letzten Nächte waren viel mehr als nur eine Affäre gewesen. Aber sie wusste, dass sie jetzt stark sein musste. Es kostete sie all ihre Kraft, ihm nicht um den Hals zu fallen und ihm zu sagen, dass sie in ihn verliebt war. Die Erkenntnis war plötzlich da gewesen, ebenso wie die Welle an Gefühlen, die sie zu überspülen drohte. Sie war in Matt verliebt, und genau deshalb war es wichtig, dass sie es beendete, bevor es zu spät war.

Wortlos starrte er sie an. Ein Kloß hatte sich in ihrem Hals gebildet, und sosehr sie sich bemühte, er wollte nicht verschwinden. Sie schluckte - ohne Erfolg.

„Danke, dass du ehrlich bist. Aber ich denke, es ist besser, wenn du jetzt gehst.“

Seine Worte trafen sie wie ein Dolchstoß mitten ins Herz. Sie blinzelte hart, um den Tränen Einhalt zu gebieten, die sich den Weg nach oben bahnten.

„Ganz, wie du willst.“ Mit dem letzten Rest Würde, der ihr noch geblieben war, stand sie auf und ging nackt, wie sie war, ihre Sachen in der Hand haltend, aus dem Schlafzimmer.

Erst als sie in ihrem Zimmer war, gestattete sie ihren Tränen freien Lauf. Schluchzend warf sie sich aufs Bett. Warum hatte sie nicht gelogen? Dann würde sie jetzt in seinen Armen liegen und seine Zärtlichkeit genießen. Der Gedanke, ihn zu verlieren, war unerträglich, ebenso wie der Gedanke, nie mehr an diesen verzauberten Ort zurückzukönnen. Verlustgefühle, die sie bisher nicht gekannt hatte. Die Gesichter ihrer bisherigen Männer waren austauschbar, ebenso wie der Sex. Mal war er besser gewesen, mal schlechter. Wenn sie den Männern überdrüssig geworden war, hatte sie sie verlassen, ohne sich noch einmal umzudrehen. Jason war der Erste gewesen, bei dem sie es länger ausgehalten hatte, weil sie es leid war, auf Jagd zu gehen.

Die Tür zu ihrem Zimmer wurde aufgerissen und Stella kam im Schlafanzug und mit nackten Füßen zu ihr ans Bett getapst.

„Hast du geweint?" Neugierige Kinderaugen musterten sie.

Hastig wischte sie die verräterischen Spuren in ihrem Gesicht mit dem Handrücken ab. Sie war froh, dass sie wenigstens ihr Shirt und die Unterhose übergezogen hatte. „Quatsch. Ich hatte nur einen Krümel im Auge." Sie lächelte tapfer.

Stella kroch zu ihr aufs Bett. Die Nähe des warmen Kinderkörpers hatte etwas Tröstliches für sie. Sie ließ ihren Kopf aufs Kopfkissen fallen, streichelte über das geliebte Gesichtchen und sog dabei den Duft von Stellas Haaren ein.

„Taylor", piepste Stella nach einer Weile. „... wollen wir jetzt ins Wohnzimmer und nachschauen, ob Santa Claus schon da war?"

„Natürlich." Sie lächelte unter Tränen.

„Du musst aber mitkommen", bat Stella.

Taylor nickte. Am liebsten hätte sie sich unter der Bettdecke verkrochen und ihrem Liebeskummer nachgehangen, aber sie war hier, weil sie eine Nanny war! Also gab sie sich selbst einen Ruck und richtete sich im Bett auf. „Natürlich!"

„Und Daddy und Will auch."

„Selbstverständlich, mein Sternchen." Sie strich Stella über die rosigen Wangen.

„Ich hab dich ganz doll lieb." Stella kuschelte ihren Kopf an Taylors Schulter.

„Ich dich auch, mein Spätzchen", murmelte sie. „Ich dich auch!" Wieder bahnte sich ein Meer von Tränen den Weg nach oben. Sie musste aufhören, so sentimental zu sein, schließlich war es nicht das erste Mal, dass sie von einer Familie Abschied nehmen musste.

„Na dann, lass uns Will und deinen Daddy holen." Sie löste sich sanft aus Stellas Umarmung.

Sie würde die großen Kinderaugen von Will und Stella nicht vergessen, als sie den Weihnachtsbaum mit den Geschenken darunter und die prall gefüllten Socken am Kamin entdeckten. Mit einem Aufschrei der Begeisterung hatten sich die beiden auf die Geschenke gestürzt, während sie und Matt stumm danebengestanden hatten, peinlich darauf bedacht, den Abstand zwischen sich aufrechtzuerhalten. Sie hatte sich fremd und hilflos gefühlt. Die Kinder waren so beschäftigt mit dem Auspacken der Geschenke, dass sie nichts von der Befangenheit der Erwachsenen gespürt hatten. Das Laserschwert für Will war eine Punktlandung gewesen. Mit einem Schrei der Begeisterung hatte Will den Karton ausgepackt und seine Augen hatten geleuchtet.

Der Zauberstab für Stella war ebenfalls ein voller Erfolg. Die Kleine hüpfte die ganze Zeit vor dem Weihnachtsbaum auf und ab und verteilte Glitterstaub in der Luft.

Mrs Whitworths Geschenke lagen ausgepackt, aber unbeachtet unter dem Weihnachtsbaum. Sie hatte die Kinder mit praktischen Sachen bedacht. Für Will gab es einen teuren Füllfederhalter, und für Stella hatte sie ein Sommerkleid eingepackt, das im Sommer garantiert nicht mehr passen würde.

Matt hatte für Stella eine Kinderküche besorgt und für Will gab es ein Flughafenmodell von Lego. Nachdem alle Geschenke ausgepackt waren, setzten sie sich zusammen in die Küche und aßen gemütlich das Frühstück, das Taylor zuvor zubereitet hatte. Zur Feier des Tages gab es Pfannkuchen mit Ahornsirup und für Matt selbst gemachtes Müsli und Toast mit Ei und Marmelade. Trotz ihres Streits heute Morgen verlief der Vormittag harmonisch ab und sie genoss das muntere Plappern der Kinder.

Nach dem Frühstück setzte sich Taylor zu Stella, die sie mit fiktiven Gerichten wie Sandpudding oder Kirsch-Schoko-Kartoffelmus aus ihrer Kinderküche bekochte.

Will und Matt hatten es sich unter dem Weihnachtsbaum gemütlich gemacht und bauten in einträchtiger Stille den Lego-Flughafen auf. Im Hintergrund lief leise Weihnachtsmusik und im Kamin flackerte ein Feuer. Ein wenig wehmütig dachte Taylor an ihre Kindheit. Sie und Carolin hatten auch immer unter dem Weihnachtsbaum gespielt und die Nähe der Erwachsenen genossen. Ihr Blick fiel auf Stella, die mit konzentriertem Blick das Wasser in ihrem Topf umrührte. Alles war so leicht und spielerisch, wenn man klein war. Warum konnte das Leben nicht immer so weitergehen?

Gegen Mittag fuhr Matt zu seiner Schwägerin ins Krankenhaus.

Es hatte wieder angefangen zu schneien und ein kräftiger Wind rüttelte am Dach und an den Bäumen. Gedankenverloren hörte sie, wie die Stimme der Nachrichtensprecherin vor einem Schneesturm warnte, der gegen heute Nachmittag den Westen Englands treffen sollte. Im Radio wurde die Bevölkerung aufgerufen, in den Häusern zu bleiben und Tiere über Nacht in die Ställe zu bringen.

Sie warf einen besorgten Blick aus dem Fenster, wo der Schnee mittlerweile so dicht fiel, dass man die Bäume im Vorgarten nicht mehr erkennen konnte. Hoffentlich war Matt rechtzeitig wieder zurück, bevor der Sturm seine volle Kraft entwickelte. Bei dem Gedanken an Matt zog sich ihr Magen zu einer Faust zusammen. Für einen Moment schloss sie die Augen, und sie gestattete sich, an ihn zu denken. Sofort tauchte sein Gesicht hinter ihren geschlossenen Lidern auf. Sie spürte die samtweiche Haut seiner Lippen, fühlte das Streicheln seiner Hände und hatte seinen ureigenen männlichen Duft in der Nase. Matt! Als der Schmerz von ihr Besitz ergriff, riss sie die Augen mit einem Ruck wieder auf und starrte in die Flammen. Man konnte die Liebe zu einem Menschen nicht einfach ablegen wie einen alten getragenen Mantel.

Das Handy klingelte.

„Hi, Taylor“, begrüßte sie Olive fröhlich. „Fröhliche Weihnachten.“

„Fröhliche Weihnachten zurück.“

„Wie ist es so auf dem Land?“

„Ehrlich gesagt ziemlich schön.“ Sie sah aus dem Fenster, wo der Wind peitschte. „Im Moment schneit es wie verrückt und es stürmt.“

„Habe ich in den Nachrichten gehört.“

„Stell dir vor, wir waren gestern erst im Gottesdienst und anschließend bei einer Freundin von Matt zum Abendessen eingeladen“, schwärmte sie.

„Der Mann muss ja ein Heiliger sein, wenn du freiwillig mit in die Kirche gehst.“ Olive kicherte. „Wie läuft es eigentlich mit dir und deinem Professor?“

„Er ist nicht mein Professor.“

„Oh, dunkle Wolken am Himmel im Paradies?“

„Olive, das ist nicht witzig.“

„Ich dachte eigentlich schon. Wieso, was ist passiert?“

Taylor hockte sich im Schneidersitz aufs Sofa. „Hast du Zeit?“

„Klar, sonst hätte ich nicht angerufen."

Taylor warf einen Blick auf Will und Stella, die in ihre Spiele vertieft waren.

Mit leiser Stimme fasste sie die Ereignisse der letzten zwei Tage zusammen. „Olive, ich weiß nicht mehr, was falsch oder richtig ist. Du hättest sehen sollen, wie Matt reagiert hat. Er hat mich mehr oder weniger aus dem Schlafzimmer geschmissen."

„Na ja, man kann ihm seine Reaktion nicht verdenken. Schließlich hast du ihm durch die Blume gesagt, dass es nur ein Spiel zwischen euch war. Ich an seiner Stelle hätte wahrscheinlich genauso reagiert. Und was willst du jetzt tun?"

„Gar nichts!" Sie stemmte die Ellbogen auf die Knie und legte ihren Kopf in die Hände.

„Gar nichts?", fragte Olive ungläubig.

„Nein. Weißt du, er hat auch ein paarmal so komische Andeutungen mit seiner Frau und so gemacht. Ich bin mir gar nicht sicher, ob Matt überhaupt an einer festen Beziehung interessiert ist."

„Hä? Das versteh ich nicht. Eben hast du mir erzählt, wie toll er dich findet, und nun zweifelst du an seiner Liebe!"

„Olive, wir haben nie von Liebe geredet. Er hat mit keinem Wort gesagt, dass er in mich verliebt ist."

„Da soll einer mal schlau aus der Sache werden", seufzte Olive.

„Ja", stimmte sie in das Seufzen mit ein. Sie schwiegen.

„Trotzdem", fing Olive plötzlich erneut an. „Ich finde, du solltest noch einmal mit ihm reden. Wenn ich eines als Moderatorin gelernt habe, dann ist es die Tatsache, dass die meisten Missverständnisse zustande kommen, weil die Menschen nicht vernünftig miteinander reden."

„Vielleicht!" Resigniert zuckte sie mit den Schultern.

„Hey. Hey. So kenne ich dich gar nicht. Komm, hör auf, Trübsal zu blasen, und rede mit dem Mann. Erklär ihm deinen Standpunkt. Vielleicht gibt es ja eine Lösung, die du nicht siehst. Der Mann ist schließlich Professor, der ist ja nicht auf den Kopf gefallen."

„Ich weiß nicht."

„Taylor Susan Young, du gehst zu diesem Mann und redest mit ihm. Das ist ein Befehl deiner besten Freundin!", schnaubte Olive. „Schließlich hast du dich in diese Scheiße geritten, also reite dich gefälligst auch wieder raus, wie es sich für eine erwachsene Frau gehört."

„Okay. Okay. Ich mach ja, was du willst."

„Gut!"

„Olive?"

„Ja?"

„Ich bin froh, dass es dich gibt."

„Und ich erst mal." Olive lachte. „Ruf mich an, wenn es etwas Neues von der Professorenfront gibt."

„Versprochen! Bis dann." Sie legte auf.

Gedankenverloren fiel ihr Blick auf die Schneekugel, die auf dem Couchtisch stand. Sie nahm die Kugel in die Hand und schüttelte sie. Sofort wirbelten Schneeflocken durcheinander und verwandelten das Miniaturdorf in eine Schneelandschaft.

Sie dachte an Olives Worte und ihre Bitte, mit Matt zu reden. Reden, als ob das stets die Lösung aller Probleme wäre. Bisher hatte sie immer auf ihr Bauchgefühl gehört und war ganz gut damit gefahren. Die Entscheidung, sich nicht auf eine Beziehung mit Matt einzulassen, war eine rein rationale Entscheidung. Sie horchte in ihr Inneres - liebte sie Matt wirklich oder war es nur ein Fling, ein kurzer Rausch wie alle Männer vor ihm?!

Ihr Handy klingelte erneut.

„Hi, Carolin." Sie hatten sich seit ihrer überstürzten Abreise nach Haworth nur einmal kurz gesprochen.

„Hi, Taylor", zwitscherte ihre Schwester wie ein kleines Vögelchen. „Du wirst nicht glauben, was Paul mir geschenkt hat …"

„Öhm …" Ihr rechtes Bein war eingeschlafen. Hektisch sprang sie vom Bett und hüpfte auf und ab.

„Einen Tanzkurs!" Carolin hörte sich an, als hätte sie gerade Santa Claus persönlich die Hand geschüttelt.

„Aha!"

„Ja, verstehst du denn nicht?!"

„Ähm. Ehrlich gesagt nein?"

„Paul hat mich gar nicht betrogen. Er war heimlich in der Tanzschule und hat einen Anfängerkurs besucht, damit er mit mir tanzen kann."

„Ach so." Langsam kehrte das Gefühl zurück in ihr Bein, und es fühlte sich an, als würde eine Ameisenstraße über ihr Bein verlaufen.

„Sag mal, ist irgendwas mit dir?"

„Nein, wieso?"

„Na, dann ist ja gut."

Das war typisch Carolin. Carolin war ein Mensch, der nur selten etwas hinterfragte. Für gewöhnlich gab sie sich mit einer Antwort zufrieden. So auch in diesem Fall.

„Es freut mich, dass mit dir und Paul wieder alles in Ordnung ist."

„Ja, mich auch. Ich bin so eine schlechte Ehefrau", plapperte Carolin weiter. „Anstatt meinem Mann zu vertrauen, mache ich mir Gedanken, ob er mich betrügt. Wenn ich daran denke, dass der arme Paul dabei seine Abende geopfert hat, um für mich tanzen zu lernen …" Sie seufzte.

„Es ist doch schön, dass du nach drei Jahren Ehe immer noch so verliebt in deinen Mann bist."

„Ja, nicht wahr? Paul hat uns zu einem Salsakurs angemeldet und hat sogar schon den Babysitter für Max organisiert!"

Taylor pfiff anerkennend durch die Zähne. „Da ist der kleine Paul ja wahrhaftig mal aktiv geworden."

„Du hast ein völlig falsches Bild von meinem Mann!"

Vielleicht hatte sie das tatsächlich.

„Und wie läuft es bei dir? Wie sind die Kinder?"

„Zuckersüß! Die beiden sind mir in den letzten Tagen noch mehr ans Herz gewachsen."

„Ich verstehe bis heute nicht, wie du fremden Kindern so viel Liebe schenken kannst", sagte Carolin. „Ich stelle es mir schrecklich vor, wenn man dann aus den Diensten entlassen wird und plötzlich wieder alleine dasteht."

Sie schwieg. Die fröhlichen Gesichter von Will und Stella tanzten durch ihren Kopf. *Morgen …*

„Das stimmt. Wobei ich mit meinen bisherigen Familien immer noch in regem Kontakt stehe", sagte sie schließlich.

„Na ja, ich schätze, als Nanny sieht man das Ganze etwas anders als Außenstehende. Max, sag mal Tante Taylor ‚Hallo' …" Anscheinend war ihr kleiner Neffe in der Nähe. Es krispelte und sie hörte Max' Atem am anderen Ende der Leitung. „Los, Max, sag Hallo", forderte Carolins Stimme erneut aus dem Hintergrund.

„Hallo, Max, mein Kleiner, hier ist Tante Taylor. Geht es dir gut?" Wieder lautes Atmen. Es raschelte und Taylor hielt das Handy weg vom Ohr.

„Entschuldige, Taylor, wie es aussieht, kommt Max nach seinem Vater, der telefonieren hasst." Sie giggelte fröhlich.

„Kein Thema. Sag mal, haben sich Mum und Dad über ihre Geschenke gefreut?"

„Dad ist ganz begeistert über seine Golftasche, und Mum kann es gar nicht abwarten, mit uns zu verreisen. Die Idee mit dem Wellnesswochenende war der absolute Renner."

„Cool, dann müssen wir nur noch ein geeignetes Datum finden."

Max fing leise an zu weinen. „Du, Taylor, ich muss Schluss machen. Ich drück dich. Wann kommst du eigentlich?"

„Morgen", brummte sie.

„Morgen schon? Geht es der Tante denn wieder besser?"

„Ja, kommt morgen aus dem Krankenhaus."

„Na dann, fahr vorsichtig! Im Moment ist das Wetter ja unberechenbar."

Taylor warf einen Blick nach draußen, wo sich die Bäume im Wind bogen. „Ja, ich hoffe, dass der Sturm vorbei ist, wenn ich abreise.

„Also, Mum sagt, ich muss mich beeilen, wenn ich die Rede der Queen noch sehen will. Bis später!" Taylor lächelte. Die alljährliche Weihnachtsrede der Queen war für viele Briten eines der Highlights zum Weihnachtsfest. Ihre Eltern bildeten da keine Ausnahme. Sie sah förmlich, wie sich ihre Familie bei einer Tasse Tee um den Fernseher versammelte und den Worten der Queen lauschte. Mum und Dad würden diese lustigen Hütchen tragen und Max würde mit einem Teller Kekse ruhiggestellt werden.

„Bis später!"

Es war bereits kurz nach fünf Uhr und der Wind hatte zugenommen. Matt hätte eigentlich schon vor einer Stunde zurück sein müssen. Sie hoffte, dass ihm nichts passiert war.

„Wann kommt Daddy?" Stella stand mit verschränkten Armen vor ihr.

„Ich hoffe bald, Sternchen. Vielleicht ist er ja noch bei Tante Cecilia vorbeigefahren." Sie klopfte auf den freien Platz neben sich. „Setz dich zu mir."

Das ließ sich Stella nicht zweimal sagen. Sekunden später saß die Kleine an sie gekuschelt auf dem Sofa. Es dauerte nicht lange und Will gesellte sich zu ihnen. Zu dritt saßen sie auf dem Sofa und starrten in die Flammen.

Will hatte seinen Kopf an ihre Brust geschmiegt, als er plötzlich zu ihr hochsah. „Taylor?"

„Ja, mein Großer?" Sie streichelte ihm über den Kopf.

„Gefällt es dir bei uns?"

„Natürlich." Sie lächelte. „Es gefällt mir sogar sehr und daran seid ihr beiden Racker schuld." Sie kitzelte Will am Bauch.

„Kannst du nicht für immer bleiben?“ Er sah sie mit großen Augen an. Es brach ihr fast das Herz. Ein Kloß bildete sich in ihrem Hals und sie musste unwillkürlich schlucken.

Sie wich seiner Frage aus. „Warum fragst du?“

„Weil … weil …“ Er zögerte, ohne sie aus den Augen zu lassen. „Weil ich dich ganz doll lieb habe.“ Will schlang seine Arme um ihren Hals und gab ihr einen Kuss auf die Wange. „Ich wünschte, du könntest für immer bei uns bleiben.“ Ihr Magen zog sich zusammen, als hätte sie in einen Sack Zitronen gebissen.

„Ich auch!“ Stella blinzelte sie an.

Sie spürte die Tränen in die Augen steigen beim Anblick der lieben Gesichter ihrer Schützlinge. „Ich euch auch!“ Sie drückte Will und Stella an sich.

Matt kam erst spät. Der Sturm fegte mittlerweile mit voller Kraft über die Landschaft. Schnee wirbelte durch die Luft und der Himmel war wolkenverhangen.

„Wir haben uns schon Sorgen gemacht“, sagte sie, als er zur Haustür hereingestapft kam. Seine Kleidung war trotz des kurzen Weges vom Wagen zum Haus mit Schnee bedeckt.

„Ich bin noch bei Cecilia und ihrer Mutter vorbeigefahren und der Rückweg hat länger als geplant gedauert. Ich hatte nicht damit gerechnet, dass der Schneesturm so schlimm werden würde.“ Er klopfte den Schnee von seiner Jacke und hing sie anschließend auf. „Aber dafür habe ich eine Kleinigkeit zu essen mitgebracht.“ Er hob eine Tüte in die Höhe, die Cecilia ihm mitgegeben hatte. „Leckere Bratäpfel. Cecilia lässt dich grüßen und sagt, du sollst sie einfach in den heißen Backofen packen, bis die Marzipanmasse geschmolzen ist.“ Er grinste sie breit an. Anscheinend hatte ihm der Besuch bei Cecilia gutgetan, denn seine Laune hatte sich im Gegensatz zu heute Mittag deutlich gebessert. Will und Stella kamen um die Ecke geschossen, um ihren Vater zu begrüßen.

„Was haltet ihr davon, wenn ich uns etwas Leckeres zu essen koche.“

„Au ja!“ Die zwei klatschten in die Hände.

„Wer hat Lust, mir zu helfen?“

„Wir. Wir.“ Stella hopste aufgeregt vor Matt auf und ab.

„Na, dann los, ab in die Küche.“ Sein Blick fiel auf sie. „Und du könntest mir Gesellschaft leisten und vielleicht den Tisch decken. Ich spendiere uns auch ein Glas Rotwein.“ Er zwinkerte mit den Augenbrauen.

„Das klingt nach einem perfekten Plan.“ Sie schmunzelte erleichtert über den plötzlichen Stimmungswechsel.

Stella und Will lagen in ihren Betten und schliefen. Langsam ging sie die Treppe nach unten, wo Matt bereits auf sie wartete. Ihr Herz schlug ihr bis zum Hals, als sie das Wohnzimmer betrat. Matt stand lässig mit der Hand gegen den Kaminsims gelehnt. In der anderen hatte er ein Glas Rotwein und starrte in die knisternden Flammen. Als sie hereinkam, sah er hoch. Eine Sorgenfalte hatte sich in seine Stirn gegraben.

„Taylor.“ Bei dem Klang seiner wundervoll melodischen Stimme zog sich ihr Magen zusammen und sie bekam weiche Knie.

„Die Kinder schlafen bereits tief und fest“, sagte sie betont locker. „Ich glaube, Stella ist eingeschlafen, bevor ich aus dem Zimmer war.“ Sie blieb einen Schritt entfernt vor ihm stehen. Der Kamin strahlte eine ungeheure Wärme aus, und sie fragte sich, wie er dort stehen konnte. Sie vermied es, ihm in die Augen zu schauen, stattdessen starrte sie in die Flammen.

„Du hast Will eine große Freude mit dem Laserschwert gemacht. Er wollte es doch tatsächlich mit ins Bett nehmen, als ob es sich dabei um ein Kuscheltier handeln würde.“ Ein Lächeln umspielte seinen Mund.

„Das freut mich. Kleine Jungen zu beschenken, ist immer schwieriger als kleine Mädchen und eigentlich bin ich gegen Waffen jeder Natur. Aber ich denke, ein Laserschwert ist etwas anderes." Sie lächelte verlegen.

Sie schwiegen. Der Wind heulte im Hintergrund.

„Matt …" Sie sah ihm ins Gesicht.

„Taylor …"

Sie hatten fast gleichzeitig angefangen zu reden. Verlegen sahen sie sich an.

„Du zuerst", forderte er sie auf.

Sie schüttelte den Kopf. „Nein du!"

„Also gut", seufzte er leise. „Ich finde, wir sollten noch einmal über die ganze Sache zwischen uns reden."

Sie nickte stumm und senkte den Kopf, um ihm nicht heulend um den Hals zu fallen.

„Als Laura vor einem Jahr den Unfall hatte, dachte ich, mein Leben ist vorbei. Ich war wie gelähmt und unfähig, einen klaren Gedanken zu fassen. Einzig Will und Stella ist es zu verdanken, dass ich meinem Leben kein Ende gesetzt habe." Er legte die Hand unter ihr Kinn und zwang sie, ihn anzusehen. In seinen blauen Augen funkelten kleine gelbe Punkte, die ihr bis zu diesem Moment noch nicht aufgefallen waren. „Laura war der Dreh- und Angelpunkt meines Lebens. Wenn du so willst, meine erste große Liebe. Als Milly mich auf dem Abschlussball der Universität mit Laura bekannt gemacht hat, hat es mich umgehauen. Sie war wie eine Lichtgestalt zwischen all den Menschen dort - groß, schlank, sehr blond und unglaublich sexy. Als sie den ganzen Abend nicht von meiner Seite wich, war ich völlig baff. Sie hätte jeden Mann im gesamten Saal haben können, aber sie wählte mich!"

Sie schluckte. Es schmerzte sie zutiefst, ihn so reden zu hören.

„Ich hätte ihr die Welt zu Füßen gelegt, nur um sie glücklich zu machen. Verstehst du, ich war ein einfacher langweiliger Literaturprofessor mit einem mäßigen Gehalt und sie …" Er suchte nach Worten.

„Sie kam aus einer angesehenen wohlhabenden Familie und ich vom Land. Ich meine, du hast Haworth selbst gesehen." Er stieß ein bitteres Lachen aus. „Wir sind ein paarmal miteinander ausgegangen und ziemlich schnell im Bett gelandet. Sie hat mich einfach umgehauen." Sein Blick wanderte ins Leere. „Ich war ein verdammter Idiot, zu glauben, dass eine Frau wie Laura mich lieben könnte." Sie sah, wie er seine Finger krümmte und die Hand zur Faust ballte. „Bereits vier Wochen nach unserem ersten Kennenlernen habe ich sie gefragt, ob sie meine Frau werden möchte."

Taylor zog verwundert die Augenbraue hoch. Vier Wochen!

„Ich weiß, was du jetzt denkst, aber ich war verliebt, und Menschen tun die unmöglichsten Dinge, wenn sie verliebt sind. Sie war einverstanden und wir heirateten knapp einen Monat später standesamtlich." Er presste die Lippen aufeinander. „In unserer Hochzeitsnacht flüsterte sie mir ins Ohr, dass sie schwanger sei." Taylor schnappte nach Luft. „Das war auch für mich eine ziemliche Überraschung, denn bis zu diesem Moment hatten wir nicht über Kinder gesprochen." Er lachte gequält. „Ich war glücklich und habe die Schwangerschaft keine Sekunde hinterfragt. Will ist ein absolutes Wunschkind, und als ich diesen kleinen zornigen Knirps das erste Mal in meinen Händen hielt, gab es keinen glücklicheren Vater als mich. Laura veränderte sich in dieser Zeit. Ich dachte erst, es wären die Hormone, aber schon bald merkte ich, dass sie unzufrieden war." Matts Schultern hingen, als würde eine schwere Last auf ihm ruhen. „Stella war mehr oder weniger ein Unfall. Wir hatten uns zum Zeitpunkt ihrer Geburt schon auseinandergelebt."

„Aber was war der Grund?", fragte sie leise.

„Damals wusste ich es nicht. Ich dachte immer, ich hätte etwas falsch gemacht. Heute weiß ich, dass unsere Ehe von Anfang an zum Scheitern verurteilt war. Ich hatte nie wirklich eine Chance bei ihr."

„Aber du hast sie doch geliebt!"

Seine Augen suchten die ihren. „Ja, aber sie hat einen anderen als mich geliebt."

„Wie? Ich verstehe nicht, was du meinst."

„Sie hat mich nur benutzt, um einen Vater für ihr Kind zu haben", stieß Matt hervor. „Ich war das Mittel zum Zweck, um ihrem Sohn einen anständigen Namen zu geben."

Taylor schüttelte den Kopf. Sie hatte zwar verstanden, was Matt gesagt hatte, aber ihr Verstand war noch dabei, die Information zu verarbeiten.

„Das heißt ..."

„Laura hat mich von Beginn unserer Ehe an betrogen."

Etwas klapperte. Besorgt sah sie in den Flur, aber nichts war zu sehen. Wahrscheinlich rüttelte der Wind an der Tür.

„Das bedeutet ..." Sie wagte es kaum, die Worte auszusprechen, so ungeheuerlich war der Gedanke. „Will ist nicht dein Sohn?"

Matt schüttelte den Kopf. „Nein, Will ist das Kind eines anderen." Alles Blut war aus seinem Gesicht gewichen und er war weiß wie die Wand hinter sich. Wieder klappte eine Tür.

„Oh Matt, das tut mir so leid." Sie schlang ihre Arme um seinen Hals und küsste ihn zärtlich. „Ich hatte ja keine Ahnung ..."

„Ich habe es keiner Menschenseele erzählt bis auf Cecilia", fuhr er mit heiserer Stimme fort. „Will ist mein Sohn, egal, wer sein biologischer Vater ist. Ich war dabei, als er seinen ersten Atemzug getan hat, als er die ersten Schritte gemacht hat und sein erstes Wort gesprochen hat. Niemand auf der Welt kann mir meinen Sohn nehmen - nicht einmal Laura."

„Und wer ist der Vater?"

„Ein verheirateter Industrieller aus der gehobenen Gesellschaft. Laura war ihm verfallen, und als sie erfuhr, dass sie schwanger ist, hat sie ihn angefleht, seine Frau zu verlassen. Aber er hat sich geweigert und sie aufgefordert, das Kind wegzumachen." Er senkte den Kopf. „Sie muss ziemlich verzweifelt gewesen sein." Seine Kiefermuskeln malmten unaufhörlich.

„Und dann hat mich Milly ihr vorgestellt – den trotteligen Professor für moderne Literatur. Blind und völlig verknallt in sie. Das war ihre Chance, das Baby zu bekommen, ohne dass jemand Verdacht schöpfen würde, und sie hat sie genutzt."

„Aber wie hast du davon erfahren?"

„Durch einen Zufall an dem Morgen ihres Todes. Sie hatte ihr Handy in der Wohnung vergessen. Sie rief vom Büro aus an und bat mich, es zu suchen. Als ich es fand, leuchtete das Display und zeigte eine Nachricht, die von ihrem Lover stammte, in der er sie bat, sich mit ihm zu treffen." Er holte tief Luft. „Als ich sie zur Rede stellte, machte sie sich noch nicht einmal die Mühe, alles abzustreiten. Sie hat mich ausgelacht und mir gesagt, was ich doch für ein Narr gewesen sei." Er senkte den Kopf. Taylor war den Tränen nahe. Sie konnte nur erahnen, was Matt durchgemacht haben musste. „Sie sagte, sie wäre froh, dass ich nun Bescheid wusste, und wollte mich mit den Kindern verlassen, um endlich frei zu sein. Deshalb ist sie losgefahren …" Seine Augen suchten die ihren. „… um die Kinder zu holen." Er schwieg, die Lippen fest aufeinandergepresst. In seinem Gesicht spiegelte sich der Schmerz wider, den er damals gespürt haben musste.

„Und dann hatte sie den Unfall?", fragte sie zaghaft.

Er nickte.

„Oh Gott, es muss schrecklich für dich gewesen sein", sagte sie mitfühlend.

Er nickte erneut.

„Weiß Milly davon?"

„Nein, die arme Milly hat keine Ahnung. Ich glaube, sie war damals ziemlich in mich verliebt und ist es bis heute. Weißt du, sie tut mir leid, aber ich liebe sie nun mal nicht …." Er holte tief Luft. Sein warmer Atem streifte ihre Wangen und seine Augen suchten die ihren. „Ich liebe dich!"

Ihr Herz setzte einen Wimpernschlag lang aus. Noch nie hatte jemand diese Worte zu ihr gesagt.

„Ich habe mich vom ersten Moment, als ich dich in diesem Café gesehen habe, in dich verliebt", gestand er ihr.

Seine Augen liebkosten sie. „Dein Lachen, deine lebensbejahende Art. Du warst wie Heroin – gefährlich und berauschend zugleich. Als du mich geküsst hast, dachte ich, mein Herz hört auf zu schlagen."

„Aber warum bist du abgehauen?", fragte sie ihn.

„Weil ich Angst hatte. Angst, mich auf ein neues Abenteuer einzulassen. Ich bin gewissermaßen ein gebranntes Kind. Ich wollte nicht den gleichen Fehler noch einmal machen."

„Und ich dachte, es liegt an mir", gestand sie ihm.

„Taylor, wie könnte es an dir liegen. Du bist alles, was sich ein Mann nur wünschen kann. Du bist empathisch, liebevoll, schlau, witzig und sexy zugleich. Du wirst mal eine wunderbare Mutter sein."

Ein Ruck ging durch ihren Körper und ihre Muskeln versteiften sich bei seinem letzten Satz. „Matt, ich muss dir auch etwas gestehen." Sie sah, wie er schluckte. „Ich …" Sofort waren all die Gefühle, die sie mühsam unter einer Schicht der Gleichgültigkeit zu verbergen versucht hatte, wieder da. „Ich werde niemals eine Mutter sein." Ihre Finger verknoteten sich ineinander.

„Aber warum? Du bist jung und gesund."

Sie schüttelte den Kopf. „Ich kann keine Kinder kriegen, Matt."

Sein Schweigen war unerträglich. Tränen brannten ihr in den Augen. Und dann, ohne Vorwarnung, nahm er sie in den Arm und küsste sie zärtlich. Sein Kuss war wie Balsam, der sich auf ihre Seele legte. Als er sie ansah, schwammen ihre Augen vor Liebe zu ihm.

„Es ist mir egal, ob du Kinder bekommen kannst. Genau wie ich dich bekommst mich auch nur als Gesamtpaket und das bedeutet in meinem Fall mit zwei Kindern. Ich will dich genau so, wie du bist."

Der Gedanke, Matts Frau zu werden und die Mutter von Stella und Will, war allzu verlockend. Sie liebte die beiden Kinder von Herzen. Aber was sollte aus ihrem Job werden?

„Matt, wenn die Agentur erfährt, dass ich ein Verhältnis mit meinem Boss habe, entlassen sie mich sofort." Sie sah ihn verzweifelt an.

„Aber das ist doch unsinnig. Ich bin Witwer und nicht verheiratet. Wir haben nichts Unrechtes getan." Er legte den Kopf leicht schräg und streichelte ihre Wange. „Ich lass dich nie mehr los, jetzt, wo ich dich gefunden habe."

Sie schüttelte stumm den Kopf. „Ach Matt. Wir kennen uns doch kaum."

„Ich weiß, du denkst sicherlich, dass ich den gleichen Fehler schon einmal gemacht habe, aber das mit dir ist etwas völlig anderes. Laura war kaltherzig und berechnend. Das hätte ich von Anfang an sehen können, wenn ich nur gewollt hätte. Aber ich war blind vor Liebe. Du bist ganz anders als sie." Er lächelte sie an. „Außerdem wirst du in der Liebe nie eine Garantie bekommen, egal, wie lange man sich kennt oder wie lange man zusammen ist." Er küsste sie erneut. In seinem Kuss lag so viel Zärtlichkeit, dass es ihr fast den Atem nahm. Er presste sie an sich, so als wolle er sie nie wieder loslassen.

„Ich liebe dich, Taylor Susan Young", flüsterte er. „Bitte lass mich nicht allein."

Sie schüttelte stumm den Kopf. „Und ich liebe dich." Noch nie in ihrem Leben hatte sie diese drei Worte zu einem Mann gesagt.

Wortlos hob er sie hoch und trug sie die Treppen hinauf ins Schlafzimmer. Sie zitterte am ganzen Körper, als er sie aufs Bett legte. Ohne ein Wort zu sprechen, zog er sein T-Shirt langsam aus. Ihr stockte der Atem, als er mit nacktem Oberkörper vor ihr stand. Mit den Augen fuhr sie die Linien seiner Muskeln nach, saugte jedes Detail seines Körpers auf. Genoss das Spiel seiner Muskeln, als er sich auf sie zubewegte.

Er bedeckte ihr Gesicht mit federleichten Küssen, hinunter zum Hals und zu ihren Brüsten. Ihre Finger krallten sich in seine nackte Haut. Er stöhnte lustvoll, was sie nur noch mehr anspornte.

Er fuhr ihr mit der Hand durch die Haare und zog ihren Kopf sanft nach hinten.

„Du hast mich verhext“, murmelte er und knabberte an ihrem Ohrläppchen. Ein Gänsehautschauer rieselte ihr den Rücken hinunter. Sie kicherte hysterisch.

Plötzlich knarrte es hinter Matt. Erschrocken riss sie die Augen auf, als sie Stella tränenüberströmt im Türrahmen stehen sah.

„Sternchen, was ist los?“, fragte sie und schob Matt zur Seite. „Hast du schlecht geträumt?“

Dicke Tränen kullerten Stella die Wangen herunter. „Will ... Will ...“, schluchzte sie.

„Was ist mit Will?“ Mit wenigen Schritten war sie bei Stella.

„Will ist weg“, stieß Stella hervor.

„Was?“, riefen Matt und sie wie aus einem Munde. Die Kleine fing noch lauter an zu schluchzen. Ohne ein weiteres Wort stürzte Matt aus dem Schlafzimmer. Taylor kniete sich hin und nahm Stella in den Arm.

„Sternchen, komm. Alles wird gut.“ Sie wiegte Stella sanft in ihren Armen. Langsam verebbte Stellas Weinen.

Matt kam zurück und schüttelte den Kopf. „Er ist weg. Ich habe überall im Haus nachgesehen, aber er ist nirgends.“ Er warf Taylor einen Hilfe suchenden Blick zu.

Taylor strich Stella sanft über den Kopf. „Sternchen, du musst deinem Daddy und mir helfen.“ Stella hob den Kopf und sah sie mit großen verweinten Augen an. Ihre Lippen bebten. „Was genau ist passiert? Du musst uns alles erzählen.“ Sie nickte Stella aufmunternd zu.

„Will hat mich geweckt und gesagt, dass er gar nicht mein Bruder ist und dass Daddy nicht sein Daddy ist.“

„Oh mein Gott!“ Matt war kreidebleich geworden und stützte sich gegen die Wand. Taylor hatte die Hand vor den Mund, um den Schrei zu unterdrücken, der sich den Weg nach oben bahnte.

Will musste das Gespräch zwischen ihnen belauscht und seine Schlüsse daraus gezogen haben.

Sie konnte nur erahnen, wie sich ein kleiner Junge fühlen musste, wenn er durch Zufall erfuhr, dass seine geliebte Mutter den Vater betrogen hatte und dass Matt gar nicht sein Vater war.

Eine Welt musste für den Jungen zusammengebrochen sein. Für Will bedeutete Matt alles. Er liebte seinen Vater und seit dem Tod der Mutter war Matt in einen gottähnlichen Status erhoben worden. Er war Wills Anker gewesen.

Taylor holte tief Luft. Stella hatte wieder angefangen zu weinen. Es war wichtig, die Ruhe zu bewahren. Nur so hätten sie eine Chance, herauszufinden, wo Will sich versteckt hatte.

„Sternchen, hat Will gesagt, wohin er gegangen ist?" Sie legte ihre Hand unter Stellas Kinn und hob ihren Kopf an, sodass die Kleine sie ansehen musste. Stellas Augen schwammen in Tränen.

Die Kleine schüttelte den Kopf.

Taylors Puls raste und ihre Handflächen waren schweißnass. Draußen tobte noch immer der Schneesturm und die Temperaturen waren weit unter dem Gefrierpunkt. Für einen Erwachsenen war es schwer, bei diesen unwirklichen Bedingungen zu überleben. Für einen kleinen Jungen könnte es den Tod bedeuten. Eile war geboten, wenn sie Will retten wollten.

Matt sah aus, als ob er jeden Moment zusammenbrechen würde. Seine Hände zitterten stark und seine Lippen waren dünn wie zwei Striche.

„Hat Will irgendwas zu dir gesagt, außer dass er weggeht?"

„Nein." Stella schniefte und rieb sich mit den Fäustchen die Augen.

„Wir müssen die Polizei verständigen", sagte Matt mit tonloser Stimme.

Taylor nickte. „Geh ruhig, ich kümmere mich um Stella."

Matt verschwand.

Taylor setzte Stella auf den Boden ab. Dann richtete sie sich auf und holte tief Luft. Dabei schloss sie die Augen und zwang sich, ruhig zu atmen. Eine Methode, die sie sich angewöhnt hatte, wenn es manchmal turbulent wurde und sie Ruhe bewahren musste.

Als sie die Augen wieder öffnete, hatte sich ihr Puls beruhigt und sie konnte klarer denken. Sie überlegte fieberhaft, wohin Will gehen würde. Der Stall? Cecilias Haus? Haworth? Vielleicht die Kirche? Schließlich war Pastor Flemming ein freundlicher Mann und Will war christlich erzogen worden. Vielleicht würde sie einen Hinweis in Wills Zimmer finden.

Kurz entschlossen nahm sie Stella an die Hand und ging mit ihr in Wills Zimmer. Im Hintergrund hörte sie Matts Stimme am Telefon reden.

Mit einem Blick versuchte sie so viele Details wie möglich zu erfassen. Wills Bett war benutzt, das Laken zerwühlt und die Bettdecke zurückgeschlagen. Offensichtlich war er wach geblieben, nachdem sie ihn ins Bett gebracht hatte. Sein Kleiderschrank stand offen. In Gedanken ging sie seine Garderobe durch. Es fehlten seine Jeans, ein langärmliges T-Shirt, sein geliebter dunkelblauer Wollpullover, die Strickmütze, die Cecilia ihm zu Weihnachten gestrickt hatte, und Handschuhe. Tränen stiegen ihr in die Augen, als sie entdeckte, dass er das Laserschwert mitgenommen hatte. Sein Rucksack fehlte ebenfalls und mit ihm seine Trinkflasche, seine Taschenlampe, zwei kleine Flugzeugmodelle und das Bild von Stella und Will, das in der Fensterbank gestanden hatte. Sie schluckte die Tränen hinunter, die sich den Weg nach oben bahnten. Sie durfte jetzt nicht schwach werden und in Kummer versinken. Will brauchte sie jetzt, und dafür war es wichtig, dass sie einen kühlen Kopf behielt. Polternd kam Matt die Treppe nach oben gerannt.

„Die Polizei sagt, sie schicken eine Streife los.“ Die Verzweiflung stand ihm ins Gesicht geschrieben.

„Nur eine Streife!“ Taylor schüttelte den Kopf.

„Ja, Haworth ist klein. Aber der Inspektor hat mir versprochen, die umliegenden Polizeistationen zu verständigen und um Hilfe zu bitten.

Sobald es aufklart, wollen sie einen Hubschrauber einsetzen und Hundestaffeln." Tiefe Falten hatten sich in Matts Gesicht gegraben und unter seinen Augen lagen dunkle Schatten. Er hatte sich eine Jacke angezogen und dicke Stiefel.

„Aber bis dahin kann es zu spät sein", rief sie entsetzt.

Matt nickte. „Wenn ich mir vorstelle, dass mein kleiner Junge da draußen ist." Er ballte die Hände zur Faust.

„Hast du Cecilia angerufen? Vielleicht schafft es Will bis zu ihr."

„Nein, noch nicht. Würdest du das bitte übernehmen? Ich fahre selbst los und schau, ob ich ihn finde. Ich muss ihn einfach finden!"

„Ich komme mit!"

„Auf keinen Fall!" Er schüttelte den Kopf und deutete auf Stella, die sich an sie klammerte wie ein kleines Äffchen. „Nein, du musst bei Stella bleiben."

„Aber ich will dir helfen!", protestierte sie.

„Du hilfst mir, indem du hier die Stellung hältst und mich anrufst, wenn sich die Polizei bei dir meldet. Ich würde es nicht ertragen, wenn dir und Stella noch etwas passieren würde." Er beugte sich zu ihr und gab erst Stella und dann ihr einen Kuss. Seine Augen suchten die ihren. Für einen Wimpernschlag lang stand die Welt still. Es gab nur noch sie und ihn. Sie sah die Sorge und den Kummer in seinen Augen. Es brach ihr fast das Herz.

„Einverstanden." Sie wusste, dass Matt recht hatte. Es war zu gefährlich, mit einem Kleinkind bei diesem Wetter durch die Gegend zu fahren. Ein Kind in Not reichte. „Hast du eine Ahnung, wo Will sein könnte?"

„Nein, ich dachte mir, ich fahr die Straße nach Haworth ab. Vielleicht finde ich ihn dort."

Hoffentlich! Sie nickte. „Bitte ruf mich zwischendurch an."

Seine Lippen formten lautlos die drei Worte, die ihr mehr bedeuteten als alles auf der Welt: Ich liebe dich. Dann machte er auf dem Absatz kehrt und rannte aus dem Zimmer.

„Wo geht Daddy hin?", wimmerte Stella.

„Daddy fährt los, um Will zu suchen", erklärte sie mit ruhiger Stimme.

Stella sah sie mit ihren großen Kinderaugen an. „Ist Daddy mein Daddy?", fragte sie weinerlich.

„Aber natürlich, Sternchen, genauso wie er Wills Daddy ist. Euer Vater liebt euch über alles." *Genau wie ich!*

„Ich hab Angst!" Stella schlang ihre Arme um Taylors Hals und schmiegte sich ganz eng an sie.

„Ich weiß, mein Sternchen, aber ich bin mir sicher, dass Daddy Will findet." *Hoffentlich!*

Sie warf einen Blick aus dem Fenster. Draußen tobte der Sturm mit ungebrochener Kraft. Das Licht fiel auf die Bäume im Vorgarten, die sich im Wind wiegten. Es schneite noch immer dicke Flocken und die Sicht war auf ein Minimum beschränkt. Die ganze Landschaft versank in Dunkelheit.

„Komm, wir rufen Tante Cecilia an", sagte sie und ging die Treppe nach unten ins Wohnzimmer. Sie wählte Cecilias Nummer.

„Cecilia Nox", meldete sich Cecilias glockenhelle Stimme am anderen Ende der Leitung.

„Cecilia, hier ist Taylor. Es geht um Will ..." Mit wenigen Worten schilderte sie die Lage. „Matt wollte in deine Richtung fahren."

„Oh Gott, der arme Junge", sagte Cecilia. „Kann ich irgendetwas für euch tun? Der Gedanke, hier untätig herumzusitzen, ist einfach schrecklich."

„Ich denke, das Beste, was wir im Moment tun können, ist warten und hoffen, dass Matt oder die Polizei ihn finden. Ich rufe dich an, sobald ich Näheres weiß."

„Gut. Ich bete, dass sie den Jungen finden. Die Familie hat genug durchgemacht. Ruf mich an, wenn ich irgendwie helfen kann."

„Ja, mache ich. Bis später." Sie legte auf.

18. Kapitel

Taylor wanderte unruhig im Wohnzimmer auf und ab. Diese Warterei zerrte an ihren Nerven. Sie hatte bestimmt schon eine Spur in den Fußboden getreten. Die Zeiger der Uhr wanderten mit quälender Langsamkeit. Stella saß eingekuschelt auf dem Sofa. Ihr Gesicht war blass und fleckig vom Weinen. Taylor hatte ihr zur Beruhigung einen heißen Kakao gemacht. Sie ließ sich neben Stella auf das Sofa fallen und fixierte das Telefon. Matt war vor einer Stunde losgefahren und hatte bisher kein Lebenszeichen von ihm gegeben. Sie hatte mehrfach versucht, ihn zu erreichen, aber es hatte sich nur die freundliche Stimme der Telefongesellschaft gemeldet, um ihr mitzuteilen, dass der Teilnehmer nicht zu erreichen war. Auch auf ihre Nachricht auf der Mailbox hatte Matt nicht reagiert. Ihre Sorge um Will wurde mit jeder Minute größer, und die Chancen, ihn unversehrt zu finden, geringer. Sie tippte zum hundertsten Mal auf das Display, um zu kontrollieren, dass das Handy auch wirklich funktionierte.

Es war absolut lächerlich, dass sie zur Untätigkeit verdammt war. Sie war Wills Nanny und damit für ihn verantwortlich. Sie musste etwas tun! Mit einem Ruck stand sie auf.

„Stella, was hältst du davon, wenn wir einen kleinen Ausflug machen und Will suchen?"

Die Kleine nickte.

„Gut", sagte sie entschlossen. „Dann lass uns nach oben gehen und dir etwas schönes Warmes anziehen."

„So müsste es gehen", sagte sie zufrieden. Ihre Augen glitten über Stella, die in einem Schneeanzug eingemummelt vor ihr stand. Die Füße der Kleinen steckten in warmen Winterstiefeln.

Sie selbst hatte sich eine Strumpfhose und Jeans angezogen, darüber mehrere Lagen T-Shirt und zum Schluss einen Pullover. Die Winterjacke war eher für kalte Wintertage in London ausgelegt, aber in Kombination mit den anderen Sachen sollte sie nicht allzu schnell frieren. Wenigstens hatte sie die warmen Stiefel eingepackt. Zur Sicherheit hatte sie mehrere Decken aus dem Haus dabei, in die sie Stella einwickeln würde. Sie hatte sogar eine Thermoskanne mit heißem Tee gefüllt. Den Mini hatte sie bereits zuvor von der Schneedecke befreit, die sich in den letzten Tagen darauf gebildet hatte. Anschließend hatte sie den Motor angelassen, damit es im Inneren des Wagens schön warm war. Stella hatte so lang brav auf sie im Haus gewartet. Bevor sie ging, warf sie einen letzten Blick auf das Handy in der Hoffnung, Matt könnte sich gemeldet haben. Nichts.

„Bereit für ein Abenteuer?", fragte sie Stella.

Die Kleine nickte.

„Na, dann mal los."

Mit Stella an der Hand stapfte sie nach draußen. Als sie die Tür aufmachte, peitschte ihnen der eiskalte Wind direkt ins Gesicht. Die Kälte nahm ihr fast den Atem und trieb ihr die Tränen in die Augen. Schneeflocken sammelten sich auf ihren Wimpern und sie blinzelte.

„Komm, Sternchen", brüllte sie gegen den Wind an. Der Schnee reichte ihr bereits bis zu den Knien. Stella blieb nach wenigen Schritten stecken und jammerte leise. Mit einer einzigen Bewegung schnappte sie sich die Kleine und hob sie hoch. Verbissen kämpfte sie sich den Weg bis zum Mini weiter.

Nachdem sie Stella sicher auf dem Beifahrersitz angeschnallt hatte, nahm sie selbst auf der Fahrerseite Platz.

Langsam trat sie auf das Gaspedal und der Mini bewegte sich von der Stelle. Erleichtert atmete sie aus. Zumindest die erste Hürde war genommen. Sie schaltete das Licht ein und folgte dem Lichtkegel die Einfahrt entlang nach unten.

Die Landschaft um sie herum wirkte gespenstisch weiß. Schneewolken wirbelten durch die Luft. Alles um sie herum war schwarz. Der Scheinwerfer fuhr quietschend über das Glas und schob den frisch gefallenen Schnee zur Seite. Trotzdem konnte sie kaum zwei Meter weit sehen. Im Schritttempo fuhr sie die schmale Straße in Richtung Haworth entlang.

„Sternchen, wenn du Will siehst, musst du ganz laut rufen“, sagte sie und warf der Kleinen einen liebevollen Seitenblick zu.

Die Kleine nickte eifrig. Ihre blonden Locken lugten unter der dicken Wollmütze hervor, während ihr Blick nach draußen gerichtet war.

Langsam fuhr sie in die Kurve. Die Straße war mit einer durchgehenden Schneedecke überzogen und rechts und links davon hatten sich hohe Schneewehen gebildet. Wo konnte Will bei diesem unwirklichen Wetter nur stecken? Hatte er sich in einer der Hütten entlang des Weges in Sicherheit gebracht? In ihrem Kopf rasten die Gedanken. Krampfhaft spielte sie in Gedanken alle Möglichkeiten durch. Wo war Will? Vielleicht hatte sie ein wichtiges Detail übersehen!

„Sternchen, was genau hat Will zu dir gesagt, als er sich verabschiedet hat?“, fragte sie erneut.

„Will hat gesagt, dass Daddy nicht sein Daddy ist“, piepste Stella. „Und er hat mich gefragt, ob die Feen meinen Wunsch wirklich erfüllt haben.“

„Was?!“ Mit einem Ruck trat sie in die Bremse und der Mini kam abrupt zum Stehen.

Stella sah sie verstört an.

„Was genau hat Will dich gefragt?“ Ihr Herz klopfte derart gegen ihre Rippen, dass sie Angst hatte, es könnte jeden Moment herausspringen.

„Er hat mich wegen der Feen gefragt“, piepste Stella.

Das war der Hinweis, auf den sie die ganze Zeit gewartet hatte. Mit einem Mal war alles klar!

„Das ist es!“ Sie hatte geschrien. Stella zuckte erschreckt zusammen und ihre Mundwinkel zitterten.

„Alles okay, meine Kleine.“ Sie gab Stella einen Kuss auf die kalten Wangen. „Ich weiß jetzt, wo Will ist.“

Sie musste Matt anrufen. Fieberhaft kramte sie in ihrer Jackentasche nach dem Handy.

Mit den Zähnen zog sie den Handyschuh aus und wählte Matts Nummer.

Es klingelte. Mit jedem Klingeln wuchs ihre Ungeduld. Sie mussten schnell handeln, wenn sie Will noch unversehrt finden wollte.

Klick. Es rauschte und ganz entfernt meldete sich Matts Stimme.

„Matt“, schrie sie ins Handy. „Hörst du mich.“

Seine Stimme antwortete blechern und abgehackt. „Taylor, wo … du?“

„Ich weiß jetzt, wo Will ist.“

„W-as?“

„Ich weiß, wohin Will geht“, rief sie erneut. Stella sah sie mit großen Augen an.

„Ta…“ Seine Stimme brach ab und es rauschte laut.

Frustriert schaute sie auf das Display. Das Gespräch war unterbrochen. Mit zitternden Fingern wählte sie erneut seine Nummer.

Es klingelte, gefolgt von einem Klicken.

Sie lauschte angestrengt. Matts Stimme verschwand im Rauschen der Leitung.

„Matt“, versuchte sie es erneut. „Ich glaube, Will ist zum Feenbaum unterwegs.“

Lautes Knistern gefolgt von dem Besetzton. Das Gespräch war wieder unterbrochen. „Verdammte Scheiße!“ Fluchend warf sie das Handy in den Fußraum.

„Scheiße darf man nicht sagen“, sagte Stella.

Taylor atmete tief durch. „Du hast ja recht. Ich bin nur so wütend, weil ich deinen Daddy nicht verstehen kann.“

Stella nickte mit ernster Miene. „Männer.“

Taylor lachte bitter. Sie tastete mit der Hand in dem dunklen Fußraum nach dem Handy. Dabei ärgerte sie sich über sich selbst. Normalerweise hatte sie ihre aufbrausende Art im Griff, aber in Situationen wie dieser kam ihr Temperament wieder durch.

„Weißt du, wo Will ist?“ Stella hatte die Handschuhe ausgezogen und spielte damit.

„Ja, ich glaube schon.“ Taylor trat auf das Gaspedal. „Sternchen, zieh die Handschuhe wieder an.“

„Aber mir ist warm“, jammerte die Kleine.

„Trotzdem. Ich möchte, dass es so bleibt“, befahl sie. Wortlos gehorchte die Kleine.

In der Stadt war der Mini Cooper ein zuverlässiger Weggefährte, aber hier auf dem Land bei diesen extremen Bedingungen kam der kleine Wagen an seine Grenzen. Sie machte sich riesige Vorwürfe. Es war ganz allein ihre Schuld, dass Will sich bei diesem Wetter alleine da draußen befand. Warum hatte sie den Kindern nur diese alberne Geschichte mit den Wunschblättern erzählt?! Matt hatte sie mehrfach gebeten, mit dem Blödsinn aufzuhören, aber sie hatte nicht auf ihn gehört. Immer wieder war es ihre Eigenwilligkeit, die sie in solche Situationen brachte. Schon während ihrer Ausbildung hatte sie ihre Lehrerin mehrfach davor gewarnt. Nun war es zu spät!

Hochkonzentriert lenkte sie den Wagen bis zu der Brücke, von wo aus sie den Baum gesehen hatte. Der Schneefall hatte etwas nachgelassen. Sie brachte den Wagen zum Stehen.

„Du bleibst hier“, befahl sie mit Nannystimme. „Ich gehe nach draußen und schaue, ob ich Will irgendwo entdecken kann.“

Ohne Widerrede fügte sich Stella ihren Anordnungen und blieb mucksmäuschenstill sitzen.

Sie drückte die Tür auf. Sofort blies ihr der Wind entgegen und füllte den Innenraum mit seiner Kälte.

Hastig schloss sie die Tür hinter sich.

Es war stockdunkel. Lediglich die Scheinwerfer warfen ihr gelbes Licht in den Schnee. Schemenhaft konnte sie die Umrisse der nahen Bäume erkennen.

Sie formte ihre Hände zu einem Trichter und legte sie vor ihren Mund.

„Wiiiiiiillllll!"

Sie lauschte, aber außer dem Heulen des Windes war nichts zu hören. Sie rief erneut nach ihm. Wieder nichts.

Unentschlossen blieb sie stehen und suchte mit zusammengekniffenen Augen die Umgebung ab. Außer Schnee und Dunkelheit war da nichts. Sie versuchte sich zu orientieren. Vor ihr lag die Brücke und die Zufahrtsstraße nach Haworth, dann musste der Baum und die Hütte nördlich davon liegen. Ihr Blick wanderte nach rechts, aber außer ein paar undeutlichen schwarzen Umrissen konnte sie nichts erkennen. Kurz entschlossen setzte sie sich ins Auto und legte den Rückwärtsgang ein.

„Hast du Will gefunden?", wollte Stella wissen.

Taylor schüttelte den Kopf. Sie fuhr wenige Meter rückwärts. Dann legte sie den ersten Gang ein und wendete den Mini Cooper so, dass das Licht in nördlicher Richtung ausgerichtet war.

„Warte hier!" Sie warf Stella einen Kuss zu und stieg aus.

Der kalte Wind peitschte ihr ins Gesicht. Sie legte die Hand schützend vor die Augen und suchte die Umgebung im Lichtkegel des Minis ab. Die Kälte kroch in jede freie Ritze und setzte sich fest. Sie hatte vergessen, ihre Handschuhe anzuziehen, und innerhalb von Minuten waren ihre Finger steifgefroren.

Regungslos blieb sie stehen und wartete, die Augen fest in Richtung des Baumes gerichtet. Plötzlich, wie aus dem Nichts, glaubte sie, ein Blitzen wahrgenommen zu haben. Blinzelnd starrte sie in die Dunkelheit. Nichts. Alles blieb schwarz. Sollte sie sich getäuscht haben? Enttäuscht wollte sie den Kopf abwenden, als sie aus dem Augenwinkel ein schwaches Licht aufblinken sah.

Das musste er sein! Wenigstens war er am Leben und offensichtlich unversehrt.

„Will!“ Sie hatte aus Leibeskräften geschrien. Aber der Wind verschluckte ihre Stimme und riss sie mit sich ins Nichts.

„Will!“, versuchte sie es erneut. Ohne Erfolg. Das Licht wanderte langsam weiter. Sie hastete zum Auto.

„Stella! Ich habe Will gefunden. Du musst jetzt ein großes Mädchen sein und hierbleiben. Hast du mich verstanden?“ Die Kleine nickte. „Ich komme ganz schnell wieder zurück.“

„Ich habe Angst“, gestand Stella kleinlaut.

„Ich weiß.“ Taylor tätschelte Stellas Wange. „Ich auch, aber Will braucht uns jetzt. Hörst du. Wir müssen ganz stark sein. Außerdem bist du im Auto sicher. Hier kann dir nichts passieren.“

Stella presste die Lippen aufeinander und musterte sie aufmerksam.

„Alles wird gut. Hörst du. Ich verspreche es!“ Sie hob die Hand. „Großes Indianerehrenwort.“

Sie bückte sich, um das Handy im Vorderraum des Fahrersitzes zu suchen. Nach wenigen Minuten hatte sie es gefunden. Das Display zeigte einen Balken beim Empfang. Zitternd wählte sie Matts Nummer.

Es klingelte. Einmal. Zweimal. Dreimal.

„Taylor?“, krächzte Matts Stimme verzerrt durch den Hörer.

„Ich glaube, ich habe Will gefunden.“

„Was?“

„Ich habe Will gefunden. Er ist in der Nähe der Brücke.“ Sie sprach betont deutlich und langsam.

„Du … musst warten. Ich komme … schnell zu …“ Der Rest des Satzes wurde vom Rauschen verschluckt.

„Okay. Der Mini steht vor der Brücke und das Licht ist in die Richtung von Will ausgerichtet“, rief sie.

Es knackte laut. „Wo … Stella?“

„Stella ist bei mir. Mach dir keine Sorgen. Es geht uns gut“, beruhigte sie ihn.

Ihre Augen suchten unruhig den Horizont ab, wo sie das Licht das letzte Mal gesehen hatte. Nichts. „Ich muss los. Bis gleich."

Matts Stimme sagte etwas, was sie nicht verstehen konnte. Sie musste sich beeilen, wenn sie Will nicht komplett aus den Augen verlieren wollte. Sie legte auf und drückte Stella das Handy in die Hand.

„Weißt du, wie das Handy funktioniert?"

„Ja." Die Kleine nickte.

„Gut. Wenn ich nicht zurückkomme oder irgendetwas passiert, dann drückst du diese Taste." Sie zeigte auf die Wiederwahltaste. „Dann meldet sich dein Daddy. Verstanden?"

Stella nickte. Sie gab der Kleinen einen Kuss auf die Stirn. „Mach dir keine Sorgen. Alles wird gut. Ich bin bald wieder da und ich bringe dir deinen Bruder zurück." Sie sah Stella fest in die Augen.

„Versprochen?"

„Versprochen!", sagte sie entschlossen.

„Gut." Stellas Hand umklammerte das Handy.

Taylor holte tief Luft, dann stieg sie nach draußen. Sie warf Stella eine Kusshand durch das vereiste Fenster zu. Stella lächelte und machte einen Kussmund. In der Ferne, ungefähr fünfhundert Meter entfernt, leuchtete ein schwacher Lichtpunkt, der wieder verschwand. Will! Sie würde es sich niemals verzeihen, wenn dem Jungen etwas geschah. Das hier war ihre Schuld – ganz allein!

Entschlossen straffte Taylor den Rücken und stapfte in Richtung der Lichtquelle. Der Schnee auf dem kahlen Feld war noch höher als auf der Straße und sie versank bis über den Knien in Schnee. Nur mühsam kam sie voran. Der Schnee knirschte unter ihren Schritten, während sie sich den Weg durch die unwirkliche Landschaft nach vorne kämpfte. Das Licht des Mini Coopers wurde immer schwächer, je weiter sie ging. Sie musste aufpassen, nicht zu stolpern.

„Will. Wo bist du!“ Blind vor Schnee und Kälte strauchelte sie weiter in Richtung Steinhütte. Plötzlich blinkte das Licht wieder auf, keine zweihundert Meter von ihrem jetzigen Standort entfernt.

„Will.“

Keine Antwort.

Sie beschleunigte ihre Schritte. Schweiß rann ihr trotz der Kälte den Rücken hinunter. Ihr Herz klopfte wie verrückt und das Blut rauschte ihr in den Ohren. Mit wütender Entschlossenheit kämpfte sie sich ihren Weg durch den Schnee.

Ein Wimmern drang an ihre Ohren. Abrupt blieb sie stehen und lauschte. Wieder wimmerte es leise.

„Will! Ich komme!“ Sie fing an zu laufen so schnell sie konnte. Sie spürte weder die Kälte noch den Wind. Ihre ganze Konzentration war auf Will gerichtet, der irgendwo dort im Schnee stand und weinte. Vielleicht war er verletzt!

„Will!“ Schreiend lief sie weiter. Der kleine Lichtpunkt kam näher und näher. Noch hundert Meter. Noch fünfzig Meter. Noch immer konnte sie Will nicht erkennen. Lediglich das kleine Licht diente ihr zur Orientierung durch die Schneelandschaft. Sie keuchte und jeder ihrer Muskeln schmerzte.

Wie aus dem Nichts tauchten die schemenhaften Umrisse eines Jungen aus der Dunkelheit auf. Sie spürte eine unendliche Erleichterung, als sie ihn sah.

„Will. Gott sei Dank.“ Mit wenigen Schritten hatte sie ihn erreicht. Weit aufgerissene Augen starrten ihr aus der Dunkelheit entgegen. Seine Beine steckten fast bis zur Hüfte im Schnee, und sie fragte sich, wie er es überhaupt so weit geschafft hatte. Sie sank vor ihm auf die Knie und schlang ihre Arme um seinen eiskalten Körper.

„Ta-Ta-Taylor“, quetschte er klappernd hervor. Seine Hand hielt die Taschenlampe fest umklammert. Seine Augen lagen in tiefen Höhlen und er war schrecklich blass.

Er hatte geweint. In seinen langen Wimpern hatten sich feine Eiskristalle gebildet. „Mir … ist schrecklich ka-a-alt."

„Will. Du dummer Junge." Zärtlich strich sie ihm über das eiskalte Gesicht. „Ich hatte solche Angst um dich." Soweit sie erkennen konnte, hatte er keinen ernsthaften Schaden davongetragen. Sie zog sich den Schal vom Hals und wickelte ihn um seinen Kopf.

„Komm auf meinen Rücken. Ich trage dich zum Auto."

Will nickte stumm. Seine Kiefer klapperten unaufhörlich aufeinander. Mühsam kletterte er auf ihren Rücken. Seine Arme umschlangen ihren Hals und er presste sich fest an sie.

„Richte die Lampe auf meine Spur", befahl sie. Sofort wanderte der Lichtkegel der Taschenlampe entlang des Schnees, bis er bei ihren Spuren stehen blieb.

„Halt dich gut fest. Ich will dich schließlich nicht noch einmal verlieren."

Sie folgte ihrer eigenen Spur, um Kraft zu sparen. Bis zum Auto waren es gut fünfhundert Meter und mit der zusätzlichen Last auf ihrem Rücken würde sie doppelt so lange brauchen. Unerbittlich trotzte sie dem Wind und ging weiter und weiter. Ihre Muskeln zitterten unter der ungewohnten Last, aber sie gab nicht nach. Die Lippen fest aufeinandergepresst kämpfte sie sich durch den Schnee weiter in Richtung Auto.

Aus der Ferne sah sie plötzlich einen breiten Lichtkegel, der sich langsam in ihre Richtung bewegte.

Matt! Freudig schlug ihr Herz schneller.

„Da kommt dein Dad!", schrie sie gegen den Wind zu Will. Sie spürte, wie Will zusammenzuckte und seinen Griff für einen kurzen Moment lockerte.

„Er sucht dich schon seit Stunden!", schrie sie in der Hoffnung, er würde sie verstehen. Sie ging so schnell sie konnte. Der Wagen kam neben dem Mini Cooper zum Stehen. Wenigstens war Stella nicht mehr alleine. Sie hatte mit ihrer törichten Art nicht nur Will, sondern auch noch Stella in Gefahr gebracht.

Sie hatte unverantwortlich und selbstsüchtig gehandelt. Wenn Will die Sache unbeschadet überstehen sollte, dann wüsste sie, welche Konsequenzen sie zu ziehen hatte. Sie war es nicht wert, eine Nanny und schon gar nicht eine Mutter zu sein.

„Taylor? Will?“ Es war Matts Stimme.

„Matt“, rief sie erleichtert. „Wir sind hier. Alles okay.“

Sie lief weiter. Der Junge auf ihrem Rücken wurde schwerer und schwerer. Ohne Vorwarnung stieß sie mit dem Fuß gegen etwas Hartes und sie geriet ins Straucheln.

Mit einem lauten Schrei ging sie zu Boden. Das Letzte, was sie sah, war, wie Will neben ihr in den Schnee fiel, dann wurde es dunkel um sie herum.

Das Erste, was sie wahrnahm, war der strenge Geruch des Desinfektionsmittels, gefolgt vom Piepsen irgendwelcher Apparate. Ihr Kopf schmerzte und ihr war leicht übel.

Blinzelnd schlug sie die Augen auf.

„Taylor.“ Matts besorgtes Gesicht empfing sie.

„Wie geht es Will?“, krächzte sie.

„Gut. Will ist ein zäher kleiner Bursche. Außer ein paar kleinen Erfrierungen und Schürfungen hat er nichts abbekommen. Die Ärzte sagen, in ein paar Tagen ist er wieder so gut wie neu.“

Sie nickte ernst. Tränen schwammen in ihren Augen.

„Die Ärzte sagen, du hast durch deinen Sturz eine leichte Gehirnerschütterung. Ein paar Tage Ruhe und viel Schlaf ist laut deinem behandelnden Arzt die beste Medizin.“ Matt beugte sich zu ihr und wollte sie küssen. Sie drehte den Kopf zur Seite.

„Nein, bitte nicht.“

Er runzelte verwundert die Stirn. „Was ist los mit dir? Tut dir etwas weh?“

Ihr Herz tat ihr weh, aber das konnte und wollte sie ihm nicht sagen.

Sie wusste, dass er sie liebte, aber nach all dem, was vorgefallen war, konnte sie unmöglich noch bei ihm und den Kindern bleiben. Es war ganz allein ihre Schuld, dass Will in eine solche Gefahr geraten war. Sie hatte ihm den Blödsinn mit dem Feenbaum erzählt. Sie hätte auf Matt hören und bei der Wahrheit bleiben sollen, anstatt die Köpfe der Kinder mit Märchen zu füttern. Es wurde an der Zeit, dass sie die Konsequenzen für ihr verantwortungsloses Verhalten zog. Matt und die Kinder wären besser dran, wenn sie ein neues erfahrenes Kindermädchen hätten.

„Ich möchte, dass du gehst!“ Sie presste die Lippen aufeinander und sah ihn mit traurigen Augen an.

„Was?“ Er schüttelte verwirrt den Kopf.

„Hast du nicht gehört, was ich gesagt habe?! Ich möchte, dass du gehst. Ich will dich nicht in meiner Nähe haben.“

„Aber Taylor. Ich verstehe nicht …“ Seine Augen suchten die ihren.

„Was gibt es da nicht zu verstehen? Ich möchte, dass du mich alleine lässt“, sagte sie kalt. Sie wusste, wenn sie jetzt nachgab, würde er sie niemals gehen lassen.

„Taylor. Ich liebe dich. Wir lieben uns.“

Sie schluckte. „Ich möchte trotzdem, dass du gehst.“

Seine Augen verengten sich zu schmalen Schlitzen. „Das meinst du nicht ernst.“

„Wie viel deutlicher soll ich noch werden?“ Sie richtete sich auf. „Ich liebe dich nicht, Matt, und ich möchte auch nicht die Mutter deiner Kinder sein. Deshalb bitte ich dich ein letztes Mal, mich in Ruhe zu lassen.“

Sie sah, wie sein Adamsapfel nervös auf und ab hüpfte. Es kostete sie ihre ganze Kraft, seinem Blick standzuhalten. „Jetzt sofort - hörst du mich.“ Ihre Stimme überschlug sich.

Stumm und mit starrer Miene stand er auf. Sie drehte den Kopf zur Seite und kämpfte mit letzter Kraft gegen das Meer von Tränen an, das sich den Weg nach oben bahnte. Nur noch wenige Minuten und sie hatte es geschafft.

Sie hörte seine Schritte, als er den Raum verließ. Ein Schluchzen entwich ihrer Kehle. Blind vor Tränen tastete sie nach ihren Sachen. Ihr Handy lag neben dem Bett auf dem Nachttisch.

„Olive", schluchzte sie unter Tränen.

„Mein Gott, Taylor, was ist passiert?"

„Bitte hol mich hier raus!"

Silvester

19. Kapitel

Es war eine eiskalte sternenklare Nacht. Während die meisten ihrer Freunde in das neue Jahr hineinfeierten, lag Taylor alleine auf dem Bett in ihrem Kinderzimmer und starrte an die Decke. Die Ereignisse der letzten Wochen hatten sie stark mitgenommen. Ihre Gedanken kreisten unentwegt um Matt und die Kinder. Wenn sie nachts die Augen schloss, war alles, was sie sah, Matts Gesicht. Immer und immer wieder hörte sie seine melodische Stimme, die ihr zuflüsterte, dass er sie liebte, und fühlte seine Hände auf ihrer Haut. Sie vermisste ihn mit jeder Faser ihres Körpers. Vermisste seine Zärtlichkeit, seine Liebkosungen und seine Nähe. Und sie vermisste die Kinder geradezu schmerzlich. Ihr fröhliches Lachen, ihre Nähe und ihre Zuneigung. Seit sie Matt verstoßen hatte, hatte das Leben sämtliche Farbe verloren, und sie war in einem Meer aus Grau versunken.

Sie sah sich müßig in ihrem Kinderzimmer um mit den Blümchentapeten, die sie damals unbedingt hatte haben wollen, und dem hellen Holzboden. An der Wand hingen Bilder von ihr und Carolin. Wie jung und unbeschwert sie beide damals gewesen waren. Carolin war mittlerweile Mutter eines Zweijährigen und sie war unglücklicher Single. Sie seufzte. Während Carolin in einem hübschen Haus am Stadtrand lebte, lag sie in dem gleichen Zimmer, in dem sie bereits als Vierzehnjährige gelegen hatte. Was war in ihrem Leben schiefgelaufen? Während Carolin im Leben immer die richtige Abzweigung genommen hatte, hatte sie sich von ihren Gefühlen verleiten lassen und war falsch abgebogen. Nun lagen die Scherben ihres Lebens vor ihr, und sosehr sie sich auch bemühte, sie konnte sie nicht mehr zusammenfügen. Sie würde noch einmal von vorne anfangen müssen. Wenigstens hatte sie noch ihren Job bei der Norland-Akademie.

Es kam ihr wie eine Ewigkeit vor, dass Olive sie zu ihren Eltern gefahren hatte. Sie hatte die ganze Fahrt weinend auf dem Beifahrersitz gesessen und nach draußen gestarrt, ohne die malerische Winterlandschaft von Yorkshire wahrzunehmen, die am Fenster vorbeiflog. Der dumpfe Schmerz hatte sie zu ersticken gedroht, und mehr als einmal war sie versucht gewesen, sich aus dem Auto zu stürzen und ihrem Leben ein für alle Mal ein Ende zu setzen. Letztendlich hatte sie es Olive zu verdanken, dass sie heil und mit gebrochenem Herzen bei ihren Eltern angekommen war. Mit ihrer einfühlsamen Art hatte Olive ihr Trost gespendet und die richtigen Worte gefunden. Bei ihren Eltern angekommen, war sie wie ein verletztes Tier in ihr Zimmer gekrochen, um ihre Wunden zu lecken. Selbst die Versuche ihrer Mutter und Carolin, sie zum Reden zu bewegen, waren erfolglos geblieben. Stumm wie ein Fisch hatte sie nur dagesessen und gegen die Wand gestarrt.

Eine verfrühte Rakete explodierte irgendwo in der Nähe des Hauses. Taylor warf einen Blick auf die Uhr. Es war nur noch eine Viertelstunde bis Mitternacht.

Ihre Eltern saßen zusammen mit ihren Nachbarn im Wohnzimmer und aßen Fondue. Sie konnte die fröhlichen Stimmen bis hoch in ihr Zimmer hören. Carolin und Paul feierten mit Freunden bei sich zu Hause.

Holly, Emily und Olive hatten sie bis heute Morgen am Telefon bekniet, nach Portobello zu kommen, um mit ihnen zu feiern. Sie hatte dankend abgelehnt. Sie wollte alleine sein. Der Gedanke, den Abend mit gut gelaunten Menschen mit albernen Partyhütchen auf dem Kopf und jeder Menge Alkohol im Blut zu verbringen, war alles andere als verlockend. Am liebsten hätte sie sich schlafen gelegt, aber selbst das blieb ihr verwehrt, denn seit sie aus Haworth zurück war, hatte sie kaum ein Auge zugetan. Immer wenn sie kurz vorm Einschlafen war, schreckte sie hoch, schweißgebadet und mit klopfendem Herzen und Matts Gesicht vor Augen. Es war, als hätte er sie verhext.

Sogar Jason hatte sich bei ihr gemeldet, um sie zu bewegen, doch noch zu kommen, was sie ihm hoch anrechnete. Trotz ihrer Trennung hatte er sich ihr gegenüber wie ein Gentleman verhalten und ihr niemals Vorwürfe gemacht. Aber sie hatte trotzdem abgelehnt.

Der Mensch, nach dessen Nähe sie sich wirklich sehnte, war unerreichbar für sie geworden. Zwar hatte Matt mehrfach versucht, sie zu erreichen, aber Taylor hatte seine Anrufe unbeantwortet gelassen. Sie musste stark sein, um ihn und die Kinder zu schützen.

Ihre Nachfolge hatte sie bereits geregelt. Noch am Tag ihrer Ankunft bei ihren Eltern hatte sie mit der Leiterin des Norland College am Telefon gesprochen und um ein persönliches Gespräch gebeten. Mrs Pettigrew hatte sie gleich am nächsten Tag im College empfangen.

Mit schonungsloser Ehrlichkeit hatte ihr Taylor alles erzählt. Als sie fertig war, hatte Mrs Pettigrew sie lange angesehen.

„Mrs Young, ich kenne Sie seit nunmehr fünf Jahren und Sie waren immer mein persönlicher Favorit. Ich habe Sie bereits während der Ausbildung beobachtet und dabei Ihre Freude, aber auch Verbissenheit, mit der Sie unseren Beruf erlernt haben, bewundert. Sie hatten von der ersten Minute an einen natürlichen Zugang zu Kindern, auch wenn Ihre Methoden manchmal etwas ungewöhnlich waren, so haben Sie doch Ihr Ziel schneller als die meisten meiner Schülerinnen erreicht – nämlich die Herzen unserer Schützlinge zu gewinnen." Mrs Pettigrew hatte ihr zugezwinkert. „Was Sie mir nun erzählt haben, ist absolut ungeheuerlich und geht gegen jegliche Prinzipien, für die wir, das Norland Nanny College, geradestehen."

Taylor hatte schwer geschluckt bei den Worten der Leiterin.

„Trotzdem sind wir alle nur Menschen. Ich kenne keine Nanny, die sich nicht im Laufe ihrer Tätigkeit in den Vater ihrer Schützlinge verliebt hat. Das liegt in der Natur der Sache. Man liebt die Kinder und den Mann, der sie gezeugt hat." Mrs Pettigrew hatte milde gelächelt.

„Unverzeihlich hingegen ist, dass Sie Ihre Position dahingehend ausgenutzt haben, dass Sie die Kinder mit Ihrer Leichtsinnigkeit in Gefahr gebracht haben. Aber Sie haben Ihren Preis dafür bezahlt und deshalb will ich Milde walten lassen." Mrs Pettigrew hatte ihre Hand genommen. „Mrs Young, ich würde in Zukunft nur ungern auf Ihre Dienste verzichten. Deshalb würde ich vorschlagen, dass wir beide diesen unliebsamen Zwischenfall vergessen und wir Ihnen eine neue Anstellung suchen. Was halten Sie davon?"

Taylor war sprachlos. Niemals hätte sie damit gerechnet. Sie war sich sicher gewesen, dass ihr Geständnis eine fristlose Kündigung mit sich führen würde. Umso überraschter war sie über das großzügige Angebot gewesen.

„Ich würde mich freuen, wenn ich weiterhin für das Norland College arbeiten dürfte."

„Gut, dann erwarte ich Sie im Januar nach den Feiertagen bei mir im Büro. Guten Tag, Mrs Young." Mit diesen Worten hatte sie Mrs Pettigrew entlassen.

Das Klingeln der Haustür schreckte sie aus ihren trüben Gedanken hoch. Es waren noch zehn Minuten bis Mitternacht. Seufzend sah sie nach draußen, wo die Sterne am Nachthimmel glitzerten. Die Dächer der schneebedeckten Häuser sahen im Mondlicht aus wie glitzernde Diamantteppiche. Fast magisch.

Schritte polterten die Treppe hoch. Mit Schwung wurde ihre Zimmertür aufgerissen.

„Tatataaaaa!"

Lachend standen Emily, Olive und Holly in der Tür. Fast hätte Taylor bei dem Anblick ihrer Freundinnen hysterisch losgekichert. Holly sah mit ihrem goldenen Kleid und der Tiara im Haar aus wie eine Prinzessin, die irrtümlicherweise am falschen Ort gelandet war. Lediglich die bunten Luftschlangen um ihren Hals passten nicht zu dem ansonsten todschicken Outfit. Emily und Olive hatten sich ebenfalls in Schale geworfen und trugen schwarze Cocktailkleider und hohe Pumps. Auf Emilys Kopf saß einer dieser glitzernden

Partyhütchen, die in den letzten Jahren in Mode gekommen waren und jeden Erwachsenen aussehen ließen, als wollte er auf einen Kindergeburtstag gehen.

„Überraschung", giggelte Emily leicht beschwipst. Dabei rutschte ihr Hütchen in Richtung Ohren.

„Was macht ihr denn hier?", stotterte Taylor fassungslos.

„Wenn der Prophet nicht zum Berg kommt, dann kommt der Berg eben zum Propheten." Olive kicherte und wedelte mit einer Sektflasche in der Hand.

„Hast du gedacht, wir lassen dich hier alleine?!" Holly stolperte ins Zimmer..

„Ja, aber …", stotterte sie entgeistert. „Aber ich bin doch … hier ist doch …" Sie deutete stumm auf ihren viel zu großen Pyjama, auf dem lustig tanzende Elche aufgedruckt waren und mit dem sie absolut lächerlich aussah.

„Es gibt kein Aber!", sagte Holly und ließ sich neben ihr aufs Bett plumpsen. Sie hatte eine leichte Alkoholfahne und ihre Augen glänzten.

„Wir dachten, wir können dich unmöglich hier alleine Trübsal blasen lassen." Emily schwankte leicht. Ihre Wangen waren gerötet, und Taylor war sich nicht sicher, ob vom Alkohol oder von der Kälte. Sie schätzte wohl Ersteres.

„Dafür sind Freunde doch da", sagte Olive mit einem Lächeln auf den Lippen. „In guten wie in schlechten Zeiten!" Olive setzte sich neben Taylors rechte Seite und legte den Arm um ihre Schulter.

Von unten tönten laute Rufe.

Zehn … neun … acht … sieben …

„Oh Gott, Olive, mach die Flasche auf", kreischte Emily und hopste wie wild in Taylors Zimmer auf und ab.

Olive fummelte hektisch am Flaschenhals herum. Holly wedelte mit vier Gläsern in der Luft, und Taylor fragte sich, woher sie die Gläser so plötzlich gezaubert hatte.

Sechs … fünf …

Mit einem lauten Knall flog der Korken durch die Luft.

Vier …

Olive füllte die Gläser voll.

Drei …

Zwei …

Emily reichte ihr ein Glas.

Eins!

„Frohes neues Jahr!", kreischte Holly.

„Frohes neues Jahr!", johlte Emily.

Olive nahm sie in den Arm. „Frohes neues Jahr, Taylor."

„Frohes neues Jahr." Sie nickte mit Tränen in den Augen.

„Hey, du sollst nicht heulen, sonst mache ich gleich mit. Es ist schließlich Silvester!" Emily schlang den Arm um Taylors Taille. Olive folgte ihrem Beispiel und zog Holly zu sich aufs Bett.

„Auf uns und die Liebe! Dass Jede von uns ihr Glück im neuen Jahr findet!" Im Hintergrund zischten die Raketen und Böller explodierten lautstark in der Luft.

„Auf die Liebe!", rief Taylor mit zitternder Stimme und hob ihr Glas. Sie dachte an Matt, Stella und Will und wie gerne sie bei ihnen wäre. Sie würden gemütlich um den Kamin sitzen. Sie und Matt würden ein Glas Sekt zusammen trinken und auf das neue Jahr anstoßen. Ob Matt auch an sie dachte? Sie sah aus dem Fenster, wo die Raketen den Himmel mit ihren bunten Farben erfüllten.

Ich liebe euch, flüsterte sie leise, sodass sie niemand hören konnte.

März

20. Kapitel

Der Schnee der letzten Wochen war endlich weggetaut und die Natur erwachte langsam aus ihrem Winterschlaf. Die ersten grünen Triebe kämpften sich durch das gefrorene Erdreich nach oben und verwandelten die kahlen Flächen des Parks in ein grünes Meer. Krokusse leuchteten im Rasen, als hätte jemand bunte Farbtupfer hineingepinselt. Die Luft war erfüllt vom süßen Duft des Frühlings und dem Gezwitscher der heimkehrenden Vögel. Es herrschte eine Art fröhlicher Aufbruchstimmung. Pärchen gingen Händchen haltend spazieren und warfen sich verliebte Blicke zu. Kinder tobten über das frische Gras und die Enten quakten unerlässlich auf dem See von Kensington Park.

Von alldem bekam Taylor nichts mit, während sie den Weg durch den Park joggte. Sie war in Gedanken ganz woanders. Vor ihren Augen tauchte die raue Landschaft von Haworth auf. Sie stellte sich *Owls Nest Cottage* vor. Es musste herrlich dort sein um diese Jahreszeit, wenn die Natur ringsum zum Leben erwachte und die Eulen ihre Nester dort bauten.

Seit sie wieder zurück in London war, sehnte sie sich nach der Ruhe und Gelassenheit von *Owls Nest* und seinen Menschen. Sie vermisste das Knistern des Feuers im Kamin, wenn sie abends in ihrem Zimmer in Portobello war. Manchmal erlaubte sie sich vorzustellen, wie es gewesen wäre, wenn sie Matts Werben nachgegeben hätte und bei ihm geblieben wäre.

Sie würden in der gemütlichen Küche sitzen und zusammen mit den Kindern zu Abend essen. Das Lachen und die fröhlichen Stimmen der Kinder würden die Küche mit Leben erfüllen. Später, wenn die Kinder im Bett wären, würde Matt eine Flasche Wein öffnen, und sie würden es sich im Wohnzimmer vor dem Kamin gemütlich machen.

Vielleicht würden sie sich lieben. Sie sehnte sich nach seinen Berührungen, seinen Zärtlichkeiten, seinem Geschmack und seinem Geruch. Manchmal träumte sie davon, wie Matt sie liebte. Wenn sie anschließend wach wurde, liefen ihr die Tränen über die Wangen, und sie wünschte sich nichts mehr, als wieder in den Traum eintauchen zu können. Meist blieb ihr der Wunsch verwehrt, und sie lag für den Rest der Nacht wach, von quälender Sehnsucht nach ihm geplagt.

Seit ihrer Trennung von Matt hatte sie keinen Mann mehr getroffen. Vorbei waren die Zeiten, wo sie die Nächte in lauten Bars verbracht und geflirtet hatte. Holly hatte sie ein paarmal auf eine ihrer Fashionshows mitgenommen, aber Taylor war jedes Mal frühzeitig gegangen. Irgendwann hatte Holly die Lust verloren, den Abend alleine zu verbringen und anstatt ihrer Emily mitgenommen. Taylor konnte es ihr nicht verdenken.

Die neue Familie, für die sie arbeitete, war reizend. Die Kinder waren gut erzogen und machten ihr das Leben leicht. Die Eltern, ein Ärzteehepaar, arbeiteten viel, und Taylor musste oft bis spät in die Nacht bleiben, worüber sie nicht weiter unglücklich war. So war sie wenigstens abgelenkt und dachte nicht pausenlos an Matt und die Kinder. Mit ihrer Mutter und Carolin hatte sie ein Wellness-Wochenende in Bath verbracht. Die langen Gespräche mit ihrer Mutter hatten ihr gutgetan und sie war frisch gestärkt in Richtung Portobello aufgebrochen. Kaum zurück war die Traurigkeit wieder zurückgekehrt und seitdem nicht mehr von ihrer Seite gewichen.

Sie bog um die Ecke und folgte dem Weg in Richtung See. Ihr Atem ging gleichmäßig und sie spürte keine Anstrengung. In den letzten Wochen hatte sie es sich zur Angewohnheit gemacht, von Portobello aus zum Kensington Park und wieder zurückzulaufen. Es beruhigte sie und sie konnte dabei ihren Gedanken nachhängen.

Aus dem Augenwinkel nahm sie eine Bewegung wahr. Ein Hund, fast noch ein Welpe, kam ihr entgegengelaufen.

Seine braunen Ohren flappten im Wind und sein Schwanz stand senkrecht nach oben. Es war ein schönes Tier, dessen weißes Fell mit braunen und schwarzen Flecken überzogen war. Im ersten Moment dachte sie, er würde ausweichen, bis sie merkte, dass er auf sie zugelaufen kam. Sie verlangsamte ihren Schritt. Ohne Scheu kam der Hund direkt auf sie zugelaufen und blieb schwanzwedelnd vor ihr stehen. Taylor runzelte die Stirn. Wo waren die Besitzer? Es handelte sich schließlich um einen jungen Hund. Vielleicht war er von zu Hause abgehauen? Sie musterte das Tier aufmerksam. Der Beagle war gepflegt, sein Fell glänzte, und er trug ein Halsband, an dem eine Hundemarke und … ein Briefchen befestigt war.

Verwundert ging sie in die Knie und streichelte dem Tier über das weiche Fell.

„Hey, mein Kleiner", redete sie beruhigend auf das Tier ein. „Was hast du denn da um den Hals hängen?" Der Hund quittierte ihre Worte mit fröhlichem Schwanzwedeln, und anstatt ihr einen Blick auf den Zettel zu gewähren, sprang der Welpe an ihr hoch und hätte sie fast umgestoßen. Sie runzelte die Stirn. Irgendwo mussten doch die Besitzer stecken. Sie ließ ihren Blick erneut über die Rasenfläche bis zum See schweifen. Ohne Erfolg. Außer einem älteren Ehepaar, das keine Anstalten machte, dass der Hund zu ihnen gehören würde, konnte sie niemanden entdecken. Der Beagle bellte.

„Nicht so stürmisch." Sie lachte. Wieder sprang der Hund an ihr hoch und leckte ihr mit der rauen Zunge über das erhitzte Gesicht.

„Hey. Hat man dir denn keine Manieren beigebracht?", scherzte sie. Als hätte der kleine Beagle sie verstanden, blieb er plötzlich stehen.

Erneut griff sie nach dem Halsband. Vielleicht gab der Zettel am Halsband einen Hinweis auf seinen Besitzer.

Der kleine weiße Zettel war zusammengerollt und mit einem dünnen Faden locker am Halsband befestigt. Mit spitzen Fingern löste sie den Knoten des Fadens und nahm den Zettel in die Hand. Vorsichtig entrollte sie das Papier. Der kleine Beagle musterte sie dabei mit aufmerksamen braunen Hundeaugen. Ihr Herz setzte einen Schlag lang aus, als sie die ersten Worte las.

Ich gehöre dir, wenn du möchtest …

Eigenartig! Welcher Besitzer würde so etwas schreiben?!

Irritiert sah sie dem Hund in sein Gesicht, was dieser als Zeichen nahm, sie begeistert abzulecken. Lachend schob sie ihn beiseite, um den Rest des Zettels zu lesen.

Allerdings komme ich nicht alleine!

Mein Herrchen ist ein liebenswerter Mann, der sich nach einem Frauchen sehnt.

Ebenso wie seine zwei reizenden Kinder.

Wir wohnen in einem wunderschönen Cottage, wo es noch Feenbäume und Eulen gibt.

Willst du mit uns dort leben?

Tränen schwammen in ihren Augen. Blinzelnd richtete sie sich auf - und dann sah sie, wonach sie suchte.

Drei Menschen kamen auf sie zugelaufen. Ein kleiner Junge, ein kleines Mädchen und ein Mann.

Sie zitterte am ganzen Körper und ihre Beine drohten nachzugeben. Tränen rannen ihr über die Wangen.

Sie breitete die Arme aus, um die drei liebsten Menschen auf der Welt in Empfang zu nehmen.

„Taylor!" Will und Stella rannten auf sie zu und hätten sie fast umgeworfen.

„Will. Sternchen." Sie küsste die beiden auf die Wangen und herzte ihre lieben Gesichter. Matt blieb stumm vor ihr stehen. „Ich habe euch so vermisst." Sie lachte unter Tränen.

„Und wir dich." Seine Stimme klang wie Musik in ihren Ohren.

„Matt", hauchte sie mit tränenerstickter Stimme. Ihre Augen suchten sich.

„Taylor." Mit einem Schritt war er bei ihr. „Ich weiß, du willst mich nicht mehr sehen nach all dem, was passiert ist. Aber ich kann nicht mehr ohne dich sein."

In seiner Stimme schwang Verzweiflung mit. „Ich liebe dich. Ich liebe dich mehr als mein Leben."

„Matt, ich weiß gar nicht, was ich sagen soll. Ich bin völlig durcheinander. Warum bist du hier? Was bedeutet das alles?"

„Nachdem du gegangen warst, habe ich mein Leben noch einmal ganz von vorne überdacht. Und plötzlich war mir klar, dass ich etwas ändern muss. Ich habe lange genug gewartet, endlich das zu tun, was ich wirklich möchte. Du hast mir die Augen geöffnet." Er nahm ihre Hand. „Ich habe meinen Job an der Uni gekündigt und das Haus in Kensington steht zum Verkauf. Die Kinder und ich werden nach Haworth ziehen, um dort noch einmal ganz von vorne anzufangen. Ich habe genug Geld gespart, damit wir über die Runden kommen, bis mein Buch veröffentlicht wird. Alles, was mir jetzt noch zum Glück fehlt, bist du."

„Aber ich bin schuld, dass Will fast erfroren ist und Stella ertrunken. Ich bin eine schlechte Nanny und bestimmt eine noch viel schlechtere Mutter." Sie schüttelte den Kopf.

Er musterte sie einen Moment lang. „Wie kann eine selbstständige und intelligente Frau wie du nur so einen Unfug reden!" Er schüttelte den Kopf. Sie schluckte. „Du bist die tollste Nanny auf der Welt. Du hast mich und die Kinder zurück ins Leben geholt und du hast meinem Leben wieder einen Sinn gegeben. Ohne dich würde ich noch heute mit dem Schicksal hadern und hätte nicht meinen Frieden mit Laura gemacht. Ich war so verletzt und wütend, bis du in mein Leben getreten bist. Es tut mir nur leid, dass ich so lange gebraucht habe, um es dir zu sagen …" Wie in Zeitlupe nahm sie wahr, wie Matt vor ihr auf die Knie ging. „Taylor Susan Young, bitte werde meine Frau, und ich verspreche dir, dich zum glücklichsten Menschen auf der Welt zu machen."

„Ja. Ja. Ja", schluchzte sie und reichte ihm ihre Hände.

Seine herrlich blauen Augen suchten die ihren. Taylor hatte das Gefühl, darin zu versinken. Dann zog er sie zu sich und küsste sie - sanft und voller Gefühl. Seine Lippen waren genauso weich, wie sie sie in Erinnerung hatte.

Er schmeckte nach Minze und Kaffee, und sie hatte das Gefühl, noch nie etwas Köstlicheres geschmeckt zu haben. Als er sie aus seinen Armen entließ, blinzelte sie noch immer berauscht von seinem Kuss.

„Woher wusstest du überhaupt, dass ich hier bin?“, fragte sie leise.

„Ich hatte eine Verbündete.“ Er lächelte.

Fragend zog sie die Augenbraue nach oben.

„Olive war so nett, mir zu verraten, wo ich dich finden würde.“

Die gute Olive!

Jemand zupfte sie am Arm. „Bist du jetzt unsere Mummy?“ Stellas große blaue Augen musterten sie. Will stand stumm neben seiner Schwester.

Sie ging in die Knie, bis sie auf Augenhöhe mit den beiden war. „Nur, wenn ihr es auch wollt.“

Stella stieß einen Freudenschrei aus und fiel ihr in die Arme. Will stand noch immer steif neben seiner Schwester.

Sie drehte sich zu Will. „Was war es, was du dir in jener Nacht wünschen wolltest, als du zum Feenbaum gelaufen bist?“

„Eine Familie.“ Seine Stimme war kaum mehr als ein Flüstern.

„Und könntest du dir vorstellen, dass ich ein Teil dieser Familie werden könnte?“

„Ja.“ Er nickte und seine Augen hafteten auf ihr.

„Oh, mein Will.“ Sie schloss die Arme um seinen mageren Körper. „Ich wäre die glücklichste Frau auf der Welt, wenn ich deine Mutter sein dürfte.“ Tränen der Rührung schossen ihr in die Augen.

Dann, ohne Vorwarnung, fing Will an zu strahlen. Es war, als ob die Sonne aufginge – rein und hell. Taylors Herz machte einen freudigen Hüpfer, und sie spürte eine Welle der Liebe für diese zwei kleinen Menschen, wie sie es noch nie zuvor in ihrem Leben gespürt hatte.

Will und Stella waren die Kinder, die sie sich immer gewünscht hatte. Endlich war sie angekommen!

Der Hund fing an zu bellen.

Sie lachte. „Und du? Wer bist du eigentlich?“

„Das ist Buttercup!“, sagte Will voller Stolz und streichelte den Hund.

„Buttercup?!“ Sie lachte. „Ein ungewöhnlicher Name für einen jungen Hund.“

„Genauso ungewöhnlich wie unsere kleine Familie“, sagte Matt und küsste sie unter den glücklichen Augen der Kinder.

Mai

Epilog

„Ich kann es nicht fassen. Erst verlässt uns Cassie und jetzt auch noch du!“ Olive sah Taylor traurig an.

„Na ja, du tust gerade so, als würde ich auswandern. Haworth ist schließlich keine Tagesreise von London entfernt“, sagte Taylor und gab Olive einen sanften Stoß in die Seite.

Sie saßen zusammen in der Küche. Emily und Holly waren ebenfalls anwesend. In der Mitte stand eine Flasche Rotwein und Taylor hatte ein Blech Kekse gebacken. Es war ihr letzter Abend in der WG der Portobello-Girls. Morgen würde sie nach Haworth ziehen.

Wenn es nach ihr gegangen wäre, wäre sie bereits vor Wochen nach Haworth gezogen, aber die Formalitäten und der Verkauf des Hauses in Kensington hatte länger als geplant gedauert.

Ihre Kündigung hatte sie gleich nach Matts Antrag eingereicht. Mrs Pettigrew hatte milde gelächelt, als Taylor ihr von der plötzlichen Wendung in ihrem Leben erzählt hatte.

„Ich habe schon immer gewusst, dass Sie für das Leben als Mutter bestimmt sind. Ich bin mir sicher, Sie werden den Menschen in Haworth das Fürchten lehren.“

Mithilfe von Mrs Pettigrew hatten sie schnell Ersatz für ihre neue Familie gefunden. Ihre Nachfolgerin war eine junge Frau, die gerade ihren Abschluss am Norland College gemacht hatte. Als sie ihre Nachfolgerin in der Uniform begrüßt hatte, war ihr ein Lächeln über die Lippen gehuscht. Die junge Frau war knapp sechs Jahre jünger als sie und noch gänzlich unerfahren. Aber als sie die Kinder das erste Mal strahlend begrüßte, erinnerte sie Taylor schwer an sich selbst. Sie war genauso unerfahren und enthusiastisch gewesen. Nun wartete eine neue Aufgabe auf sie, und sie war froh darüber. Der eigentliche Grund, warum sie Nanny geworden war, war immer der Wunsch nach eigenen Kindern gewesen. Das Schicksal hatte sich gnädig gezeigt und ihr Will und Stella geschenkt.

„Wann ist denn die Hochzeit?“, wollte Holly wissen.

„Du bist ja nur scharf darauf, damit du ein neues Kleid tragen kannst“, lästerte Taylor.

„Na klar. Außerdem will ich die Braut einkleiden.“ Holly grinste.

„Solange du ihr nicht die Show stiehlst“, sagte Emily mit scharfem Blick zu Holly.

„Niemals“, sagte Holly gespielt entsetzt.

„Du Heuchlerin. Du würdest sogar deiner eigenen Schwester die Kleider vom Leib reißen, wenn es dir gefallen würde.“ Taylor grinste. „Aber du weißt ja, ich habe kein Problem damit. Ich bin sowieso nicht die klassische Braut.“

„Du wirst die schönste Braut von allen sein“, sagte Olive bestimmt.

Taylor rülpste leise.

„Wenn du dich nicht danebenbenimmst.“ Olive warf ihr einen strengen Blick zu.

„Hey, du brauchst mich gar nicht so anzusehen. Ab morgen muss ich mich benehmen, da werde ich doch mal ungestört rülpsen dürfen.“

„Als ob du dich jemals normal verhalten würdest. Du bist und bleibst ein Chaot. Mutter hin oder her“, sagte Olive bestimmt.

„Also die Hochzeit ist für Juni geplant. Wir dachten an eine Trauung im Freien. Bis dahin sollte auch die Adoption geregelt sein.“

„Wahnsinn! So schnell kommt man zu zwei Kindern …“, murmelte Emily.

„Und einem Hund!“, fügte Taylor lachend hinzu.

„Und wie kommt Matt mit seinem Buch voran?“

„Gut, der Anfang ist gemacht. Ich bin schon sehr gespannt, wenn ich die ersten Seiten zu lesen bekomme.“

„Und du?“, fragte Emily.

„Was meinst du mit ‚und ich‘?!“

„Was willst du machen? Ich meine, du bist eine selbstständige Frau und die Kinder werden nicht immer so klein bleiben.“

„Ich habe mich ein wenig umgehört und habe da so eine Idee …“, sagte sie geheimnisvoll.

„Eine Idee?“

„Lasst euch einfach überraschen.“ Taylor grinste.

„Also mein Bedarf an Überraschungen ist gedeckt“, seufzte Emily. „Ich habe das Gefühl, dass jedes Mal, wenn ich vom Flug komme, hat sich eine von euch verliebt und zieht weg. Ich jedenfalls bleibe Single, und Mutter werde ich so schnell auf keinen Fall. Ich bin nicht für das Leben als Mutter gemacht. Es gibt noch so viel zu erleben und ich will ein Teil davon sein.“

„Ich auch nicht“, stimmte Holly ihr zu. „Ich will Leiterin einer Modezeitschrift werden und all die tollen Events besuchen.“

„Na dann.“ Olive hob ihr Glas. „Auf die Mütter und Singlefrauen dieser Welt, zu denen ich mich auch zähle. Mögen wir alle unser Glück finden!“

„Auf das Glück!“

Lachend stießen sie an.

Danksagung

Meiner Familie, für euer Verständnis, wenn ich wieder wochenlang verschwinde und nur zum gemeinsamen Essen ansprechbar bin.

Danke, Kay, dass du mich so bedingungslos unterstützt. Du bist mein wahrer Held.

Meinen Kindern Lisa und Maximilian. Ich liebe euch.

Ich möchte mich ganz herzlich bei meinen Testleserinnen Ulla L., Claudia P. und Verena S. bedanken. Wie bei jedem Buch zittere ich, bis die Erste von euch dreien mir ihre Rückmeldung gibt. Ihr seid meine Stützpfeiler, wenn ein neues Buch erscheint. Danke, dass ihr euch jedes Mal die Zeit nehmt und mich unterstützt und für mich da seid.

Ein dickes Dankeschön geht an Claudia Perc, die für mich die tolle Fanseite gestaltet und betreut. Du bist nicht nur meine PR-Managerin, meine Fotografin, sondern auch meine Freundin. Ich danke dir von Herzen.

Meiner Freundin Heike, die mit mir durch dick und dünn geht.

Ein dickes Küsschen geht an dich, Kati. Eine Freundin wie dich zu haben, ist ein Geschenk.

Ein ganz besonderes Dankeschön geht an euch, meine Leser. Nicht in meinen kühnsten Träumen habe ich mit einem solchen Erfolg gerechnet, und den habe ich ausschließlich euch zu verdanken.

Mein ganz besonderer Dank geht an Christiane Schäfer, die den tollen Titel für dieses Buch gefunden hat! Du bist der Hammer!!!

Weitere Bücher der Autorin bei Amazon:

Liebe kommt im Schottenrock

Die Klatschreporterin Cassie Devinmoore hat ihr Leben im Griff. Zusammen mit ihren Freundinnen Emily, Taylor und Olive lebt sie in einer schicken WG im angesagten Londoner Viertel Portobello. Als sie jedoch den Shootingstar der Serie "Highlander Kisses" interviewen soll, ist sie nicht sonderlich erfreut, denn der gutaussehende Sam MacLeod verkörpert alles, was Cassie nicht mag: Schottland und Schauspieler.

Missmutig bricht sie nach Applecross, einem kleinen Dorf im Norden Schottlands, auf. Dummerweise ist Sam MacLeod ebenfalls nicht begeistert darüber, dass ausgerechnet die Reporterin ein Interview mit ihm führen soll, die ihn in ihrer Kolumne vor knapp einem Jahr bereits bloßgestellt hat.

Doch dann läuft Cassie ein Schaf über den Weg und plötzlich kommt alles anders als geplant ...

"Liebe im Schottenrock" ist der Auftakt der "Portobello Girls-Reihe". Alle Bücher können jedoch unabhängig voneinander gelesen werden.

Glücksstern mit Schwips

Sara ist neunundzwanzig und glücklich. Sie hat einen tollen Job und mit Florian hat sie endlich ihren Traummann gefunden.

Alles läuft perfekt ... bis nach einer durchzechten Nacht plötzlich ein halb nackter sehr attraktiver Mann in ihrem Wohnzimmer steht. Unglücklicherweise hat Sara einen Filmriss und kann sich nicht erinnern, was in der Nacht passiert ist. Als sie ihn bittet zu gehen, weigert sich dieser und richtet sich häuslich bei Sara ein. Wie soll sie Florian den gut aussehenden Fremden in ihrer Wohnung erklären, der noch dazu behauptet ein Flaschengeist zu sein? Und warum spielen ihre Hormone in der Gegenwart des Fremden verrückt? Ein Notfallplan muss her, schließlich ist Florian eifersüchtig auf jeden Mann in ihrer Nähe. Kurzerhand erklärt sie den Fremden zu ihrem neuen schwulen Mitbewohner und das Schicksal nimmt seinen Lauf ...

Holunderküsschen

Die 29 jährige Julia steckt mitten in den Hochzeitsvorbereitungen, als sie ihren Verlobten Johann im Bett mit einer Kollegin erwischt. Völlig am Boden zerstört, betrinkt sich Julia und beschließt Hals über Kopf zu ihrer Freundin Katja nach Hamburg zu flüchten. Im Nachtzug nach Hamburg lernt sie Benni kennen, dem sie sturzbetrunken all ihre kleinen und großen Geheimnisse anvertraut, während sie sich ein Abteil im Schlafwagen teilen. Am nächsten Morgen in Hamburg sind nicht nur ihre Erinnerungen weg, sondern auch Benni! Ein Neuanfang muss her! Ein neuer Job, eine neue Wohnung und keine Männer. Zu dumm nur, dass ausgerechnet Benni erneut in ihr Leben platzt und Julias Gefühlswelt durcheinander wirbelt. Ein Katz-und-Maus-Spiel beginnt. Als dann noch Johann auftaucht, scheint die Katastrophe unausweichlich …

Champagnerküsschen

Die unabhängige Fortsetzung des Bestsellers "Holunderküsschen".

Eigentlich müsste Julia glücklich sein. Seit knapp einem Jahr sind sie und Traummann Benni nun ein Paar. Wäre da nicht Bennis Job und seine Mutter. Julia fühlt sich vernachlässigt. Ist Benni doch nicht der Traummann, für den sie ihn gehalten hat?

Parallel wirbelt ein Jobangebot innerhalb des Verlages Julias Zukunftspläne durcheinander und beschert ihr einen Fernsehauftritt. Dort lernt sie Andreas Neumann, den attraktiven Fernsehmoderator kennen. Julias Zweifel an Bennis Liebe zu ihr werden größer. Besonders als ihr Benni bei ihrem romantischen Essen verkündet, dass er beruflich nach München ziehen muss. Es kommt zu einem Streit mit Folgen. Zwischen Benni und Julia herrscht Funkstille. Und dann taucht plötzlich eine neue Frau an Bennis Seite auf. Julias beste Freundin Katja, ist auch keine Hilfe, denn die verhält sich in letzter Zeit so komisch. Und Harald, Julias schwuler Freund tummelt sich auf Internetplattformen um einen neuen Freund zu finden, anstatt sich um Julia zu kümmern. Also muss Julia alleine eine Entscheidung treffen. Ein Spiel mit dem Feuer beginnt. Hat die Liebe zwischen Benni und Julia noch eine Chance?

Liebe auf Reisen

Was, wenn das Leben nicht mehr nach Plan läuft und alles aus den Fugen gerät?

Die Karrierefrau Kate Miller hat ihr Leben fest im Griff. Dazu gehören ein schickes Apartment im Herzen von New York, ihr Job als Maklerin und Kollege Greg, mit dem sie ein Verhältnis hat. Als sie dann auch noch befördert wird, schwebt Kate endgültig im 7. Maklerhimmel.

Doch als ihr Chef alle Mitarbeiter zu einer exklusiven Feier einlädt und dort gleichzeitig die Verlobung seiner Tochter Laura bekannt gibt, stürzt Kates bisher so wohlgeordnetes Leben wie ein Kartenhaus zusammen: Der zukünftige Bräutigam ist kein Geringerer als Greg.

Gerade als Kate denkt, dass es nicht mehr schlimmer kommen kann, sorgt Greg mit einer infamen Lüge dafür, dass ihr Leben endgültig aus den Fugen gerät. Vollkommen überstürzt nimmt sie ein Jobangebot in England an.

Ausgerechnet ein einfaches Bed and Breakfast Hotel, bringt eine unerwartete Wendung in das Leben der erfolgsverwöhnten Kate …

Eine Liebeserklärung an das Leben und die Überraschungen des Lebens, die auf jeden von uns warten.

Liebeswind

Was, wenn das Leben dir übel mitspielt und du gezwungen bist, neue Wege zu gehen?

Das Leben der erfolgreichen Londoner Galeristen Lily Rose Bloom ist nahezu perfekt, bis zu dem Tag, an dem ihr Verlobter Andrew ihren Glauben an die Liebe in einer Nacht zerstört. Lily flüchtet von London in den verschlafenen Küstenort Little Haven, um dort in Rose Garden Cottage, dem Haus ihrer verstorbenen Großmutter, einen Neuanfang zu starten.

Drei Jahre später. Lily hat sich mittlerweile in dem kleinen Küstenort eingelebt und den Schrecken von damals überwunden. Als der attraktive Amerikaner Ian in Little Haven mit seinem Segelboot vor Anker geht, kommt es zu einer schicksalhaften Begegnung zwischen den beiden, die Lilys Leben erneut durcheinanderwirbelt ...

Dünenglück

Mia ist frustriert! Anstatt die Bestsellerlisten zu stürmen, verdient sie ihr Geld mit dem Schreiben von Groschenromanen und ihr Liebesleben lässt ebenfalls zu wünschen übrig. Auf der Suche nach Mister Right erlebt sie einen Reinfall nach dem anderen und datet stattdessen einen Haufen Loser. Als Mia dann auch noch bei einem Familientreffen eine unbedachte Äußerung rausrutscht, welche für einige Tränen sorgt, packt sie kurz entschlossen ihren Koffer. Auf der Trauminsel Sylt in einer kleinen Pension mit dem malerischen Namen Dünenglück will Mia ihr Leben neu ordnen und endlich ihren Erfolgsroman schreiben.

Lena lebt in Frankfurt. Als sie erfährt, dass ihr Mann Chris sie wegen einer anderen Frau verlässt, bricht für die Hausfrau und zweifache Mutter eine Welt zusammen. Keinen Mann und keine Aussicht auf einen Job. Wie soll es mit ihrem Leben nun weitergehen? Lenas Freundinnen schenken ihr kurzerhand einen Traumurlaub auf Sylt. Nach anfänglichen Zweifeln tritt Lena die Reise an und findet sich in der kleinen Pension Dünenglück wieder.

Die sympathische Pensionswirtin Henriette Hansen hat alle Hände voll zu tun, ihren Alltag mit Baby Jonathan und die Leitung der Pension Dünenglück zu meistern. Was als Lebenstraum gedacht war, entwickelt sich seit dem Tod ihres Manns zu einem anstrengenden Vollzeitjob für die alleinerziehende Mutter.

Als die drei unterschiedlichen Frauen im Dünenglück aufeinandertreffen, sieht es zunächst nicht so aus, als ob sich zwischen ihnen eine Freundschaft fürs Leben entwickeln würde. Aber dann überschlagen sich die Ereignisse und plötzlich ist nichts mehr, wie es war …

Dünenglück ist ein Roman über einen Neuanfang und den Beginn einer großen Freundschaft.

Zwei Autorinnen, eine Geschichte ..

Alles nur kein Mann

Alles nur kein Mann - das ist der feste Vorsatz, mit dem Greta und Marie eine Nachmieterin für das freigewordene WG Zimmer suchen.

Diesen Vorsatz werfen sie allerdings schnell wieder über Bord, als plötzlich Tim vor der Tür steht.

Tim ist gutaussehend, witzig, ein begnadeter Koch und ... schwul. Der ideale Mitbewohner also. Er darf einziehen und bringt schnell frischen Wind in die WG. Bald sind die drei ein eingespieltes Team.

Aber dann passiert etwas, das die Wohngemeinschaft völlig durcheinander wirbelt und die Frauenfreundschaft auf eine harte Probe stellt. Plötzlich ist nichts mehr so wie es scheint ...

30311439R00179

Printed in Poland
by Amazon Fulfillment
Poland Sp. z o.o., Wrocław